POP CORN BOOKS

Екатерина Звонцова

ТЕОРИЯ БЕСКОНЕЧНЫХ ОБЕЗЬЯН

POPCORN BOOKS

Москва

УДК 821.161.1-31
ББК 83.3(2Рос=Рус)6-44
342

ТЕОРИЯ БЕСКОНЕЧНЫХ ОБЕЗЬЯН
Екатерина Звонцова

Книга издана с согласия автора.

Звонцова, Екатерина.

342 Теория бесконечных обезьян : [роман] / Екатерина Звонцова. — Москва : Popcorn Books, 2022. — 384 с. — (Теория бесконечных обезьян).

ISBN 978-5-6046532-8-9

Неожиданная гибель писательницы Варвары Перовой оставляет глубокую рану в душе любивших ее людей — редактора Павла, коллеги по перу Джуда и читателя, следователя Дмитрия. Каждый из них по-своему справляется с потерей: один пытается собрать воедино дорогие воспоминания, второй бросает вызов окутывающим Варины книги загадкам, а третий ищет ее убийцу. Миры этих людей почти не пересекаются, однако случившееся заставляет каждого переосмыслить собственную жизнь.

УДК 821.161.1-31
ББК 83.3(2Рос=Рус)6-44

ISBN 978-5-6046532-8-9

*Никто из персонажей этой книги не живет
и никогда не жил в нашем мире и не ходил с нами
по одним улицам. Любые совпадения с реальными людьми
и пересечения событий/судеб случайны.*

ПРОЛОГ

Варя лежит — мертвая на бензиновой радуге асфальта. С изломанными руками и ногами, с липким красным ореолом вокруг головы. Ветер пахнет железом — из-за ее крови. Из-за крови, не из-за металлических же взглядов молодого следователя и его помощника, рассматривающих тело. Следователи ведь?.. Оба в гражданском, но глаза эти, глаза — Варя такие зовет офицерскими. Зовет и улыбается.

Звала. И улыбалась, задумчиво поднося к губам гладкую льняную прядь.

— Вы ей кто? — звучит низко, напряженно, из ниоткуда.

...Она любила людей в форме, у нее и в романах их было много. Все разные — старые и молодые, обоих полов, русские и иностранцы, без страха и упрека и оборотни. Где только эти ребята не служили, от Тулы до далеких астероидов. Варя вечно спрашивала: «Нет, правда, почему их всё меньше там, где заканчивается мягкий дачно-диванный детектив? Почему всюду одни Башмачкины, Мастеры и Вертеры?» Я думал еще: «С тобой, Варь, точно ничего не случится». Казалось, невидимые менты всех мастей окружают ее плотным кольцом, закрывают щитами и грудью и не дадут в обиду. Но, видимо, проку от инфернальных книжных ментов не больше, чем от настоящих.

Ну Паш, не ворчи.

Варя не любит, когда я грешу на людей в погонах. Варя не любила. Прошедшее время, оно отныне будет везде, потому что эти самые люди ее не защитили. И теперь Варя лежит с красным нимбом, расползающимся по бензиновой радуге.

— Вы ей кем приходитесь? — спрашивают настойчивее, после недолгого угрожающего кашля.

Темноволосый бледный следователь с точеным инквизиторским лицом, наверное, курит как три дореволюционных паровоза. Варины менты тоже курят. А ну как закурит прямо здесь, на месте так называемого... нет, не преступления пока, только неумолимо обращающегося в него происшествия. Что, казалось бы, такого? Многоэтажка, длинная, как коробка каминных спичек. Открытое окошко, занавесочки качаются на четвертом всего-то этаже — белые, кружевные, старушечьи. Упавшая девушка — худенькая, беленькая, без кольца на безымянном, без детей и пса, без несчастной любви за плечами. Варя. Моя.

— Гражданин! Я к вам обращаюсь.

Официально, почти по-советски, голос — «рык породистого Барбоса, который вроде и с цепи сорвался, а вроде помнит, что хозяин — академик и надо марку держать».

Цитата из Вариного авантюрного детектива «Не только стулья», пятой по счету изданной книги. Вот так описывается тамошний следователь — глазами авантюриста-цыгана, с которым они потом споются, будут друзья не разлей вода и уже вместе раскроют подпольный синдикат охотников за дореволюционными сокровищами. Ненавижу ментов. И цыган. Всех ненавижу сейчас, хотя час назад вполне сосуществовали, полвека почти сосуществовали в другой реальности, ныне разбитой. Реальности ведь не выдерживают смерти, как керамическая посуда не выдерживает хлестких и злых поцелуев с кафелем. Вечно остаются трещины, слезы, разводы чая, крови, мозгов... сколько теперь трещин в Варином черепе? Лицо-то... цело почти, как живое, белое и святое.

— Дим...

По-домашнему обратились, никаких «товарищей капитанов» или кто там этот чернявый? Хотя глаза у белобрысого заполошенного помощника тоже офицерские — не серые, а зеленые, нагло-кошачьи, и все равно... такие. Видишь, Варь? Варь, ты про них напишешь? Смотри, какие типажи для чего-то с замахом на полумифическую «боллитру». Ты же давно хотела опять туда, Варя, ты ударилась в фэнтези в последний год. В этот, как его зовут, «спасительный эскапизм». От кого ты бежала? Хотя ты не бежала. Как ты говорила тому фейсбучному* законодателю моды на актуальность? «Если, чтобы найти в книге злобу дня, вам непременно нужны блогер, травма детства и Петербург Достоевского, то у меня для

---

* Организация, деятельность которой признана экстремистской на территории Российской Федерации.

вас плохие новости»? А он потом углядел вожделенную свою актуальность в твоей космической притче о Марсе и номинировал тебя на НОС. Смешно, да?

Варя лежит. Варя не улыбается. Нимб все натекает, натекает, неумолимо ржавея...

— Дим, он ж не в себе, смотри. Ща нам тут сблеванет. Убирай его отсюда.

Они переглядываются — как те, кто давно бок о бок. Давно и тесно настолько, что не надо ни «субординацию потерял?», ни «сам вижу», ни «иди лучше показания сними, вон, смотри, консьержка мнется; у нее маразм, скоро точно все забудет». Парень идет молча — к кольцу любопытных глаз и глоток, к ухоженной старушке в красном платье, в каком скорее в Большой на «Щелкунчика», чем дежурить у лифта. Это из-за нее — сразу менты. Она девицу, пришедшую «к подружке», в подъезд впустила, потом только спохватилась, что девица «странноватая, дерганая, глазами все шныр-шныр». Зачем тогда впустила? И как потом проворонила? Никого ведь не нашли, только открытое окно.

Варя спиной вперед падала. Она сама бы так не стала убиваться, она и голову почти не поднимала: ни в глаза людям не глядела на презентациях, ни в небо, если гуляла. Говорила, что небо большое, давит, особенно весной — когда серое, звенящее, ошалелое от бегущих в увольнительную туч и летящих домой птиц. Как сейчас. Варя бы упала, упрямо глядя не в штормовые эти чудовищные облака, а в землю. Не лежала бы теперь так кинематографично, нуарно и бутафорски.

Варя бы...

Варя вообще бы не упала.

Она не стала бы собирать толпу: вдруг бабушки, дети, беременные, слабосердечные? Она не стала бы даже смердеть своим разлагающимся телом в квартире: у нее соседи хорошие. Она их любит, даже тех, этажом выше, которые недавно родили; она и орущего младенца, не дающего ей нормально работать, любит. Варя пришла бы в парк — в тот глухой уголок за пончиковой, где морг рядышком, через ограду, — и интеллигентно пустила бы пулю себе в висок, из собственного пистолета. У нее же был от отца, незаконно, зато настоящий: «Это, Паш, моя мечта детства, вот и прячу». Странные бывают мечты: у кого котенок, у кого легонький легендарный «Скиф» из 90-х. Так что все бы сделала тихо, но прозрачно. Чтобы ни работы таким вот «железным» мальчикам, ни душевных травм утренним бегунам, ни лишней транспортной возни сотрудникам единственного в Шуйском трупохранилища.

Варю убили. Я знаю.

Следователь смотрит по-человечески и говорит почему-то тоже беззлобно. Будто из болота меня вытягивая или спасая от неумолимого неуда, подсказывает:

— Вы ее муж? — Он щурится; ну и тенищи под глазами, неужели впрямь работа — волк? Самостоятельно решив, что я не муж, староват, он уточняет: — Брат? Отец?..

Губы облизываю, а они как стекло: обветрились, и я их искусал. Следователь устало ждет. «Дима» — так его зовет тот, на побегушках? Не похож на Диму, а вот на товарища капитана — да. Варь, смотри. Варь, поговори с ним. Он же из этой вот породы «вдохновляющих», про которых загадочные записи в дневниках и которым такие же загадочные посвящения вместо эпиграфов. Варя, а ты не вела дневник, только инстаграм*, а в эпиграфах у тебя были Шекспир, Чехов, Набоков, а еще иногда Блейк. Никаких посвящений; никакой этой, как ты выражалась, персональной пошлости. Я ведь помню твое «Это как для учителя завести любимчика, фу». Ты так обижалась, Варь: тебе-то книг не посвящали. И злилась: тебе некому было быть обязанной за вдохновение, кроме себя. Ты сама призналась, когда мы твою первую издавали, помнишь, и редактор предложила добавить благодарности? Ты сказала: «Нет» — как отрезала. И потом перед каждым прологом метко, зло стреляла стихами и прозой.

«Tyger, Tyger, burning bright»**.

«Но что для них ваш зов, милорд?..»***

«Ich sterbe»****. Это я особенно помню.

— Вы случайно не соседи?.. — Следователь все тянет, тянет меня из болота оцепенения за седеющие мюнхгаузенские патлы. — Вы…

— Я ее редактор, — произношу чужими стеклянными губами, наверное невнятно, и повторяю зачем-то по слогам, как ребенку: — Ре-дак-тор. — Слегка взмахиваю почтенным,

---

* Организация, деятельность которой признана экстремистской на территории Российской Федерации.

** «Тигр». У. Блэйк, 1794.

*** «Генрих IV». У. Шекспир, 1597. Цитируется в переводе Е. Звонцовой.

**** «Я умираю» (нем.). Одна из последних фраз, сказанных на смертном одре А. П. Чеховым. Источник: Игорь Клех. «Чехов: Ich sterbe. Версия». Опубликовано в журнале «Знамя», № 2, 2003.

двадцати пяти лет от роду портфелем: коричневая кожа, квадратная застежка, никаких лейблов на виду. — Договор привез. И вот...

Сотрудник органов — настоящий, не из Вариных книг, где менты иногда Шопенгауэра цитируют, — интересно, вообще может знать, что за зверь редактор? Или это для него как риэлтор, репетитор или аж редуктор — не человек, но механизм? Или...

— Так она писала книги?

Я киваю. Мне неожиданно легче, будто после укола обезболивающего; легче ровно на секунду, а потом снова — взгляд вниз. Бензин, красный нимб, волосы светлые, слипшиеся... очки. Очки в стороне валяются, разбился только правый из круглых, как у Счастливо Выжившего Мальчика, окуляров, левый цел, но тоже в крови.

— Да, если вдруг вам о чем-то говорит псевдоним такой — Ванилла Калиостро...

— Говорит, даже очень. Странно, правда?

Расстроенным голосом — первое. А вот второй фразой он меня пытается уязвить — мирно, замученно, как бы давая понять: мало у него этих трупов, «висяков», чтоб еще умники умничали, взирая на него с вершин своей гражданской эрудиции.

— Читали, что ли? — Почти выходит тон поровнее, полюбопытнее.

— Читал. — Стальная боль в двух слогах. — И очень нравилось.

— А я эти книги издавал.

А еще я... нет. Не сейчас. Не могу.

— Ладно... — Слова будто мимо него проскальзывают, гордая голова уже занята другим. — Будем разбираться. Картина понятная: что-то тут не то, это она едва ли сама прыгнула.

Он тоже глядит на очки, вроде хочет шагнуть и подобрать их, но в последний момент останавливается. Подбородком поводит — на лохматого помощника, на старушку в красном. Ткань платья консьержки — как гробовая подкладка и как Варин кровавый нимб. Переносицу «Дима» так потирает, будто ему цвет режет глаза. А потом опять — серый взор на меня в упор. Тоже пытается смягчиться, тоже выходит плохо.

— Вам не стоит здесь находиться, скоро опер придет и будет орать. — Вздох. — Да и вас... правда, будто вырвет сейчас. Это лишнее.

— Нечем, не беспокойтесь.

Нечем блевать, кроме любви. И, сглатывая даже ее, гноящуюся, ворочающуюся между горлом и грудью, я поскорее произношу:

— Я звонил Варваре Петровне Перовой утром — она была спокойна, в хорошем настроении. Мы договорились вместе у нее пообедать, и вот я приехал. Не поднимался. В магазин даже не успел зайти, он у нее там... — Машу зачем-то на совкового пошиба гастроном с синей врущей вывеской «Вся на свете еда». Не вся, даже помидоров нормальных обычно нет, Варя их на рынке брала — большие, «бычье сердце». — Это все, что сразу в голову приходит, не для протокола. Остальное, что понадобится, готов...

— Вас пока не опрашивают. Тем более не допрашивают. Следствию, что ли, помогать рветесь? — Вскидывается одна

14

широкая, с геометрическим изломом бровь. — Начитались ее книг? Там часто нам помогают? Чаще, чем морды пытаются бить и жалобы писать?

Желчно. Устало. Может, еще митинги помянет и провокации? Всяких там молоденьких борцов с системой, плакаты, камни, крики и прочие проблемы коллег? И, конечно же, хештеги — хештеги вроде бы сейчас сильнее камней. Сложно его не понять. В большой государственной семье кризисы доверия — вещи обычно взаимные, как, впрочем, в семье любой.

— Вы же сказали, что сами читаете. — Стараюсь улыбнуться, чтобы не нагнетать.

Вместо честного: «Да любил, вот и рвусь». С ним так не надо, ему, вероятно, плевать, с ним лучше по-деловому. Любовь станет важной уликой, только когда добавится к материалам следствия, а пока под эти материалы даже папки нет. Будет ли?

— Читал. — Он кивает. — Фэнтези, фантастику. А вот коллег и так каждый день вижу. — Усмехается. — И не сомневаюсь почему-то, что убитая... Калиостро... всех настоящими выписала, до тошноты, она умеет. Так что сыт. Оставил на потом.

Молчу. Что сказать? Сам не стал бы читать про редакторов, хватает рожи в зеркале — квадратной, будто вытесанной прилежным учеником скульптора, по всем клише: тонкие губы, «мужественный» подбородок и «римский» нос. Даже щеки пока по-бульдожьи не обвисли, а вот седина... больше, больше. Я древнеримский штамп. Варя так и дразнила.

— Так что... мы у нее на себя похожи? — спрашивает зачем-то «Дима».

Вместо того чтобы проводить пресловутые «следственные мероприятия». Вместо того чтобы хоть с Варькой сделать что-то. Забрать в морг. Укрыть… она в халате ведь, просто в халате, бежевом, прокуренном, кофе пропахшем. Запах этот вместе с запахом железа, в ветре. А на дворе холодно. Укрыть… ах да, еще же осмотреть, наверное. Все эти «смерть наступила в…», «смерть наступила от…». Это мне достаточно, что смерть просто наступила, на меня наступила колоссовой, заскорузлой, серой, как весеннее небо, лапой.

— Вполне, — почти сплевываю это и делаю осторожный шаг назад. И еще. Еще.

— Правильно. — Он выдыхает, будто бы с облегчением. — Пока вы только мешаете. Как вас?.. Где вы?..

Рубленые вопросы, глаголы высланы за сто первый, но мне не привыкать: многие авторы тоже излишне жалуют пресловутый лаконизм. «Проще» — модно, «без завитушек» — стильно, а «парцелляция» — мировой бренд. Чехов, давно и безнадежно *verstorben* Чехов, заявил сдуру, что краткость — сестра таланта; подзабыл, правда, другую его родственницу — понятность, вечно затаптываемую в кровавую лепешку. Впрочем, следователь понятность не затоптал, а наоборот, высоко поднял за шиворот благодаря новому, строгому, даже канцелярскому какому-то тону.

— Меня зовут Павел Викторович Черкасов. Возглавляю редакцию художественной литературы в издательстве «Аргус Паноптес», проще всего застать меня в офисе. Номер корпоративного телефона…

— Загуглим, — на молодежном (для его подкрадывающихся тридцати в самый раз) сленге, чуть потеплее и помягче, уверяет меня «Дима». — Если будет нужно.

Может и не быть. Если менты в книжках у тебя, Варь, ненастоящие и бросят все к чертовой матери уже завтра. Они же тебя не защитили, понимаешь? Не защитили, мрази. А эти — живые — разве будут искать «девицу с глазами шныр-шныр»? Будут? У них отчетность, статистика раскрываемости. У них маленький городок, мало оперативников и сучливое начальство. У них…

— Павел!

Окликает, когда я уже иду к гомонящей толпе сочувствующих горю и сочащихся любопытством, к красному платью консьержки, к белым вихрам безымянного следовательского помощника. Оборачиваюсь. «Дима» все-таки закурил на месте… преступления. Закурил, но киношным не стал — наоборот, бледно-серым и сгорбленным, как-то младше и понятнее.

— Дело обязательно будет возбуждено. Мы попытаемся наказать виновного. И… мне жаль.

Варь, они и у тебя так говорят иногда — высокопарно немного, наивно, с категорическими императивами вроде «обязательно», правда, без осторожного этого, на носочках ступающего в пакостную уголовную рутину «попытаемся». Варь, хочется верить. Верить, что ты не зря была их литературной patron saint.

У них, наверное, совесть; у этого — точно. А еще он, скорее всего, любит твоего смертельно больного и столь же смертельно благородного Огдена, Опалового рыцаря из

«Голодных вершин». Того типа, который путешествует по Миру Пустых Мостов и защищает выживших после Крушения жителей, а в конце обращается в изваяние и сквозь него прорастают эдельвейсы. Первые за много веков цветы на планете, которую заполонили разумные, пожирающие людей и источающие ядовитый газ горы.

Да, у «Димы» — совесть.

А у меня — только огромная дыра в груди вместо тебя, Варь.

ВРЕМЯ НАЗАД. ИСТОРИЯ БОЛЕЗНИ

В его мире небо такое огромное и синее, что тонет в море, как иногда одна грань сапфира незримо сливается с другой. В ее мире небо забыло свой цвет и спряталось — за каменными коробками гробоэтажек и торчащими из них сутулыми скелетами антенн.

Его мир поет шумом прибоя и протяжными чаячьими криками: «Вперед!», «Всегда!», «Свободу!» Ее мир полнится визгливыми жалобами машин, вечно застревающих в пробках: «За что?..», «Когда?..», «Зачем?..»

Его мир пахнет солью и солнцем, греющим тысячи цветущих трав и вековечных камней. В ее мире кислый запах кофе по цене поездки в метро не отличить от кислого же запаха кофе по цене коробки «Рафаэлло».

В его мире люди не падают с неба на палубы спящих кораблей. В ее мире есть сказка о Стране Чудес, где, провалившись в кроличью нору, можно упасть куда угодно.

В его мире девушки боятся своей тени, косых взглядов и городов, где живут, — носят закрытые платья, прячут глаза и идут под венец не по любви. В ее мире девушки фехтуют, гуляют по потемкам до рассвета и знают больше тайных дорог, чем лучшие следопыты и воры, а иногда сами пишут эти дороги себе и другим. Кто-то — меткими стройными текстами в книгах и блогах; кто-то — движущимися по экранам образами; кто-то — тысячами символов, превращающих выверенные коды в магические порталы.

В его мире он всегда был в толпе — но один. В ее мире она всегда была в толпе — но одна. Сейчас они вместе. У их «вместе» вкус бриза и лунного отражения.

— А-ли-са, — по слогам, медленно, потом быстрее и увереннее: — Алиса! Да?

— Да, правильно. Быстро выучил...

Под ногами плещется сонная вода, вдали темнеет архипелаг. Они широко раскинулись, эти острова, так широко и так плывут в тумане, что облепленные светлячками скалы и руины дворцов похожи на обычные московские новостройки. Можно представлять, что каждый светляк — окно, за каждым окном — семья, а в каждой семье — что-то интересное: новорожденный с разноцветными глазами, крокодильчик-питомец в аквариуме, папа-балерун из Большого театра. Так нравилось воображать в детстве, пока соседка не объяснила все на их собственной гробоэтажке: мол, вон за тем окном алкашня, чья дочь в детдоме; за тем — одинокая бухгалтерша бьет сумасшедшую мать, которой мерещатся черти; а за тем две недели назад котят утопили в розовой детской ванночке, шестерых, некуда было деть.

Алиса заупрямилась: она не разлюбила тогда выдумывать истории, а только перестала любить свой дом. Потом, потихоньку — свой район. Город. Страну. И мир. Интересная штука — геометрическая прогрессия. Особенно когда в ней, как в черноземе, растет нелюбовь, и вот уже — раз! — выросла ненависть. Созревшая, налившаяся ядовитым багрянцем и, словно осенние яблоки, оттянувшая карманы, она оказалась хорошей подпиткой, чтобы строить другие миры. Без балерунов и розовых ванночек с мертвыми котятами, зато...

— С тобой мы обязательно отвоюем город у доктора-инквизитора, Алиса. Ты замечательная. Ты так нам нужна. Ты...

...*Твоя.*

— А потом?..

— Потом у всех у нас снова будет дом и никого не будут жечь на кострах.

Вот он о чем. Да, конечно.

— Холодно что-то.

В ее мире после этих слов мужчина снимает брендовый пиджак, пропахший каким-нибудь одеколоном с вульгарным именем вроде Хьюго. В его мире в замерзшую ладонь ложится простая фляжка, обтянутая тисненой кожей. Пиджака у него нет, а рукава рваной рубашки закатаны по локоть. Он привык. Он наслаждается соленой промозглостью, тишиной и...

— Попей.

Ею. Их зыбким, неуверенным, ничего не обещающим «вместе». Хоть немного?

— Я вообще-то пью только шампанское...

— Шам... А это что такое?

— Ну, такой золотистый алкоголь, ты его наливаешь — а вверх со дна бегут пузырьки и шипят, и, если эти пузырьки проглотить, станет очень весело, и...

Он хмурит рыжие брови — густые, но аккуратные: концепт-художница Катя постаралась. Красивые брови — ее фетиш, второй после красивых задниц. Он накрывает унизанной тяжелыми кольцами рукой Алисину руку, подносит... к губам? Нет, к уху, взбалтывает флягу, сосредоточенно слушает плеск и вдруг печалится. Будто извиняется, сообщая:

— Тут ничего не шипит. И пузырьков нет. Но ты выпей. Будет весело и тепло.

И она пьет, потому что широкая горячая рука все еще поверх ее руки. Она делает глоток, другой, задыхается от крепкой горечи: это же как ром, который команда хлещет на корпоративах. Нет, это как самогонка на васильках, которую ловко гнал дедушка в деревне. Она кашляет, но глотает еще чуть-чуть, и ее сочувственно хлопают по спине.

— Алиса, ой, извини. Я думал, ты пьешь как дерешься, то есть как мои парни.

— Ничего. Я привыкну. Знаешь... мне у вас нравится. Больше, чем дома.

Пальцы — чуткие, бережные — касаются вдруг ее спины. Под грубой мужской рубашкой даже не с чужого плеча, а с трупа — пропитавшаяся кровью повязка.

— Тебя же сегодня чуть не убили Красные пираты. Слишком сильное впечатление для первого дня.

— И завтра, может быть, попытаются. — Она сама удивляется, как философски это сообщает. Правда ведь попытаются, такая в сценарии прописана боевка.

— И тебе не страшно? Ты же...

— Девушка?

Он смущенно молчит, а она не собирается морочить ему голову лозунгами из любимых пабликов. Ему не нужно объяснять, что девушки бывают смелые, девушки бывают сильные, девушки бьют морды, если приходится... Не нужно говорить, он все это уже видел, а развевающийся на флаге девиз Fight like a girl Алисины коллеги сами, посмеиваясь и пофыркивая от предвкушения, приписали одной из эпизодических, доступных только в двух сюжетных разветвлениях пиратских команд — поголовно женской. И она просто качает головой.

— Нет. Мне не страшно.

Она бы рассказала, что страшнее там, где стекло и бетон, шум и толпы. Где чумы нет несколько веков, а вместо нее пришли другие болезни, о которых любят сочинять посты и песни: потребление и интернетофрения, мания запрыгивать в какие попало социальные лифты и анемия души, информационное ожирение, творческое выгорание и ожоги доверия. Зараза выкашивает так незаметно, что трупы не сбросишь в яму, не сожжешь, не замуруешь в стене, а будешь этим трупам улыбаться, целовать при встрече в щечку, ставить лайки под фото и ходить с ними вечерами пить винишко. Она бы рассказала. Но он не поймет. Для него самое страшное — кинжал в спину, и инквизиторский костер на площади, и гноящиеся нарывы на коже. Она зовет его счастливым. Он не понимает. Не понимает: счастье любой войны в том, что ее можно прекратить, а кошмар любого мира — в том, что в какой-то момент ты перестаешь замечать, как он разлагается от собственной сытости.

— А-ли-са... — Он приобнимает ее за плечи. Греет. — Алиса... Не сердишься?

— Не сержусь. И мы с тобой победим Орден.

— А потом?..

Дело в алкоголе. Опьянели, потому и разговор пошел по кругу. И, подчиняясь правилам, она повторяет:

— Потом у всех нас снова будет дом и никого не будут жечь на кострах...

Замолчав, чувствует, как рука на плечах дрожит, как по всей сильной, красивой мышце — судорога, будто там пропустили ток. Он размыкает объятье. Отстраняется. Вздыхает.

— Но это ведь не твой дом, девочка с неба. Не твой. Алиса... тебе нужно будет вернуться в свой мир. Я обязательно помогу тебе. Ты не должна тут мучиться.

Хочется выпить, еще, еще. Истина, как кто-то сказал, всего-то в вине, сколько же ее в этом напитке! И она берет флягу, делает глоток, другой. Слезятся глаза — от крепости ли, от обиды, от решимости? Вдох. Выдох.

— Я думала, ты понял. Я не хочу возвращаться домой. Иначе вряд ли вообще я оказалась бы здесь.

Он умный. Управляет кораблем и ориентируется по звездам. Придумывает такие атаки. Крадет сокровища. Живым уходит от докторов-инквизиторов с их безжалостными ядовитыми клинками в тростях и знает столько пиратских секретов. Почему же он глядит сейчас как испуганный мальчик, перед которым вместо принцессы предстал зверь в железной маске? Ах да. *Скрепы*... Которые у каждого, в каждом мире, свои.

— Нет, я не понимаю, сколько бы ни думал над твоими словами. Как это домой — и не хочется? Ты родилась там, в Мо... Мо-сква. Прожила жизнь. Там твои люди: твоя семья, твоя... команда? Ты говорила, что вы — вместе. «Брат с братом, брат за брата, брат ради брата» — у нас это так зовется... — Произнеся зашитый в его программе игровой слоган, он спохватывается: — Ну и если поставишь сестру, суть не изменится.

И этого не понимает: «команда» — не то. Не сокровища, не моря, не приключения и не клятвы на крови. Не братство-сестринство. С командой в Москве не берут золотые галеоны, не спасают дочь дожа от крылатых львов и не распивают ром под незнакомыми звездами. С ней укладываются в дедлайны, получают корпоративные бонусы и ходят на обеды, блюдя три святые заповеди: стрессоустойчивость, инициативность, коммуникабельность. Команда. Team, lead которой, Сеня, еще любит подойти в пятницу вечером, взять за плечо мушиной лапкой со съезжающими на тощую кисть эпплвотч и...

«Эй, крыска Алиска! Правки! Надо бы к утру понедельника. Ага?»

— Ты, наверное, просто не научилась пока ценить тех, кто рядом. Это бывает. Когда я был юнгой, на корабле я ненавидел почти всех. Капитану вообще хотел отпилить голову. А когда другие отпилили, места себе не находил, будто правда брата потерял.

Ее душит смех, нервный, невеселый. Она никому никогда не хотела отпилить голову; максимум — себе, чтобы вынуть мозги и аккуратно, медленно промыть, например марганцовкой. От федеральных каналов, у которых стабильно все слишком хорошо, и оппозиционной прессы, у которой стабильно все слишком плохо. От инстаграма*, битком забитого чужими собаками, коктейлями и детьми; мечтами и целями; амбициями, фотосетами в камышах и опытами психотерапии. От кавайных сисяндр, кислотных кошечек и маскулинных ведьмаков, которых схавают скорее, чем глубокие исторические квесты о тайнах Пилата, Жанны или Прокаженного. Вот тебе и творчество, Алиса. Творение миров, дивных и новых. Интересно… кто-нибудь, кроме Бога, вообще может позволить себе творить миры без оглядки на бюджет, целевую аудиторию и тренды? Знал бы, знал бы *он*, такой красивый, мудрый и рыжий, сколько крови и пота стоил создателям, сколько «Никому не зайдет, зауми много» прозвучало на брейнстормингах.

— Ты прав, — все, что удается выдавить. — Бывает. Может, так и есть.

Бывает. Зато она постепенно научилась ценить себя. Вот только ему не объяснишь, и она говорит другое, чуть проще, чуть безболезненнее. Без златоглазых гробоэтажек с утопленными котятами, без «крысок» и рабочих суббот, без обедов, на которых каждый в своем бизнес-ланче и соцсетях, и в этом команда едина как ни в чем другом. Если мимо действительно проплывет золотой галеон, они сфотографи-

---

* Организация, деятельность которой признана экстремистской на территории Российской Федерации.

руют его разом и разом же кинут в сториз. Возможно, даже выберут один фильтр.

Ему не надо об этом знать, а ей — не надо помнить.

— Мне, знаешь, ничего там не дорого, меня ничего там не держит. Такое тоже бывает. Ты можешь не понимать, но только не гони меня, ведь...

...Ведь мне дорог ты. И держишь меня сейчас — только ты. Живой — держишь. Держал, еще когда перед спонсорами идею защищала, потрясая папкой чужих концептов, и когда консоль запускала, и когда на коды смотрела, и когда слезы глотала, бормоча: «Господи, Боженька, ты садист, хватит, хватит. Дай мне не-глянец, дай или убей меня уже молнией. Как мне тошно быть той, кем меня видят, как...» А Боженька не убил. Послал всего-то странную красную молнию в системник, зато щедро, от души. Красную молнию вместо белого кролика, и вот она — нора. Падение. *Он,* море и небо, полное звезд. «Живи, дурочка». Боженька, спасибо. Сошла с ума, умерла, в коме — за все спасибо. Даже если не воля Твоя, а побочка от бессонницы, стимуляторов и энергетиков.

— Ведь я хочу помочь тебе. — Под невозможно синим взглядом она решает сдаться и потому добавляет: — А потом... посмотрим. Я подумаю.

— Обещаешь?

— Обещаю. На расстоянии все виднее.

Выпила достаточно. Охмелела и осмелела. Чтобы вплотную, чтобы пальцы в рыжие волосы, чтобы губы — к губам этим жестким, соленым. И чтобы в руках теплых не растаять, а раствориться морской пеной, как в совсем другой сказке, страшнее… Ерунда. *Их* сказка пойдет иначе. Алиса не сглупит, Алиса не сдастся. У Алисы же нет ведьмы, которой она пообещала бы голос за ноги. У Алисы — только madness, и все при ней. Дома ей не зря завидовали: «Креативная, продуктивная, работа у тебя крутая и зарплата!..» А теперь она наконец-то сможет завидовать себе сама: «Ты такая… счастливая».

— Тише… тише. Я очень хочу побыть с тобой.

Она верит. Ведь в его мире небо такое огромное, что тонет в море. Под этим небом хватит места всем, кто отказался от собственного.

1. КРАСНЫЕ ГУБЫ

Когда в тысяча тысяча девятьсот лохматом я закончил Полиграф* — с трудом, кстати, потому что тогда, даже чтобы просто туда поступить, желателен был опыт, хоть годик, хоть в самой захудалой газетке, — мне здорово повезло. Курсе на третьем меня милостиво взяли младшим редактором, а потом все повышали, повышали. Не потому, что я был талантливый молодой кадр, а потому, что издательство было пожилое, и после моего выпуска коллеги один за одним начали уходить в счастливое пенсионное плавание к внукам, дачам и прочим радостям, на нашей работе малодоступным. Мы ведь все время горим. Каста факельщиков в мировом масштабе.

Став старше, увидев, что и следующее поколение специалистов подрастает, сердито фыркает, топает по пяткам, я серьезно задумался: а что вообще для изда-

---

* Московский полиграфический институт.

тельства хорошо, больше «старой» крови или «молодой»? В молодости не сомневался: «молодой», они же тут закостенели, выпускают невесть что и невесть как, обложки эти жуткие, сюжеты нафталиновые. Может, когда состарюсь окончательно, я начну думать, что все наоборот: больше «старой» крови — больше стабильности, меньше вывертов и взрывов. Сейчас мне без году полвека, и я думаю, что и той, и другой крови нужно вровень. Молодые специалисты, правда, смотрят на мир шире, лучше слышат его пульс, понимают, когда он вдруг учащается. Но что бы там они себе ни воображали, ловить других над пропастью во ржи способны только те, кто сам уже в эту пропасть падал и ломал пару костей, а потом вылезал и сращивал их.

В свое нынешнее гнездовище я перешел в горячке девяностых, в эпоху наколеночных Кинга и Саймака, вольных пересказов «Рэмбо» и нетленок о джедаях. Издавали все, до чего могли дотянуться, на чем попало и в кроличьих темпах. Ранняя команда наша состояла из вчерашней поварихи, беглого участкового, двух авантюрно настроенных агрономов, недоучившегося врача и меня — единственного книжника с опытом на загривке советского мастодонта. Но соображали мы быстро. Наши первые томики были не самыми корявыми, и костяк русских авторов мы начали сколачивать рано, ловя за хвосты голодных и наглых, экспериментаторов, которым в прежней литературе места не было. Они умели «под Запад», но по-своему, умели «про жизу», но с огоньком. А сколько же, как оказалось, умеет интересно рассказать и о том, как вырастить кур, и о том, как написать пьесу, — на целую нехудожественную редакцию хватило. Может, поэтому мы удержались на плаву, когда народ наелся беллетристики, а гайки авторских прав закрутили мощнее. Мы продолжили работать, в то время как многие ушли в сферы попроще. Может, нам в чем-то помог наш «тотем», чье око глядит с книжных корешков. Паноптес — Всевидящий. Великан с миллионами глаз, о котором одни говорят, будто он звездное небо над океаном, а другие — что он просто замученный трудоголик Олимпа, страж, который никогда не спит. Второе тянет на правду: работа с книгами не имеет ничего общего не то что с восьмичасовым — с шестичасовым сном.

Что такое сам издательский бизнес? Я перебрал в голове множество аналогий, но наконец остановился на одной. Это вроде большого аквариума, куда напустили много разных рыб, которые и в естественных-то условиях не уживаются, что говорить о маленьком стеклянном прямоугольнике? Кого вы здесь только не найдете. Вот яркохвостые гуппи и неонки — вроде маленькие издательства, а сразу запоминаются именами авторов и необыкновенными обложками. Вот здоровенные акулы, глотающие все, что плывет навстречу, а иногда и то, что лихорадочно улепетывает, — холдинги, гиганты. Вот раки-отшельники в почти не видных под наростами извести раковинах. Когда-то они издавали великолепные и востребованные книги, а теперь ушли в советские панцири, не могут понять новую бешеную жизнь, и никакая молодежь до них не докричится. А вот морские звезды, про которых не сразу догадаешься — оно вообще живое? Шевелится? Издает что-нибудь? Шпионит? Или секту тихо сколачивает?

В аквариуме хорошо: есть место, воздух, даже подачки корма в виде частных и государственных инвестиций. Кто сдохнет, того выловят налоговики или съедят акулы. И все же мне всегда казалось, что-то тут не так. Наверно, стены. В океане просторнее, он не ограничен комнатой, где поставили твою стекляшку, — не потому ли о нем так мечтал исполосованный шрамами Жабр, герой довольно мудрого западного мультфильма, как раз таки о рыбах? Но как уж есть. Если смотреть глобально, весь мир — просто огромная комната с десятками аквариумов, а тебе нужно только выбрать свой.

Что делать, чтобы твой аквариум стал если не пошире, то хоть по ощущениям посвободнее? Разве что попробовать больше говорить с бескрайним миром вокруг. У редактора не много способов это сделать: обычно нам... нечего сказать. Мы не великие таланты, не именитые люди, мы заурядны и вечно заняты. Как ни патетично звучит, лица и голоса почти любого издательства, кроме совсем эпатажных, — именно авторы. Своими авторами, всеми и каждым, я дорожу — и сейчас понял это как никогда. Конечно, я и раньше это знал, просто никого из них еще не хоронил. Казалось, они так же бессмертны, как их тексты. Или хотя бы проживут так же долго, как наши крепкие, на совесть, переплеты 7БЦ.

Варя была особенной. Особенной, не стану врать, прежде всего для меня, для редакции — рядовой среди лучших или лучшей среди рядовых. Скромные тиражи от трех до шести тысяч, на двадцатку и твердую пометку «бестселлер» вышли лишь три книги. Периодические, но не регулярные допы. Пара среднемасштабных премий, пара крупных, одна-единственная экранизация и полное нежелание «быть в моде». И тексты, которые похожи то на выдержанное вино, то на разрывные пули, то на горный воздух, то на священный град Ершалаим. Может, потому я и захотел вот так сразу — о ней, а потом, если получится, и о других. Я сохраню ее хотя бы здесь.

Я не пошел и не пойду ни на какие ее поминки.

Я не буду ее поминать. Я буду ее помнить.

Имя у нее было чудесное — Варвара, и фамилия ничего — Перова. Вместе все даже неплохо звучало, хотя мы и придумали в итоге ей псевдоним. В моду тогда входила разная иностранщина: в моей редакции уже были Маша Зимина, выпускавшаяся как Мэри Винтер, Прасковья Ломова, превратившаяся в Пенни Пэйн (триллеры у нее получались вправду pain, злые и пробирающие), и даже Данила Данькин, чей псевдоним я до сих пор не могу выговорить, но косит он под японца и пишет самурайское фэнтези. Варя иностранкой становиться не хотела, а вот загадку жаждала. Потому и стала Ваниллой Калиостро. Вроде и таинственно, вроде и звучно, а вроде и отсылка. К тому самому графу, точной биографии которого никто до сих пор не знает, но о котором чего только не болтают: и бессмертным был, и духов заклинал, и золото делал из чего попало. Варя бессмертной не оказалась. Вместо духов у нее были персонажи. А вот золото... да.

К нам она попала просто с улицы. Я бы и не открыл первого письма с ее текстом, если бы не пролил в тот день сладкий кофе на клавиатуру и не получил свободных минут на бездельничанье: пока новую принесут из запасников и подключат. Вот я, располагая одним только Мышом, и решил порыться в почте. Там мы с Мышом — он у меня допотопный, шариковый еще, но родной — и нашли Варю.

В письме она только представилась и сказала, в каком жанре ее история. Хороший жанр, молодежный триллер. Я зачитался. Клавиатуру мне так и не принесли, потому вместо внятного е-мейла девочка могла бы получить от меня только эмоциональное мычание по телефону: неважно я веду переговоры, на письме все дается легче. Поэтому я подождал. И когда на следующий день я писал ей, то думал: елки-палки, е-мейлу два месяца, наверняка кто-то уже купил права. Не купили. Может, это была судьба. Чтобы мы встретились, чтобы она стала знаменитой и любимой, чтобы я забыл, как без нее дышать. Чтобы я увидел, как она, мертвая, лежит на асфальте. И чтобы начал все это записывать, вот как сейчас: какие-то бессмысленные мемуары, мемуары книжного червя с римским профилем. Не психотерапия, скорее бегство.

Это, оказывается, правда: когда теряешь кого-то важного, в тебе самом неумолимо запускается обратный отсчет.

Десять.

Девять...

Однажды, когда мы с Варей после выхода очередной ее книги увлеклись коньяком, она рассказала, что в детстве была дурочкой — настолько, что просила родителей, если она вдруг (мало ли!) умрет, положить ей в гроб маленький телевизор. Такие тогда продавались — размером, ну, с половину обувной коробки, с длиннющей телескопической антенной, похожей на тараканьи усы. Это чтобы она могла досмотреть какие-то любимые мультики про австралийских зверей-спасателей. Варя тогда зачитывалась книгами про древние цивилизации, и ей верилось, что в усыпальницы фараонам не просто так кладут утварь. Что она действительно может им пригодиться. И что на том свете у людей есть время смотреть телевизор.

Я от души смеялся. Я спросил Варю, а что бы она хотела видеть в своем гробу теперь. Она как-то потупилась, смутилась и пробормотала: «Не пугайся, но... только если тебя, наверное». Я не испугался. Мы были вместе уже полгода — как «мы», как «вдвоем». А как редактор и автор — третий год.

Варь, тебе ничего не положили в гроб, видишь? И на могиле ничего особенного не оставили, пока даже памятник нормальный нельзя, только деревянный крест. Так что твои фанаты, которые из издательского инстаграма* узнали, что с тобой стряслось, просто натащили цветов, много-много цветов. Они все правильно сделали, как я и написал: с корнями принесли, в горшках, чтобы у тебя был сад. Хорошо, что уже тепло. Я же помню, ты не любила получать букеты, с меня

* Организация, деятельность которой признана экстремистской на территории Российской Федерации.

всегда требовала орехи и ром вместо роз. И теперь, наверное, будешь рада, что цветы приживутся, хоть что-то. Хоть...

— Павел Викторович!

Ко мне идет он. «Дима». Следователь с офицерскими глазами, а с ним — внезапный как опечатка в заголовке Джуд. Высокий белобрысый Джуд, он же Женя, еще один мой автор, с Варей дружил. Знакомы, что ли? Нет, вряд ли. Судя по тому, как пытливо Джуд косится, только-только встретились. Языками, видимо, зацепились, с Джуда станется: он заговаривает с каждым, кем заинтересуется, не бояc ни по морде получить, ни до инфаркта незнакомого человека довести. Как бы ему не приглянулся такой следователь типажа «подойдешь — убью»?

— Всё. — Джуд поводит головой вправо, влево. Фанаты расходятся от могилы. Ни одного фото. Удивительно, ни одного не сделали, я точно видел. Слишком переживают, чтобы писать инстаграмные* посты. — Давайте тоже куда-нибудь пойдем? Холодно...

— Иди. А я побуду еще. Потом домой поеду.

— А может, нужно ее... — Джуд щелкает себя по голому бледному горлу, торчащему из-под зеленого шарфа. «Дима» осуждающе молчит, руки за спиной.

— Нет, Жень, *мне* не нужно. Извини. И ты тоже лучше бы, знаешь, работал над книгой. Тебе ее сдавать на неделе, план на «Красную площадь», Данка по самое не балуй вставит, если запорешь сроки.

---

* Организация, деятельность которой признана экстремистской на территории Российской Федерации.

— Ну-у! — Разумеется, он дуется. — Я ж в авторской редакции, чего меня там...

— Зато за тобой, Данка говорит, корректуры, как за поросенком. А внимательные корректоры, сам знаешь, — это галапагосские черепахи: неспешны и вымирают.

Не люблю поминки. Всегда было тяжело, тяжелее, чем сами похороны. Может, дело в том, что впервые я на таком мероприятии побывал в непростом возрасте, лет в двенадцать, и просто не понимал, почему должен есть «за упокой» попавшей под машину бабушки, если мне не лезет в горло кусок, если я бы лучше забился в угол на кровати и полежал в тишине, повспоминал, как она курила «Яву», пекла «Невский» и читала мне о капитане Немо. Но нет. Был этот свет слепящий, и прогорклые какие-то салаты, и ворот рубашки шею натирал, и пили «не чокаясь», а потом я блевал. Разумеется, я блевал. Мне вся эта еда казалась по вкусу неуловимо неправильной — и сейчас кажется. Боюсь, даже в «Золотой вобле», любимой пивнушке Джуда, куда он наверняка и рвется, меня не порадует ничего и я персонал не порадую.

Джуд не настаивает — проявляет свою хваленую эмпатию, не купил же мозгоковырятельный диплом и ученую степень. Понимает: я не дедлайнами его пугаю, а скорее собой. Легко, но весомо касается плеча, на мгновение сжимает, бросает только:

— Ну ладно. Пошел тогда. А к тебе вот господина полицая привел. Поболтайте. Варь... ты тоже бывай.

Кивнув черной рыхлой земле, витиевато махнув мне и «Диме», он удаляется — только шарф по ветру вьется.

Чудовищный человек-чудак, но у меня даже получается улыбаться вслед. Завидно. Джуду проще. У него столько в голове странной веры в странные вещи, что Варька для него вряд ли умерла, разве что ушла в один из своих выдуманных миров, тот, о котором часто рассказывала, а вот романов так и не написала. Там обитают все книжные герои. Холмс с Порфирием Петровичем и Нэнси Дрю — вот именно в такой компании — любят пить тайский бирюзовый чай и играть в «Подземелья и драконы». Варя уверена, вплоть до того, что Порфирий всегда за мастера. Откуда знает?..

Мы остаемся вдвоем на ветру. Почти все Варины поклонники вроде разошлись.

— Как вас... — на этот раз я опускаю глагол, а следователь понимает.

— Дмитрий Алексеевич Шухарин. Но мне и Дмитрия хватит, сейчас — точно.

Он улыбается уголком бледного рта, ладони потирает. Руки у него в земле, даже под ногтями черные скорбные полумесяцы. Неужели тоже принес какое-нибудь растение и посадил? Кажется, вон та рыжая календула — его...

— Я вообще-то здесь не по делу, скорее по читательскому долгу. — Он будто мысли читает. — Впрочем, догадывался, что встречу вас. Вы мне покоя не давали все эти дни.

— Серьезно?..

Не отвечает, сосредоточенно глядит вперед. У дальней могилы — девушка, красивая: волосы платиновые, губы красные, серое пальтишко так сшито, что не спрятать фигуру — песочные часы. Тоже грязные руки, черные-черные. Наверняка из фанаток. У Вари было много интересных, необычных фанаток: и таких вот нежных «дев гламура», и наоборот, броских неформалок. И здоровенные мужики затесывались, что байкеры, что силовики. И печальные тетки за сорок. И детишки-вундеркинды, которым, казалось бы, читать в этом возрасте даже не «Поттера», а каких-нибудь «Котов-воителей». Разглядывая собирающийся на ее автограф-сессиях контингент, мы с пиарщиками изобрели тупейшую шутку о том, что Варенька у нас connecting people.

Какие губы у этой девчонки все-таки красные... вульгарная помада.

— Отношения? — вдруг бросает Дмитрий. Своеобразно он все-таки задает вопросы, ну точно начитался Чехова и не понял. Но я трактую назывное предложение без труда.

— Да. Отношения.

— Давно?

— Два года.

— Почему не женились? Я уже навел справки и знаю, что вы холосты.

— Она не хотела за меня выходить.

— Почему?

Она Варя. Что еще сказать? Не говорю поначалу ничего, просто показываю Дмитрию то, что таскаю в кармане пальто с того самого дня, когда бензин, нимб и менты. Коробку бархатную. В кольце никаких бриллиантов, Варя не любит. «Единственное кольцо, которое вообще буду носить, — с изумрудом. Изумруд — камень чародеев».

— Вот, хотел в который раз попытаться. Но она... не совсем по этой части.

— Не понимаю. ЛГБТ-персона, что ли, или как это зовут? — Ровно, мирно. Не из «фобов», ясно. — Почему тогда она с вами...

— Да нет, что вы. Просто не по части «с кем-то жить».

— Хм. Свободолюбивая? Да, она такой казалась...

Девчонка с красными губами все пасется у могил. Она вряд ли может нас слышать, но поглядывает заинтересованно. Наверняка ее Дмитрий привлек. Вид у него в черной куртке, с черным шарфом такой байронический. Чайльд-Гарольд, да еще не в изгнании, а в звании.

— На теле признаки борьбы, — говорит он уже другим тоном, тише. — В квартире посторонние грязные следы, маленькие, женские. Обувь не убитой. Кто-то к ней действительно заходил. Хватал за запястья, она этого кого-то ударила, кулак стесан...

Молчу. Девчонка переминается с ноги на ногу уже поближе к выходу. Волосы так и летят на весеннем ветру тревожным платиновым дождем.

— Консьержка девушку описала. Составили фоторобот. Работаем.

— Спасибо, что держите в курсе.

— А что вы думаете? — Он наклоняется, стряхивая с ботинка ком земли. — Что можете сказать? Были у нее, например, враги? Может, с кем-то делила квартиру, может, права на романы, может...

— Если диванных критиков с плохими отзывами не считать, если не считать других авторов, продававшихся хуже и слегка ей завидовавших, то, скорее всего, у Вари не было врагов. Да и то, что я назвал, не вражда. Соседство — оно все такое, дача или литературный процесс — неважно.

У нее и друзей-то практически не было. Она ладила со мной, с моими коллегами, с Джудом и еще с парой авторов нон-фикшен редакции. Читателей она, например, близко не подпускала, даже не добавляла в соцсетях. Я не слышал, чтобы она жаловалась, будто фанаты караулят ее в подъезде в надежде выпытать, когда следующая книга или почему она убила-покалечила очередного героя. К популярным критикам и интеллектуальной элите Варя тоже не рвалась. Она вообще не любила навязчивость: знала, что море не отталкивает от себя ни одну реку, но сторонилась и заболоченных брехливых потоков, и тоненьких восторженных ручейков. Ее реки считались по пальцам.

Все это я озвучиваю, наверное, слишком горячо и горько: Дмитрий, выслушав, хмурится, кивает, будто не удивлен.

— Ладно. Ясно... Возможно, вас еще вызовут или, по крайней мере, к вам подъедут. Оставьте мне, пожалуйста, свой мобильный, я передам оперативнику.

— А загуглить? — припоминаю зацепившее меня впервые словцо.

— Такое без бюрократических процедур не гуглится. — Он уже достал телефон, открывает контакты. — Павел, об органах по сериалам судить — себя не уважать, у нас нет ни общемировой базы ДНК, ни консультантов-гениев, ни доступа ко всем номерам. Лучше бы уж изучили нас по... Перовой. Я вот читать начал про цыгана и того своего коллегу. Верибельно.

— Вы в тот раз говорили, что не хотите читать про рутину.

— Не хочу. Но больше она ведь ничего не напишет.

Ничего. Не напишет. Девушка с красной помадой колупает краску на могильной оградке и вроде бы говорит по мобильному. Я быстро называю свой номер.

— Павел.

— Да?

— Скажите... — Он задумчиво разглядывает гаснущий дисплей. — А правда, что с ее книгами случались странности? Вроде того, что события сбывались? Революции, катастрофы... Это все не для хайпа говорилось? И люди так же умирали?

Да. Один раз, например, целый класс, травивший отличницу, — она почти единственная и выжила. Как только не убивали тех ребят, а начиналось все с дискотеки перед Хэллоуином, где кого-то повесили, обмотав собственными кишками. Варя написала схожую книгу в шестнадцать: поначалу вымещала обиду на собственных одноклассников, с которыми тоже не ладила, но потом увлеклась и превратила чернушный рассказик в роман-триллер с совершенно другими героями. Получился чудовищный в хорошем смысле микс «Чучела», «Королевства кривых зеркал», «Ночной смены» и «Повелителя мух». Сплелись две линии: конфликт умной девочки Оли со скотским классом и сюрреалистичное путешествие неизвестного по аду, похожему на босховский. Поначалу было вообще непонятно, как одно связано с другим, — а потом на голову читателя обрушивался раскольниковский топор правды. Параллелей с громким делом «Двадцати негритят» — так реальные убийства в школе на юге Москвы окрестила пресса — никто, разумеется, не провел, его не раскрыли. У Варьки виновным оказался учитель математики с нелепым именем Акакий Горностаев, сумасшедшая вторая личность которого — Охотник — считала школу тем самым адом, а учеников старше шестнадцати — подлежащими истреблению демонами. Пожилая тетка, преподававшая математику в реальной школе, была чиста и адекватна... но все равно, когда мы прочли об этом в газете, у половины редакции волосы встали дыбом, больно похожи были некоторые смерти. Варе пересечение тоже не понравилось, она в тот же день пошла в церковь, а потом месяц не бралась за новые книги.

— Да, случалось, — признаюсь равнодушно. — В итоге мы даже попросили ее не использовать реальные бренды, названия магазинов, имена и все такое. Знаете, Дмитрий, забавно: обычно это запрещают, чтобы не получился product placement — неумышленная реклама, за которую издательству не заплатили. А я вот вам хотел работу облегчить. Полиции то есть. Не то чтобы суеверен, но как бы чего не вышло...

Он неожиданно улыбается. Тоже не суеверен? Или нервы такие же стальные, как глаза?

— Ценю вашу сознательность. Что-нибудь еще скажете?

Вряд ли. Разве что...

— Дмитрий, у нее, кстати, вот буквально недавно книга вышла. Новая.

Последняя, Варь. Ты же так и не дописала ту, на которую договор остался в портфеле, да?

— Неужели? Я не успел купить. Не до того...

— Если приедете разговаривать со мной или с сотрудниками, я вам дам авторский экземпляр. Варя их уже не заберет.

Варя уже ничего не заберет. Я, конечно же, этого не произношу, но он, похоже, читает по лицу и делает правильно: вместо соболезнований развивает тему.

— Я в последнее время потерялся в работе. Раньше по возможности следил за тем, что она рассказывает о готовящихся книгах. В общем, не знаю... про что хоть новая?

— Про девушку, разрабатывавшую компьютерную игру, а потом попавшую в ее мир. Мир пиратский, интересный. Ну то есть как пиратский... средневековая Венецианская лагуна, сама Венеция: чума, Инквизиция, интриги соседей, карнавалы, злой орден Чумных Докторов. Там действуют четыре разбойничьи банды, взявшие себе символы четырех карточных мастей. Вот в их-то разборки девушка и попадает. У нее там еще случается любовь с местным вожаком, но любовь особого значения не имеет.

— Не имеет? Это в попаданческом-то романе? — не без опаски уточняет. Ожидаемо побаивается мыльных опер, свойственных этому поджанру.

— Нет, конечно. Как и всегда. Для Вари любовь в книгах не главное.

В жизни тоже. Но на меня как-то находила и время, и угол в многограннике своего странного сердца. А неприязнь к книжной любви понимаю, слишком часто она какая-то... вывернутая, неживая. Передержанная в сахаре, как коктейльная вишня, или излишне расцвеченная прожилками девиаций, как перележавший сыр с плесенью. Не удивляюсь, что Женя, например, вообще ее в своих историях избегает, у него все «просто дружат», даже если от дружбы этой летят искры размером с шаровые молнии.

— Что ж. Интересно звучит. Я бы почитал. — Дмитрий мрачнеет. — Правда, только когда найдем убийцу. Да и другие дела горят.

— Понимаю. У меня тоже сейчас много чего горит.

Сроки. Забавно, что слово одинаково актуально для нас обоих. Сроки-сроки-сроки, блюди или жди: поставят тебя раком и драть будут одинаково жестко, без разницы, где ошибся — не раскрыл поножовщину или из-за сто раз переделываемой обложки не успел с тиражом к ярмарке. Современная жизнь будто вылеплена из дедлайнов: в работе, в творчестве, в отношениях — «часики тикают» или как там издевательски говорит моя незамужняя к двадцати пяти племяшка. Сроки, за которыми ты бежишь, а они, в свою очередь, — от тебя, хохоча, как припадочные вакханки. А когда упадешь наземь с красной от гипертонии мордой или приступом гастрита, они на тебе еще джигу спляшут и на гробу твоем. И на гробах детей твоих будут плясать, потому что с годами мир только убыстряется, заглатывая пилюли социального одобрения и зачитываясь нон-фикшеном по эффективному тайм-менеджменту. Когда мир останавливался в последний раз, затаив дыхание? Наверное, по-настоящему только перед Хиросимой и Нагасаки, раз-два, когда пальцы чьи-то жирные, потные — к кнопке, которая еще черт знает, существует или нет.

Паш, не парься, мы не сгорим.

Варя всегда так. И тексты сдавала раньше нужного, чтобы никто не мучился. Я с ней тоже горел, но по-другому, не на работе. Никакой Хиросимы. Хиросима, моя персональная, случилась сейчас, и мой мир тоже замер. Хотя и продолжает гореть.

— Ладно, Павел, мне тоже надо идти. Лешку там на делах оставил...

Лешка — лохматый помощник с зелеными глазами. Точно. Лешка как раз не похож на читателя Вари, он, наверное, читает, если читает, чисто «мужскую» фантастику и соответствующие детективы. У таких тонколицых ангелков вечный страх показаться недостаточно крутыми, вот и тянутся руки к книгам, на обложках которых суровые герои сурово крошат суровых злодеев. Боевики, сто процентов, и все такое прочее. Наугад пробую:

— «Сталкер»?

— Что?.. — поднимается геометрическая черная бровь.

Это не Чехов перестарался, уже я хватил: больно сумбурный вышел перескок темы.

— Ваш помощник, наверное, читает постапокалиптическую серию «Сталкер»? Которая по компьютерной игре и немного по роману Стругацких «Пикник на обочине»?

Впечатлился. Кивает. Подозрительно так склоняет голову.

— Любимая, да. И еще книги по серии игр «Варкрафт», это такое боевое фэнтези с эльфами в доспехах, драконами какими-то, королями... Я открывал разок, но все это не литература, если честно. Никак, ни о чем. Вы, что ли, выпускаете?

Так осуждающе интересуется, будто мог бы за это и посадить.

— Нет, конкуренты в нише.

— Тогда повторюсь, — улыбается. — *Не книги.* Как вообще такой мусор можно кропать? Воспитывают в людях дурной вкус и безграмотность, отваживают от классики... Лешка вон сам «Пикник» так до сих пор и не прочитал, дурень, никак не заставлю.

Знаю, знаю таких, мечтающих об отдельном блоке статей в УК за преступления против литературы. Только обычно они постарше, профессией повычурнее, а тут... опрокинутые стереотипы в действии, даже не верится. Провинциальный ментенок пытается намекнуть мне, что Достоевский и Стругацкие бессмертны, а большинство других — твари дрожащие.

— Моя работа со временем научила меня верить, что все сложнее. — Слегка потираю закоченевшие руки, вздыхаю. — Если книги нужны читателю, я не готов называть их мусором. Мне, наоборот, кажется правильным, что мы ушли от советской позиции «Лопайте что дают» не только в вопросе колбасы. Каждый имеет право найти свою книгу... пусть по каким-то критериям и плохую. И воспитать себя как сможет.

— Интересно. — В бутылку он не лезет, просто удивлен: похоже, не такого мнения ждал от настоящего живого редактора. — А по виду вы интеллигент старой формации. Хотя, наверное, у вас там продажи немало решают. Не поймите превратно, мне импонирует такой широкий взгляд, и я признаю, что он правильный. Просто пока он предельно не мой. Сжечь порой хочется весь этот треш.

Дмитрий... Дима, иначе не скажешь сейчас. Какая же, Дима, однобокая потребительская позиция: «Мне не нравится, значит, говно». Дима, написать бы тебе на лбу, чтобы запомнил: книга — это и оружие, и лекарство. Книга может уйму вещей: и спасет от скуки в электричке, и вдохновит на покорение Монблана, и поможет починить расшатанную жизнь, если найти параллели с расшатанными жизнями героев. А еще отвлечет. Заберет тебя из прокуренного кабинета к кому и чему захочешь, вне времен и пространств. Дмитрий, товарищ, мать твою, капитан, а ты не думал, сколько суицидов и бытовых ссор, перешедших в расчлененку, не случилось и не упало к тебе на стол только потому, что находящийся в пограничном состоянии человек нырнул в вовремя попавшуюся книгу и спрятался в ней от самого себя, натянутого как струна? Спрятался в тепле и свете или льде и катарсисе, а вернулся подуспокоившимся. Ты не думал, для тебя все это наивные выдумки, каждый же как-то набивает цену своему скорбному труду. Ты на земле и куда больше думаешь о том, сколько дел все-таки *было* заведено, — и это здраво. А я думаю. И коллеги, с которыми я не только чаевничаю, но и пойду в разведку, понадобись мы там кому-то. Мы любим «мусор» не меньше, чем «жемчуг», и видим в нем что-то большее, чем продажи, хотя ты прав, куда без них? Мы факельщики. И канатоходцы. Вечно балансируем, впихивая в нерезиновый портфель и легкие увеселительно-успокоительные, и то, что станет классикой и спасет мир. Драконов и гениев, эльфов-убийц и святых блудниц, кривые зеркала и правдивые разговоры, щенячьи нежности и горькую полынь, проросшую сквозь песочные часы. Соль на раны. Сны. Стыд. Судьбы.

Вместо этого монолога Дмитрий выслушивает несколько сухих предложений о том, что по закону рынка потребитель есть у всего. «Спрос рождает предложение», маркетинг для чайников. Он слабо кивает: задумался, а может, просто махнул рукой. Ему к тридцати. Мне к пятидесяти. Между нами пропасть, она не станет меньше из-за того, что на дне лежит мертвая Варя с кровавым нимбом и мы оба ее видим. Скоро для этого следователя ее скроет гора других трупов — они, наверное, падают каждый день.

— А как вы все-таки догадались? — спрашивает он напоследок. — Про «Сталкера»?

— Чутье. Просто литературное чутье. — Дышится тяжело, будто я говорил много и долго; в горле саднит от цепких когтей холодного воздуха и горчит от желчи.

— Забавно. Что ж, до свидания.

Он уходит — ему еще ехать из нашей муравьиной Москвы в Варин тихий Шуйский. Скользит между могил черным силуэтом, вот поравнялся с девушкой с красными губами... Кажется, будто сквозь нее проходит, но нет — наверное, просто немного задел плечом. Я потираю глаза, опускаю взгляд на табличку со знакомым именем, тоже делаю шаг. Хватит тут стоять. Хватит. Жаль, не получится как у Джуда, но я хотя бы пытаюсь...

— До встречи, Варь. Я тебя люблю.

Снова губы сухие и холодные, обветрены. Стекло.

— Зачем вы такое говорите? Она вас не слышит, она умерла.

Красная помада, платиновые волосы. Девушка прямо напротив, по другую сторону креста. Когда успела подойти? Глупый ребенок...

— Умерла, барышня. А вот слышит или нет, наука еще не выяснила. За подобные открытия, чтобы вы знали, вручают премию имени Гарри Гудини.

Барышня щурится. Бледная кожа немногим живее волос: ни румянца, ни румян. Глаза неопределенные какие-то, будто кожа хамелеона: прямо сейчас немного меняют цвет, уходят в синеву, потом — в медовую горчицу.

— Смешно, что паранормальная премия названа именем человека, который не верил в духов и развенчивал спиритизм. Вам не кажется?..

Эрудированная. Точно, из Вариных фанатов. Премия не так популярна, Гудини тоже не превратился еще в исторический мейнстрим, его биография не постится во всех претендующих на интеллектуальность группах вконтакте.

— Да, это довольно иронично, равно как и то, что человек, не верящий в духов, все же оставил своей жене тайный знак. Чтобы сразу узнала его призрак, если тот явится. Значит, надеждой человек все-таки жив, даже Гудини.

Жду, что спросит про знак. Или и это знает? Знает. Едва шевелит губами, напевая:

— *Rosie, sweet Rosabelle, I love her more than I can tell...**

Та самая песня, песня Гарри и Бэсси, спетая на одном из первых совместных выступлений, навеки сохраненная. И снова барышня неприятно щурится.

— Не надейтесь. Она вам этого не споет. И не вернется.

— А вы откуда знаете?.. — даже теряюсь немного от злого юношеского напора.

— А я — ее смерть. Только с убийцей не путайте. Всего хорошего.

Исчезает. Нет, конечно же, быстро уходит, это просто я оцепенел. В голове — марево, в которое расползлись ее

---

* «Rosie, Sweet Rosabel» — песня авторства Пола Дрессера (1857–1906).

губы, и голос, и слова. Все красное, яркое, плещется перед непроизвольно сомкнувшимися веками. Еще немного — и упаду. А ведь возле меня на черной земле никаких следов остроносых женских сапожек.

«Я — ее смерть».

«Любовь не имеет значения».

«Были у нее, например, враги?»

Фоторобот. Надо было и мне взять у Дмитрия номер, позвонил бы, попросил прислать на почту. Что, если... Девчонка с бегающими глазами... у этой не бегали, но...

Варя не пользовалась заштампованным приемом — что преступник «всегда возвращается на место преступления». Ее преступникам, чтобы сделать нужные дела, хватало одного раза. Да и кладбище не место преступления. Кладбище даже не моя Хиросима. Кладбище — уже выжженная пустошь, где вместо тысячи бумажных журавликов Садако Сасаки — несколько тысяч темных могил.

...«Варя» и «смерть» — слова эти в моем сознании были рядом с нашей встречи. Варя относилась к неординарной породе людей, о которых говорят примерно так: «Из ряда вон. Талантливая умница, очарование, сердце золотое...» — и добавляют грустно: «Умерла молодой». Как Джоанна Английская, Мария Башкирцева, Мэрилин Монро, как множество прекрасных покойниц из прошлых веков. Жутковатое клише жизни: может, ты и не умрешь раньше срока, но всегда будешь восприниматься другими как некто, подле кого смерть нарезает круги, примеряясь, даже если на деле ничего она не нарезает.

Варе было все равно. Варя хотела жить, это легко понять по ее книгам: они не веселые, нет, но воли, той самой воли к жизни и любования ею там много. Варя вечно писала про тех, кто любит жизнь, крепко за нее держится, спасает ее, — и никогда про ворчащих на нее, мечтающих ее перекроить или тем более с ней расстаться. Даже с подростками она избегала хмари: Холден Колфилд ее типажом не был, а вот Коля Красоткин — вполне. Благодаря ей взбодрились и многие другие, даже я.

А смерть... нет, не нарезала она кругов. Ей было чем заняться. У смерти тоже сроки. Тоже дедлайны. Смерти тоже надо все успевать, и уверен, она-то умеет правильно расставлять приоритеты без книг по тайм-менеджменту и необходимости жертвовать обедом. Что ей одна девочка, которая в детстве хотела, чтобы в гроб положили телевизор, потому что она боялась не узнать, что будет с ее любимыми героями. Которая потом сама писала о героях, от которых невозможно уйти.

«О-хо-хо, такие не живут, они делают жизнь всех остальных слишком славной, слишком ее облегчают, а жизнь — это борьба, вот и барахтайтесь!»

Так смерть решила, когда наконец разгребла сирийские, израильские, иракские и прочие завалы. И пришла.

И у смерти были красные-красные губы.

2. МАЛЬЧИКИ

— Варвара, а расскажите-ка, когда в вас автор-то проснулся? Если, конечно, помните. Кажется, об этом вы еще не откровенничали.

— Сложный вопрос, потому и не откровенничала. Ignes Fatui — болотные огоньки — по природе не одиночки, в трясину они заводят стаей. (*Смеется.*)

— Ну, может, у вас это с детства? Рассказывали маме сказки?

— О нет, это не ко мне. Из сказок я быстро выросла, несмотря на то даже, что мне читали неадаптированные, ну, те, где, например, кому-то из сестер Золушки пятку отрезают. Я вообще была не самым читающим ребенком, больше теледевочкой. Но знаете... кое-что меня, наверное, подстегнуло. Помните, «тяжелое детство, деревянные игрушки»? Так говорят про наше с вами поколение перестройки?

— Точно, не раз слышал! Игрушки детей 90-х еще и прибитые к полу!

(Смеются оба.)

— Ну вот, у меня и друзей из художки так было. Игрушек мало, одна другой страшнее, мне даже барби так и не подарили! (Я себе лет в семнадцать одну сама купила, просто чтобы как там... гештальт закрыть.) Компьютеры только появлялись, о них мы и не мечтали. Зато лет в шесть мы выдумали игру, где куклы, машинки и вот это все было не нужно. Она долго с нами задержалась, та игра. Мы ее ото всех скрывали. Кстати, правильно, иначе было бы не миновать доктора. Сейчас вспоминаю... бр-р, какой-то сюр. Звали мы это еще так криново, игрой в себя вроде. Да, точно. Даша, моя лучшая подруга, выдумала.

— Действительно, название как для психологического триллера или чего-то опасного. Точно можем в журнале-то напечатать? Нас и несовершеннолетние читают. (*Смеется.*)

— Нет-нет, ничего такого, наша игра не была в родстве с собачим кайфом и всякими гадостями! Мы... ну, мы вроде как придумывали себе новые личины и мир, в котором живем. Семью, друзей, врагов, а иногда и детей. Всегда разное. Даша вот что-то русалочье любила, наш общий друг Тим — инопланетное. К некоторым мирам мы привязывались, жили в них месяцами, держали близ себя воображаемых героев, понарошку любили, убивали... но обычно Фигаро тут, Фигаро там. По ощущениям вспоминается, что было классно, хотя, если спросите подробности, ну, например, ставили ли мы домики из стульев и бились ли на швабрах, я вам не скажу. Я... помню игру настоящей. Помню, как пахли ландыши в одном из моих замков, помню, как делала поздний аборт, и помню, как целовался мой первый парень — я придумала его лет в семь, воображая, что нам по двадцать пять и он священник. Представляете? Жутковатое такое раннее развитие, правда? Тема для сексологической диссертации. Или эскапизм. Знаете, мне он нужен был, я же родителей как раз потеряла... нет-нет, об этом не надо, ладно? Потеряла, и все.

— Очень... необычно и обычно одновременно. Ведь все дети что-то выдумывают.

— Но не все живут в том, что выдумали. А знаете, что самое странное? Скрывать получалось легко. К нам в комнату не входили взрослые. Никогда не входили и не заставали нас за игрой. Они могли появиться секунд через десять, а то и через минуту после того, как мы, ну... возвращались из этих трипов, и едва ли о чем-то догадывались. С чем бы сравнить-то? А вот! Читали Мариам Петросян? Мы были вроде ходоков.

— Ого! Да, читал, помню. И как закончилась эта мистическая история?

— Да как все. Мы подросли, общаться стали меньше, потом Тим уехал в Москву, потом и Даша. Я ушла в реальность, но, как оказалось позже, дорогу не забыла. Возможно, миры позвали меня, чтобы... говорить? Воплощаться? Правда, самой меня как героини там больше нет. И я никем не управляю, все, кто там обитает, живые.

— Живые... Вот не укладывается в голове, хотя мне известно, что вы всегда так говорите в интервью. Творческий процесс — это же про воображение, нет?

— Наверное, лично мой творческий процесс — все-таки не столько воображение, сколько погружение. Он немного в родстве с медитацией, немного — с осознанными сновидениями и даже со спиритизмом. К этому можно относиться как угодно, но я не могу ЧЕСТНО сказать, что придумала хоть каких-то героев и сюжеты. Придумываю я по работе: когда логотип просят ну или, там, дизайн визитки. А сюжеты я… нахожу. Подслушиваю, расшифровываю, что угодно. Мои герои мне… незнакомцы. Иногда неприятные. Непонятные. Умнее меня. Они живут жизни, которые я прожила бы иначе, делают вещи, которые я могу осуждать, и умирают — а я их не могу спасти. Я люблю их именно за то, что мы разные и не зависим друг от друга. Это к другому вашему вопросу, «Пишете ли вы о себе?..» Так вот. Нет. Не пишу…

* * *

— Дим, ну вот и чего мне даст эта твоя «психология потерпевшего»? Лучше б психологию убийцы…

— Убийцы пока нет, как видишь. Что есть, с тем и знакомься.

Лешка сопит и опять утыкается в глянцевый журнал, который невесть как отыскался у коллег-девушек. Интервью Ваниллы… Вари, она ведь и не скрывала, что она Варя, — занимает несколько страниц, пестрит фото: Варя в руинах чешского замка, Варя в кафе с чашкой латте, Варя в совином питомнике. Сам-то Дмитрий интервью читал еще в Сети, а тут и напарнику подсунул. Пусть узнает хоть что-то. Пусть узнает и тоже подумает. Правда, *так* он думать не сможет. И никто не сможет. Разве что этот...

Павел Викторович. Ее Павел. Смешно как вышло.

Нет. Ни хера не смешно. Красные полумесяцы на ладонях — от впившихся ногтей — говорят об этом яснее ясного. Кулаки еле разжались. И грозят сжаться снова.

— Чудаковатая все-таки чувиха, а? — Опять Лешка любопытно стреляет глазами. Цвет их по весне будто еще ярче стал, один в один ягоды крыжовника.

«Чувиха». Привет черт знает из каких стиляжьих годов, но слово Лешка любит. Пришлось привыкать. Спасибо, старшего по званию и совсем-совсем большое начальство не зовет чуваками. А вот группа по тяжким* у Лешки — все как один чуваки, и некоторые опера, например педант Сергей, тайно мечтают вырвать ему слишком уж подвешенный язык.

— Да, Лех, у нее довольно необычное мышление. И творчество тоже необычное.

Было. Надо же. А он-то дергался, когда Черкасов говорил о своем авторе... своей *бабе*, ладно, факт... как о живой. А оказывается, сам недалеко от того, чтобы поехать. Ванилла, Варвара, Варя не могла умереть. Вот же ее страничка вконтакте, она просто долго офлайн. Вот ее аккаунт в инстаграме**, на последнем снимке — воробьи на подоконнике со зверским аппетитом жрут длинную сосиску, под-

---

пись: «Всюду весна». Пятьдесят комментариев от читателей, в основном ржущие смайлы. Всюду, всюду весна.

— За необычность вроде сейчас не убивают. Это раньше могли на костре сжечь.

— Нет. Ничего не поменялось. Просто костры стали незаметнее.

Лешка поглядывает поверх журнала — на голове шухер, в глазах скука. Ему свеженькое дело не важнее прочих, и это, конечно, здравая позиция: у самого должна такая быть. Но ее нет. Да еще Черкасов... Черкасову Дмитрий правду сказал: «Не давал покоя», только причину предоставил возможность додумать, настоящую не назвал. И сейчас водит пальцами по сенсорному дисплею, проматывая фото чужого инстаграма* к недавнему отпуску в Румынии, к какой-то выставке, к анонсу обложки и опять возвращаясь к пожирающим сосиску лупоглазым воробьям.

Как странно. У Вари нет с Павлом совместных фото. То есть совместных как *совместных*, а не тех, где они стоят на фоне допотопных стеллажей, со стаканами кофе и в пиджачно-блузочном обрамлении дядек и теток из совета директоров. Совместных как «смотрите, у меня отношения», как «я не только успешный писатель». Таких нет, нет даже трогательно переплетенных пальцев, или колец, или букетов — ничего. Только дома, леса, море, книжки, еда, одиночные селфи. Варя взяла псевдоним Ванилла, но «ванильной» — кажется, так это называют или раньше называли

---

* Организация, деятельность которой признана экстремистской на территории Российской Федерации.

девочки-подростки — не стала. Все ее чувства были глубо-ко-глубоко внутри.

— Что-то ты приуныл, Дим. — Лешка шумно стучит ногой по елочке советского паркета. Выбивает что-то морзянкой, кажется SOS.

Ну и что тут ответишь?

— Дим! Алле!

— Да нет. Просто работы много, сам же видишь, ничего не идет.

— Вижу только, что ты уткнулся в телефон, а меня заставляешь читать дичь.

Действительно.

Он так и не написал *ей* ни разу — а ведь хотел. Да что там, Варвара Перова понятия не имела о существовании Дмитрия Шухарина, как и о существовании большинства из семи с половиной тысяч подписчиков. Вместо нормального человеческого ника у него в профиле значится Dmitry и набор случайных цифр. Ни описания, ни фотографий: на хер этот глянцевый бред? Слишком много сил уходит на то, чтобы твоя жизнь со стороны выглядела успешной и интересной, а ведь эти силы куда больше пригодились бы, чтобы по звезде не пошла реальность. Фильтр поможет убрать мешки под глазами, но не ночи в нервном созерцании стены или бумаг. Нездоровую бледность, но не висельную пляску кровяного давления. Избавит от следа пули, но не от воспоминания, как приветливо она свистнула, пролетая. Дмитрий вообще не видит в соцсетях смысла, кроме возможности поддерживать с кем-то связь, да и времени вести что-то подобное нет: какой виртуал у следователя, который в Шуйском — немаленьком вообще-то городе, побольше средней подмосковной дыры, — работает, конечно, не в единственном экземпляре, но и не окружен десятками умных, опытных, надежных коллег? Никакого «Ко мне, мои мушкетеры», каждый сам за себя, у каждого свои пахучие кучи. Так что инстаграм* он завел только из-за нее. Ваниллы, Варвары, Вари. Чтобы молча следить и после особенно гадостного дня думать о том, что когда-нибудь он ей напишет. Ничего особенного. Пожелает чего-нибудь заезженного вроде вдохновения и хороших тиражей. И терпения. И чего-то еще. Не любви. Ненавязчиво. Один раз.

— Чувак!

Он молча, не глядя хватает со стола смятый лист и запускает. Метко.

— Ух! — Лешка фыркает, мужественно приняв удар лбом. — Да, ты совсем скис. Ладно, так что думаешь, это все-таки психованный фанат до нее добрался, Дим?

Он откладывает телефон, яростно трет висок. Инстаграм* можно удалить.

— Не только я. Опер так полагает, перестал толкать тему суицида. Обобщая показания всех, кто что-то видел, — да. Подозрительная эта девушка, которую консьержка не знала, не только ей попадалась на глаза, а больше никто и не заходил в тот час, все-таки был разгар рабочего дня. Соседи... тоже вряд ли.

Лешка откидывает журнал на безбожно загаженный папками и чашками стол, начинает качаться на стуле. Скрипят нож-

---

* Организация, деятельность которой признана экстремистской на территории Российской Федерации.

ки, сипло стонут паркетины, беспокойно пляшет по стене угловатая кучерявая тень, жаждущая хоть какой-то деятельности.

— А этот ее?.. — Лешка делает узнаваемую кирпичную рожу.

— А *этот ее* чист. Он даже не успел зайти в подъезд, подтверждено.

— Мог ведь нанять кого-то, а приехал просто удостовериться, что...

— Леш, а зачем эти мыльнооперные гипотезы? У них были хорошие отношения.

Слишком хорошие.

— Ну не знаю. — Скрип-скрип, стул гулко приземляется на ножки. — Мыльные оперы не с потолка берутся, Дим, жизнь — она разная. Помнишь вот чувака, который кораблики* прятал, подвязывая к брюшкам своих черепах? В «Форт Боярде» подсмотрел, падла!

Кораблики, черепахи... недавно наркошу закрыли, а будто век назад. Кивнуть, изображая всесторонее внимание, легко, а вот цепь мыслей так и замкнута на другом.

Все же было смешно вот так столкнуться возле трупа и старательно изображать равнодушное неведение, пока ухоженный мужик с профилем римского прокуратора *ее* не представит. Неведение, а внутри форменный ад, где припадочно смеются бесы. «Ну что, написал ей в директ? А еще при погонах. Ссыкло ты, а не...» Не написал. И не придется. Впрочем, как оказалось, к лучшему, потому что есть этот — с кольцом с изумрудом. Не идиот, не мудак, не просто похот-

---

* Жаргонное название пакетиков с марихуаной.

ливый папик, а вполне себе достойный типаж. Интеллигентность, здравомыслие, огонь в усталых глазах, начищенные ботинки — все при нем, не отнимешь. Кстати, можно было догадаться. Даже когда Ваниллу, Варвару, Варю спрашивали в интервью о любимых книжных и киношных героях, она почти не называла ровесников или подростков, в основном это были мужчины за сорок — седеющие, холодные и породистые. Зато все, как один, — в форме или при власти. Может, это давало какую-то ложную, нелепую надежду?

— Дим, я в соседний, кофе бы поставить. Ну, чайник.

— Давай. — Пора бы наконец и в свое логово купить новый, взамен безвременно почившего, но на поиск чайника времени пока меньше, чем на сон. Так что спасают девочки, только добрые овэдэшные девочки-дознаватели, гроза мошенников, хулиганов и воров, с которыми вот уже год приходится делить здание. — Только не зависай, знаю я тебя. И не обжирай их опять.

— Я им сам зефир вчера купил, грушевый. И чокопаек две коробки. Захочу — и обожру!

Лешка выбегает, уязвленно тряхнув короткими, по-бараньи буйными кудрями. Неудивительно, что его в последние дни многое напрягает. Может, признаться? Может, станет попроще? Оно ведь, говорили в годы учебы, у каждого бывает — то самое *дело*. Которое больное, которое личное, которое вгрызлось в холку ли, в сердце — куда дотянулись зубы. Иногда оно и толкает в органы, иногда, наоборот, вышибает из них, а иногда вот так обрушивается — камнем по голове на взлете. Шухарин ведь Жеглов, говоря по-советски; Шерлок, говоря по-западному; «с заделом на Москву», говоря по-главковски. А тут — Ванилла, Варвара, Варя и проебанные нормы по всем фронтам. Ступор. Ад. И никому он это дело не отдаст, и не сольет, и ничего, нет. Лешка же, по злому и дикому стечению обстоятельств эту *инициацию* прошедший куда раньше, свое личное вытянул. Не проиграл... хотя все к этому вело, толкало, швыряло. Нет, лучше не вспоминать.

И вообще о Лешке думать, тем более с Лешкой шутить куда сложнее, чем кажется.

Взгляд — на соседний, заваленный стол. Что совой об пень, что пнем по сове... ну и плевать. Когда Лешка только появился, ему здорово влетало за бедлам, за бумажно-картонные горы, за цветное разнокружье на всех углах, за нечесаные кудри Иванушки-дурачка. Не любил Дмитрий хаос, на собственном столе порядок был всегда, такой бы в голове. У Лешки нашлось полно и других недостатков: шумный, болтливый, читает мусор, да еще романтически бредит, что пришел делать великие дела, а не чистить Авгиевы конюшни. В конечном счете все недостатки оказались терпимыми и частично исправимыми, а главное Лешка каким-то образом сохранил веру, что разгребать дерьмо и есть великое дело. Если не он, то кто? Наша служба и опасна, и ненормированна, и нелюбима прессой, и плохо оплачивается. Кого нельзя купить, того убьют или выдавят; кто не смог помочь, тот мудак без «но»; кто не бьет в камере, тот все равно бьет, ведь все верят в вероломно съеденную бабушку и никто — в вовремя пришедшего охотника. Но Лешкин лихой настрой хоть немного, да заражал. Еще недавно. А сейчас?

Дальше взгляд спотыкается о распечатку, где черные волосы и темные запавшие глаза. Девица из подъезда — непримечательная, разве что какая-то истерзанная, будто мучительно страдала в долгом плену. Глядит хмуро, исподлобья. Что там про нее говорила консьержка еще? Высокая. Тощая. Дорого одета. Неопасная вроде, поэтому бабка и пустила, решила, мало ли к кому могла прийти вот такая «подружка». Старая дура...

Кстати, о «страдала». Мысль. Пригодятся данные о том, не сбегал ли кто-нибудь буйный из здешних психбольниц. Люди сходят с ума из-за знаменитостей, в том числе из-за писателей. Такое бывает. Даже у Кинга история была, вроде «Мизери», там писателя не то похитила фанатка, не то еще какая-то дрянь произошла, связанная со сталкерством. Ванилла, Варвара, Варя стоила того, чтобы сходить из-за нее с ума. Доказано. И сталкеры у нее были... как минимум один. Вот этот, в черном зеркале погасшего телефона.

Он закуривает, упирая локти в стол, мрачно глядя в исцарапанную поверхность, где, кроме листа с фотороботом, — ничего. Телефон пиликает, выстреливает уведомлением; черное зеркало оживает. Странно. Оповещения стоят только на инстаграм* и только на *нее*. Спам? Но слишком привычно — разблокировать экран, открыть приложение.

Вверху ленты — черно-белый снимок, незнакомая блондинка на фоне открытого окна. У блондинки красные губы, а взметнувшиеся от сквозняка занавески — старушечьи, да и вообще окно, кажется, то самое. Опечатанная квартира убитой Перовой. Ваниллы. Вари. Приписка к фотографии: «Призраки не поют, mon cher».

---

* Организация, деятельность которой признана экстремистской на территории Российской Федерации.

Да. Выложено с *ее* страницы. Но когда дрогнувшие пальцы открывают профиль, последнее фото — по-прежнему воробьи-троглодиты. И когда, дрогнув еще раз, пальцы возвращают на экран ленту обновлений — тоже. Птицы. И какая-то чертова контекстная реклама средств самообороны. Никакой блондинки. Никакой...

— Дим!

Падения телефона не слышно за бодрым грохотом: Лешка, приземлившись задницей прямо на край стола, ставит рядом с локтем увесистую термокружку черного кофе. Позаботиться решил, мать его, а теперь вот шарахнулся от бешеного взгляда, чуть не свалился на пол.

— Ты чего?! Напугал, что ли? Я ж сказ...ал?

В кофе — собственное искаженное, нечеткое отражение. Лицо кажется очень белым, глаза — провалами. Призрак... «Призраки не поют». К чему это?

— Дим?..

— Надо проверить квартиру. — Голос как чужой.

— В плане? Какую?

— Перовой.

Ваниллы. Варвары. Вари, которую кто-то...

— Мы там только недавно были! И эксперты даже уже были дважды!

Он поднимает телефон, разблокирует, листает ленту инстаграма* еще раз. Никаких фотографий. А что, если вообще показалось, если...

---

* Организация, деятельность которой признана экстремистской на территории Российской Федерации.

— Так. Отдай. Обожжешься еще...

В левой-то руке все еще сигарета, хотя затянуться он успел раза два. Не погасла, медленно тлеет, сыплется на чистый стол дорожка пепла, похожая на длинную нервную запятую. Лешка отбирает сигарету, критически оглядывает, тут же затягивается сам. Экономия, у них так часто: один на двоих пакетик с чаем, одна на двоих пачка, вообще все пополам. В этом своя доля рациональности: полкапли никотина, например, убивает только половину лошади, вторая может еще поработать. Зажигалка тоже одна, никак не сдохнет, будто бесконечная. С рыжей чертовкой, кокетливо обнажившей левую ножку и правую грудь, — ясно, кто выбирал.

— Да что случилось? — Лешка выпускает ноздрями сердитую дымную струйку.

— Туда кто-то залез.

— Откуда знаешь?

— Знаю. — Он поднимается. Лешка кидает тоскливый взгляд на свою кружку. — Ладно, пей. Я пока машину выведу.

— Дим, а у нас вообще-то дел до хера, у тебя отписки скопились. Квартиру эту...

— Хорошо. Поеду один. Отписки ночью... Сергею не говори, будет дергаться.

Да, не хватало, чтобы опер всполошился. Его и так бесит, сколько личного интереса и внефункциональной инициативы растрачивается на «вот эту, которая из окна выпала». Сергею-то поначалу хотелось, чтобы спустили на тормозах. Можно же было подъездную бабку проигнорировать, слова ее — не тот случай, когда безупречно складывается два и два. А ну как «девица» ей приснилась или еще что? Сергей даже бычил в открытую: «С хуя ли, Шерлок? Сирота, богема, кололась небось, вот и вывалилась, кому она…», но ответа внятного не получил — только внушительный список поручений по ОРД*. Можно его понять: помешан ведь на своих показателях эффективности. И вот теперь непременно напомнит о том, сколько разного другого еще не подписано, не укомплектовано, не согласовано и не сдано. Зря он, что ли, вкалывал? Делишки, цитируя его, ноги не отрастят, до прокурора не добегут.

Лешка кивает и остается рассиживать на столе с хозяйским видом, мол, вытворяй что хочешь, я пас. И ладно: вряд ли поездка чем-то чревата. Но когда уже рычит мотор, Лешка пулей выбегает во двор, под нечесаные серые облака. Несется от крыльца, высокий, нескладный и моментально раскрасневшийся пятнами. Забавно выглядит. Забавно, но это не помогает сейчас взбодриться и усмехнуться, да даже улыбнуться совсем чуть-чуть. Выходит только сощуриться и колко уточнить:

— Что, дела подождут? Заключения мои добивать не хочешь… чувак?

— Это ж быстро. — Лешка уже бухается рядом. Как и при любом бюрократическом намеке, дергает плечами. — А ну как вправду кто влез, а ты один? «Преступник всегда…»

— Это штамп, да к тому же бредовый. Ну давай, расскажи мне, много наших с тобой преступников возвращалось? Многих не на другом чем-то замели, не по случайности?

Лешка молчит. Оба знают ответ: ноль. Преступники Шуйского либо достаточно соображают, либо возвраща-

---

* ОРД — оперативно-розыскная деятельность.

ются, когда их не караулят. А девушка? Она откуда? У окна стояла с мечтательно-победным видом, словно над поверженным тигром, и голову откинула, и рот этот кровавый... Зернистая чернобель кадра и красные губы.

— Дим, — вместо хоть какой-нибудь выдуманной цифры Лешка бьет по живому. — Это у тебя... личное? Я знаю, я такое видел, я же не дурак. И я помогу.

И этот туда же. «Личное, Дим». Ничего не ответив, он выезжает на улицу.

Преступник всегда возвращается на место преступления. Ванилла, Варвара, Варя тоже это отрицала, утверждая: в реалиях нынешнего мира так может сделать только идиот. К тому же красавица-блондинка не напоминала девушку с фоторобота. Но зачем-то она заявилась? Или померещилась?.. Впрочем, можно почти не сомневаться: заявилась или не заявилась, померещилась или не померещилась, он ее не встретит, по крайней мере, не сегодня.

«К нам не входили взрослые. Никогда не входили и не заставали нас за игрой».

Ванилла, Варвара, Варя... с кем же ты заигралась?

* * *

— ...«Пишете ли вы о себе?..» Так вот, нет. Не пишу... Честно говоря, я трусливая как не знаю что. Все время кажется, будто напишу гадость про кого-то на меня похожего — и сбудется у меня самой. К тому же моя жизнь все-таки не для книг, она хорошая сама по себе, но я-то довольно скучная. Куда скучнее окружающих.

— **По вашим ответам и не скажешь!**

— Я научилась казаться чуть интереснее как раз вот… для вас. Ну, для прессы и соцсетей. А что вы удивляетесь? Казаться интересным — тоже навык.

— **Никогда об этом так не думал.**

— А я вот постоянно. Знаете, как было сложно, когда меня стали много читать и расспрашивать? И звать куда-то, на встречи например. Я ведь ленивая и замкнутая, замкнутая и ленивая…

— **Варя, две-три книги в год — разве ленивая? Вы изумительно продуктивны!**

— В книгах и в работе, больше ни в чем. Как только меня просят что-нибудь другое сделать — ну, там, в библиотеке выступить или вот с вами пообщаться, — во мне тут же привстает с дивана Илья Ильич и стонет: «Ну я же уже написал книгу! Что вы от меня еще хотите? Заха-ар!»

(*Смеются оба.*)

Вообще страшно завидую авторам прошлого — Сервантесу, Дойлу, Сэлинджеру, Булгакову. Тем, кто просто бросал в воду жизни камни своих книг и смотрел на круги. И смотрел, и смотрел… Знаете, чему завидую? Что их уже нет, а круги все идут.

— **Делай добро — и бросай его в воду. Так у нас в Армении говорят.**

— Тоже так хочу. С другой стороны… так больше нельзя, потому что нас, бросающих камни, стало больше. И это тоже здорово.

(*Беседовал Арташ Арушанян.*)

3. ЖИВУЩИЕ ВО ТЬМЕ, ДАЮЩИЕ СВЕТ

Помню, как по земле ходили диплодоки, а практически единственными местами, где автор мог услышать мнение о своем тексте, были литпериодика, творческие вечера и редкие выезды на писательские дачи. Максимально немедийные годы: теле- и радиоэфир-то не резиновый. Книжный мир жил как Олимп, но у этого были преимущества — например, возможность выставлять границы. Автор или издатель не был богом, но читатель определенно не топтался в его прихожей. Это сейчас кто угодно может прийти к кому угодно в соцсети и с равной вероятностью как подарить букет, так и облить грязью. Интернет принес гласность для всех, даром, и никто не ушел обиженным. Ну, кроме тех, к кому слишком зачастили в гости.

Авторы вообще существа ранимые, каждый по-своему. Это первое, что я сообщаю редакторам-новичкам. С авторами, вопреки мнению некоторых моих коллег, не нужно как с больными или неразумными детьми, это и глупо, и унизительно — но с ними нужно так, как вы хотели бы, чтобы вели себя с вами. Впрочем, это золотой принцип в любом коллективе. Не нужно быть ни услужливым зайцем, ни матерым волком — будь человеком, и хватит. Но если у большинства редакторов, даже молоденьких (особенно из моего родного вуза, точнее, его тлеющих останков), это в крови, то за издательской территорией — суровые джунгли, где автор может нос к носу столкнуться с каким угодно ужасом.

Самым ужасным ужасом обычно становятся читательские мнения. Ведь если книга хоть сколь-нибудь продается, интернет быстро наводняется отзывами и обзорами, рецензиями и даже тем, что претендует на громкое звание критики. Тысячи слов о новой книге — вот только далеко не все слова лестные и уж точно не все дифирамбы. Давно заметил, есть у большинства авторов тайная тяга — не просто понравиться, но овладеть думами и сердцами, взбаламутить их и перевернуть. Но дум и сердец на всех никогда не хватит, а кто-то еще и плюнуть вслед захочет.

Советская эпоха была годами критики — той самой, настоящей, которая не про поругать-похвалить, а про добросовестно разобрать, привести примеры, препарировать. Душу текста отделяли от костей, говорили о композиции, стиле, символизме, идейности — больше, чем об абстрактном «отклике». Профессионалы критического пера вообще редко обнажают душу, в отличие от нас, впечатлительных обывателей. Зато им нельзя просто сказать «понравилось» или «не понравилось» и оправдаться фразами «не люблю описания», «хотел, чтобы Маша осталась с Колей, а она с Петей». В современных рецензиях аргументации меньше, зато нескрываемой любви больше, порой она так и звенит, переливаясь через край. Но тут как повезет, вместо любви может быть и ненависть, могут быть такие упражнения в остроумии, что гонителям Мастера не снились. И автор у нас идиот, и у художника руки из ушей, и у редакции нет вкуса, и власть вообще офонарела, раз не запретила «выпускать такое, оболванивать и растлевать население». Неизбежный эффект стопки водки натощак: впервые за много лет людям разрешили говорить без оглядки, отвели под это площадки — и некоторые увлеклись.

Голосов все больше. Бесстрастные критики-константы тоже остались: какие-то на ветшающих страничках периодики; какие-то в инновационных жилищах вроде фейсбука*, — но в поле их зрения попадает намного меньше книг, чем издается. А вокруг наросли тысячи новых общительных переменных, объективных и не очень, профессиональных и безалаберных. Маркетологи только и рады: да, говорите, говорите — главное, чтобы слышали и подхватывали. Делайте нашу работу за нас. Люди осторожны и любопытны одновременно: охотнее тянутся именно к тому, что уже потыкали пальцами до них. «Эту книгу обругал весь свет? Дайте, уж я-то разберусь, из-за чего шум!», «Мировой бестселлер? Мне тоже надо, что я, лох?» Это будет работать, пока мир — бесконечная пещера, вся темнота которой — информация. «Читайте

* Организация, деятельность которой признана экстремистской на территории Российской Федерации.

нас», «учитесь у нас», «покупайте у нас», «одевайтесь как мы». В темноте превышающих спрос предложений люди ослепли. Большинство просто идут на шум, выбирая, что любить, что надевать и кого сажать в партийные кресла.

А вот между теми, кто говорит, и теми, о ком говорят, по-прежнему фигуральная пропасть. Джуд советует заполнять ее эмпатией, только не получается. Когда кто-то, например, честит книгу на чем свет стоит и желает автору найти другое дело, он редко задумывается, что автор почувствует. Так что своим я советую просто не зацикливаться, пореже себя гуглить и тем более не принимать все подряд отзывы как руководство к действию, проклятье и диагноз. Не слушают. Некоторые в итоге, начитавшись разного, закапывают себя так, что обратно их откапывают только коллеги Джуда или он сам. Внутренних Белинских, у себя же выгрызающих солидные куски печени, и внутренних Лжедмитриев, предлагающих самим же себе переквалифицироваться в управдомы, он повидал немало.

В нашем сознании почему-то заложена вера: если дверь заперта, за ней что-то сокровенное, важное. Вера остается, сколько бы ударов током ты ни получил, сломав очередной замок. Та же Варя достойно писала, ее активно читали, много хвалили. Но чем больше читателей, тем больше мнений. У шума — а чем написание книг не шум? — тоже есть законы. Самый простой: рано или поздно кто-то вежливо или не очень попросит вас замолчать. И дернул же Варю черт пойти на левые сайты, в народ...

И вот однажды она позвонила мне и печально сообщила, что кто-то где-то небывало разгромил ее бестселлер. Ей было около двадцати, и вышла первая ее книжка — та самая, про учителя и демонов. Отзыв был далеко не критический в словарном понимании: голое возмущение кого-то, кто просто был к истории не готов. Не считал отсылок, не приноровился к языку, ждал ужастика вроде «Крика». Упор в отзыве был на то, что книга «сухая, унылая и не подходит в серию» (вышла, каюсь, действительно среди более простых текстов, да еще в обложке с томной блондинкой среди черного леса, под диким названием «Ад, где меня не найдут»). Не понимал несчастный читатель, хоть убейте, чем Варина история всех зацепила, почему у нее такие рейтинги. В конце он посочувствовал деревьям, которые пускают на такие «шЫдевры». Сочувствовать лесам, вместо того чтобы сажать их, — кстати, одно из любимых развлечений недовольных людей.

Вообще негатив в категоричной форме всегда ставил меня в тупик. Книга или фильм — это не машина, не сковорода, не оценишь по работоспособности. Сколько людей, столько и вкусов. Я вот не люблю «Гарри Поттера», для меня это пустышка в золотой фольге. Но его любят мои племянники, да и великовозрастные брат с сестрой. Мне в голову не приходило публично рассуждать о том, что живая Гермиона выбрала бы кого угодно, но не Рона, гибели крестного не хватает логики, мир шаткий, а злодеи не раскрыты даже экскурсами в прошлое. Кому это интересно? Лучше потрачу время на перечитывание избранных мест из «Понедельник начинается в субботу» — книги, которая мне по душе.

Каждый автор переживает взгляд в читательскую бездну по-разному. А я стараюсь, чтобы примирение с существующими где-то рядом разгромными рецензиями было безболезненным. «Здравствуй, Даня. Да, Даня, здесь тоже водятся тигры. Нет, Даня, не нужно идти к ним в комментарии и сообщать, что для твоего романа им не хватает читательского опыта, и эрудиции, и вообще они ничего не понимают в японцах. Всё они понимают — просто не так, как ты». К счастью, почти все авторы адекватно принимают простой факт: людям не нужно запрещать говорить о тебе плохо — это путь к диктатуре. Правильнее осознать не менее важное: то, что кто-то говорит, не значит, что ты обязан слушать. Он и без тебя найдет собеседника, а ты без него найдешь читателя.

Когда бедняга Варя позвонила мне и зашмыгала носом — в начале нашего знакомства ей еще свойствен был постподростковый драматизм, — я испугался, думал, случилась какая-нибудь катастрофа. А вот тебе — отзыв. Вспоминая более взрослых авторов с дубленой шкурой, я посоветовал слушать большинство: большинство в ажиотаже скупало книгу, красиво ее фотографировало, сыпало цитатами и рисовало картинки по мотивам. И если честно, я до сих пор не до конца понимаю, почему после этого совета Варя сухо попрощалась и положила трубку.

Через несколько дней я, заметив, что она продолжает хандрить, поехал к ней домой, все равно хотел отвезти прибывшие авторские экземпляры. Да и пилигримово любопытство одолело, в Шуйском — непонятно в честь кого названном городке — я раньше не бывал, Варя приезжала в Москву сама.

Я сразу уверился: город таки получил имя в честь того самого Михаила, несчастного юного полководца Смутного времени. Его стилизованный монумент — курчавый безусый богатырь в кольчуге и с двуручником — встретил меня прямо на вокзальной площади. Больше городок, застроенный в равной пропорции старыми купеческими домами и печальными стайками неуклюжих хрущевок, меня, к сожалению, ничем не удивил. Впрочем, там жила Варя. Это — удивительно.

Я приехал со свеженькой «Прагой» — универсальным тортом, который любят, по моему опыту, практически все. Коньяк не повез, вообще еще не знал, пьет ли она. Варя мне и торту порадовалась, взбодрилась после того, как я в который раз клятвенно уверил ее, что книгу мы взяли не чтобы заткнуть дыру в серии — она действительно хороша. Мы полистали издание, с сожалением выловили пару опечаток, а потом отправились пить чай на ее тесную кухню. Там тема «литературных гадостей» опять вылезла. Кстати, тогда я, наверное, и влюбился, хотя уже не вспомнить. У любви не всегда есть «точка вскипания», часто это скорее равномерное нагревание — исподволь, взглядами, улыбками и вот такими вечерами, полными внезапных честностей. Теплеет, теплеет под сердцем... а потом ядерный взрыв. Хи-ро-си-ма.

Из разговора с Варей я узнал о мотивации, о которой не задумывался раньше и даже не слышал. Не сомневаюсь, что она была у многих, но большинство авторов в ней просто не признавались, слишком уж наивно. Они, если у нас заходила философская беседа о том, для чего, собственно, писать книги, как правило, называли:

— Самовыражение (как в старой рекламе не то шоколада, не то газировки: «достойно уважения»).

— Сублимацию и компенсацию (эти слова любили люди с дипломом психолога).

— Желание стать богатым (честные, но наивные у меня тоже есть).

— Желание стать классиком (таких я мысленно жалел и желал долгих лет).

— Чтобы не спятить от голосов в голове (так ожидаемо, что уже не страшно).

Варя выдала другое — так, будто мы знали друг друга сто лет. Скорее всего, она просто устала и решила не облачаться наспех в доспехи колючего цинизма.

— Понимаете, Павел Викторович, у меня, к сожалению, не много доступных способов делать добро. Когда я была маленькая, мне казалось, что есть только два настоящих дела: или защищать, или лечить. Я не смогла стать полицейским или спасателем, как хотела: хилая. Врача из меня тоже не вышло — я тупенький творческий гуманитарий. Я стала искать хорошую профессию, чтобы денег давать на всякие приюты, больницы. Дизайн подошел. Я давала и даю, но это… мелковато. И тут оказалось, я могу делать еще кое-что нужное — писать книги, которые будут не просто нравиться, но и… становиться чьими-то друзьями. Наводить на мысли, вдохновлять, помогать с чем-то справиться. И расстроилась я не из-за того, что кто-то не в восторге от романа — такие и раньше были, и будут. Меня расстраивает, что с «другом» не вышло. Я же такая не одна. Люди пишут про многих современных, еще живых авторов: «графоманы», а авторам этим ничего не надо, кроме как помочь кому-то выбраться из тьмы, из которой сами мы не выбрались. Многие не выбрались, так и блуждают. Живые сюжеты чаще всего рождаются именно во тьме. Вы так не считаете? Взять тибетских монахов… сколько среди них просветленных, да? Но почти никто почему-то не пишет художественную прозу. Пишут ее тоскующие травматики. Неудачники. Потеряшки. И те, кто еще в пути.

Это было немного безумным, а насколько безнадежным — не описать. Но я, пожалуй, понял. Многие авторы кажутся мне именно такими — маяками, которые, давая яркий свет, сами плавают в кромешной тьме. Кто их должен оттуда вытащить?

— Не всем нужны помощь и дружба, Варвара… Некоторые покупают книги по моде, некоторые — от скуки, некоторые — вообще именно для того, чтобы посмеяться, особенно если автор молодой. Есть даже обиженные отказники, которых не печатают, — так они специально следят за новинками, чтобы позубоскалить над более везучими.

— Понимаю. Постебаться тоже потребность.

Не все потребности прекрасны, что поделать, — шакалы такая же часть природы, как благородные волки, и кто знает, что бы здесь без них сломалось. Я молчал, а Варя курила; пепел сыпался в блюдо с недоеденным тортом. Наконец я решился посоветовать ей хоть что-то:

— Вам просто нужно смириться. В конце концов, нельзя подружиться со всем миром. Не все стоят нервов. Некоторым поможет кто-нибудь другой или хорошая трепка.

— А как смириться-то? — безнадежно спросила она, но над трепкой хихикнула.

Мои аналогии были так себе, слишком глобальные и злободневные. Я сравнивал несравнимое — так мне казалось. Это сейчас, особенно после диалога с Дмитрием про литературный мусор, я понимаю, что, в принципе, был прав. Но тогда я оправдывал себя только тем, что Варе двадцать. В двадцать иногда — особенно девочкам, росшим на Крапивине, девочкам-одиночкам, да и мальчикам тоже — хочется подвига. И я сказал:

— У каждого, кто делает что-то хорошее, высокие шансы либо прослыть еретиком, либо стать мучеником, причем именно за то, что вроде как заложено в его призвание. У чуткого свободомыслящего священника, у принципиального полицейского, у честного политика, у работящего врача. Такова жизнь: свет всегда гасят. Вам не переубедить всех, кто делает это, но вы можете светить для тех, кому нужны. Я не думаю, что вам станет легче, но по крайней мере это лучше, чем расстраиваться впустую.

Она вдруг улыбнулась. Улыбалась она всегда слабо, как-то по-джокондовски.

— Мученицей мне точно не быть, а еретичка... хм... звучит даже модно!

Больше она не переживала из-за отзывов — во всяком случае, не показывала этого, ну а вскоре и сама уже утешала юных авторов, заставая картину маслом:

«Опять двойка на "ЛайвЛибе"». А еще с того дня мы стали немного ближе, больше шутили и болтали. И вроде бы Варя со всеми этими слезами повела себя как обиженный ребенок... но именно тогда я осознал, насколько внутренне она уже взрослая. На прощание она поблагодарила меня за самую простую на свете вещь.

— Спасибо, что не посмеялись. Я обещаю, я... исправлюсь. И справлюсь.

Восемь.

Семь...

«Павел Викторович еще в кикозе».

Разносится это по всему опенспейсу, хотя никто не произносит вслух. Ни разу не произнес, но фраза так и проступает тревожными кровавыми надписями на бледно-песочных стенах, синем ковролине, белых стеллажах с «сигналами». Дремучее словечко удивительно прижилось именно у нас, полюбил его стар и млад, хотя вне редакции я практически перестал его слышать. Возможно, потому, что вся издательская экзистенция — ненормированная и полная трагикомедий — и есть сплошной кикоз.

А я просто сортирую Варины имейлы. Странно, что не засел раньше.

Новый уровень сантиментов для нового века — цифрового. Оголтелая бумажность сменилась столь же оголтелой электронностью, а мне все равно есть что сохранить. Не в коробке на антресоли, а в невидимой за пределами компьютера папке, так и названной: «Варя». В груди у меня такая же. Там, кроме слов, еще коньячные пробки, недокуренные сигареты и сухая листва. И к ней нет пароля, иначе я, может, захотел бы его забыть.

Варя, как и я, не любила и особо не умела говорить, лучше излагала мысли письменно. Что бы она ни писала, это принимало художественную форму. Даже письма, где мы обсуждали подготовку очередной книги, напоминали иногда истории. Что-нибудь вроде «Граф Колянчик (наш худред Елистратов) соизволит познакомить меня с госпожой художницей? Прибыть с визитом или просто прислать пару летающих голов на референсы?» Или: «Тем, сколько занимаются сексом мои подростки, я прогневала критика N. Берегитесь, на вас идут с факелами толпы мам и нянек!» Или: «Серая бумага? За что же так со мной; она похожа на ненастную Фудзияму!» Я смеялся, читая это. Даже не знаю, как ей не надоедало и как она не повторялась. У нее и для коллег шуточек хватало.

Часть писем формальные, ни о чем — я удаляю, сентиментальности недостаточно. Если разобраться, мне вообще хватило бы десятка имейлов, но сохраняю больше, они могут понадобиться по «чисто деловым делам». У Вари нет семьи, была только тетя, и та умерла. Варя говорила, что в случае чего за ней даже наследовать некому.

«А давай ты, Паш. Права на романы тебе пригодятся, квартира тоже. Продашь ее — а деньги в бюджет, под проекты. Дашь шанс какому-нибудь очередному молодому автору с улицы. Я же вижу, их у вас стало меньше».

Меньше. Мы стали осторожнее отбирать авторов, это точно. Крепнет печальное ощущение, что чем больше зажигается звезд, тем меньше среди них ярких. Пишут сейчас много и многие, а вот темы и типажи кочуют из истории в историю:

этого нервного писателя в кризисе я уже видел, и хорошенькую отличницу, увязшую в любовном треугольнике с двумя хулиганами, тоже, и роман про непростые отношения сыщика-человека и сыщика-робота читал... трижды. Действует удручающий обратный принцип; кто-то ведь верит, что, если пятьсот тысяч мартышек посадить за клавиатуры, рано или поздно одна сотворит шедевр. Что же за эксперимент?.. Ах да. Не эксперимент. Просто вариация на тему так называемой теоремы о бесконечных обезьянах*. Которую так нормально и не доказали.

Я удаляю последние имейлы: Варя прислала корявенький синопсис и великолепные отрывки почти дописанной книги, а я предложил ей вариант, куда мы ее поставим. Дальше только мое короткое «Я скоро заеду» и ее анимированный, одобрительно кивающий смайлик. Варь, это забавно. Столько любовных историй кончаются трогательными письмами, как у Куприна в «Гранатовом браслете». А наша вот оборвалась на кивающем смайлике.

— Нет! Прошу прощения, Сабина, я не могу сейчас это обсуждать, вообще неизвестно, что там с серией. Я вам напишу... позже, позже, да, извините, мне пора!

Мимо пробегает Динка — с бешеным таким взглядом. В такт шагам качается на макушке светленький хвостик, летят фонарики рукавов белой блузы. Динка прижимает к уху кислотно-красный смартфон, каблучки — цок-цок. Похожа Динка на маленькую взмыленную лошадку, и бежит лошадка, судя по дрожащей губе, плакать в туалет.

---

* Классическая теорема о бесконечных обезьянах утверждает, что абстрактная обезьяна, ударяя случайным образом по клавишам в течение неограниченного времени, рано или поздно напечатает любой наперед заданный текст.

Уже третье наше с Динкой утро начинается одинаково. Мы сталкиваемся на общей кухне. Она, качнув хвостиком, спрашивает: «Чай?», а я киваю. Она щедро кормит зеленый пузатый чайник крымским сбором, который сама же притащила из похода. Пока чай доходит, источая пахучий лавандовый пар, мы сидим за столом друг против друга и держимся за руки, точнее, кончиками пальцев за кончики пальцев. Пару минут — заварка ядреная, ей хватает. Мы пьем чай из одинаково безликих желтых термокружек, потом — еще по стопке валерьянки — и наконец идем работать.

Динка одна из моих Трех Девиц, трех ведущих редакторов художественной литературы. Отвечает в основном за янгэдалт, но выпускала и Варю, независимо от тематики и жанра. Они хорошо общались; у нее и других авторов-друзей полно, но ей непросто, даже на похороны не смогла пойти. Моя Динка, как и та, книжная, давно попрощалась с детством, а вот плакать не перестала, не стесняется. Можт, поэтому в сравнении с двумя железобетонными коллегами в том же звании — одной помладше, второй постарше — она переживает стрессы проще, в плане, без последствий: у Динки, по крайней мере, ни язвы, ни явных ментальных проблем. Она выплакивает весь накапливаемый от гремучей жизни яд, потому и с работы выбегает всегда счастливая, румяная и сияющая. Кроме трех последних дней: тут она пересиживает дольше меня. Что-то лихорадочно доделывает, роется в самотеке, сварливо пинает литредов и художников, подгоняя что-то, что еще даже не загорелось. Но Динке так проще.

— Дииныч…

Она не услышала. Убежала. А мне прилетает в почту свеженькое письмо.

Сабина Шведова-Ясминская. Сабрина Кроу. Риночка, как мы ее иногда зовем.

«Здравствуйте, Павел. Простите, что беспокою, но решила прояснить вопрос дополнительно, а то девчонки ваши заняты. Насколько мне известно, место в плане на июнь в серии Lux in tenebris освободилось. Может, поставим мой новый роман? Я присылала его месяц назад. Синопсис...»

Я закрываю письмо. Спасибо, милая, что «место освободилось». Спасибо, что «место освободилось», а не «эта ваша Перова, с которой вы носитесь, наконец-то умерла».

Сабина — ровесница Вари. Сабина, когда мы взяли ее первый триллер, очень хотела псевдоним Кинг, но я не разрешил. Объяснил это тем, что мы, конечно, слегка жульничаем, но выезжать за счет параллелей с западными авторами не собираемся. На самом деле уровень Сабининых текстов был неплохим, но ни Кинг, ни даже его прославленная в соцсетях собака и рядом не валялись. Больше наивных сюжетных тропов, больше максимализма, другая атмосфера, подача, а главное, совершенно другой контингент героев, сплошь Холдены и Венди. Тогда Сабина стала Кроу, а заодно и в имя добавила лишнюю букву, в память о любимом сериале про какую-то ведьму. Ей идет: она готичная брюнетка, а еще немного ворона из басни Крылова — по-детски падка на похвалы. Риночка умеет и любит мечтать. Она из тех, кто честно говорит в интервью: «Я очень хочу стать знаменитой». Чтобы переводы по всему миру, кино на Netflix, вилла в Калифорнии и эти, как их, косплей с фандомом (или фандом с косплеем?). И у нее хорошие шансы. Но все это не особо про Lux in tenebris. Вряд ли там нужен Netflix, скорее дикий сплав Тодоровского, Ридли Скотта и Гильермо дель Торо.

Вообще Lux in tenebris — одна из моих любимых смешанных русско-иностранных серий, объединяющих книги в жанре магического реализма. Помню, как ее на этапе создания боялся отдел маркетинга: все убеждал меня, что а) название надо русское, б) название надо понятное. Мы их переубедили и презентовали все правильно. «Свет во тьме». Читателям понравилось. Lux in tenebris они ценят именно за то, что, как ни блуждают во тьме персонажи, в конце они непременно обретают искомое. Свет. Свободу. Иногда спасение — свое или целого мира. В героях побывали и маленькие сиротки, и стареющий диктатор, и американские колонисты, и даже сестра Моцарта, чью биографию метафоризировали в стиле «Лабиринта Фавна». Дана — моя грустная, серьезная, мучающаяся от биполярного расстройства Дана — придумала эту серию, когда я пересказал ей тот разговор с Варей, про мотивацию писать. Динка подхватила и развила, купила первые права, додумала «одежку»: монохромные обложки, фольгированные серебром или золотом заглавия, черный обрез. Дороговато печатать, но всем нравится. Семь книг позади, а продажи все еще не просели. Пара русских авторов даже брали премии. Варя очень хотела туда, почти успела, но вот...

Варь, ты, наверное, просто раздала весь свет раньше. Другим текстам. Другим сериям.

«Сабина, здравствуйте. Рад вас слышать. В плане на июнь в Lux in tenebris стоит Перова. Ждут Перову. Насколько я знаю, она действительно не дописала новую книгу и мы не сможем ее выпустить, но я давно планировал переиздать "Ад...": Варвара сделала расширенную редакцию, более вдумчивую и зрелую, с дополнительными линиями. Поэтому вместо допа сделаем такой проект. Что касается вашей книги, я попрошу ознакомиться с ней как можно быстрее и поставить в план, возможно, на июль или к ММКВЯ. Вряд ли в эту серию, но подумаем. Коллеги будут держать вас в курсе. Хорошего дня».

«Ад...» действительно вырос с Варей. Там и раньше был довольно необычный сюжет: девчонка, которую травили одноклассники, стала расследовать их смерти и чуть не погибла, столкнувшись с Охотником. Но если прежде это был все-таки больше хоррор с душком всем известных «Детей кукурузы» — пусть и качественный, — то в новой версии книга стала куда психологичнее. История принятия своей инаковости. История обретения себя: в конце девочка поступает в академию МВД. История о том, как озлобленное создание, сидящее у воды и радующееся каждому проплывающему трупу врага, превращается в человека. Новое название соответствующее, короткое, но емкое: «Я прощаю». И ненавязчиво вплелась в сюжет влюбленность героини в молодого следователя, ведущего дело об убийствах школьников.

Сабина отвечает коротко: «Спасибо, буду ждать!» На самом деле, наверное, фыркает, а может, у нее пригорает говяжья поджарка на сковородке или что она готовит своему вскоре возвращающемуся с работы и из садика семейству. Сабина переживает, что мы в нее не верим. Я верю, хотя у меня пока нет возможности даже поднять ей роялти. Она не боится опасных тем — про домашнее насилие, секты, детскую проституцию говорит открыто. Глубоко не копает, использует как дополнение к сюжетам, но все же она смелая, и я ее уважаю. Книги у нее интересные. Неплохо написаны. Но они пока слишком поверхностны для «большой» прозы и уже слишком сложны для развлекательной. Переходный возраст: у Сабины как у личности он давно позади, а вот как у автора — в разгаре. И герои... вновь вспоминая советское выражение, я ни с кем из ребят Сабины не пошел бы в разведку, хотя молодежь их метущиеся души очень любит. Издав три книги Кроу, я уже знаю: Сабина не выводит к свету, она, наоборот, окутывает бархатной тьмой, за что честь ей и хвала. Она из особенно ценимых мной авторов, но в Lux in tenebris я ее роман едва ли поставлю, лучше поищу что-то новое. Варя права: пора опять пытать удачу.

— Павел Викторович...

Динка. Динка с красными, как у ангорского кролика, глазами.

— Да, Диныч?

Она крутит в руках телефон.

— Вас Риночка может побеспокоить. Она тут хочет в «Свет...». А я, кажется, не очень с ней хорошо поговорила, сквозь зубы немного.

— Не волнуйся, уже побеспокоила. Я сам поговорил.

— Тоже сквозь зубы? — Динка склоняет голову грустно, понимающе. Она про нас с Варей знает или, по крайней мере, догадывается.

— Да нет, нормально. Книгу ее выкопай, прочти и поставь на конец лета — осень, в «Голоса дня», если это реализм, или в «Голоса ночи», если опять мистический мрачняк. Я не смотрел...

— Да я читала. Городское фэнтези. Про девушку, умершую в самолете и попавшую в параллельный мир — или скорее отражение нашего, — где городские птицы, ну там голуби, ласточки, воробьи, на самом деле оборотни. Они все живут в мансардах на крышах, а дома отдают «воздушным душам» — тем, кто погибает в небе. И сейчас этих погибших летчиков, пассажиров и так далее уже так много, что люди и птицы воюют...

Хорошо звучит, свежо, в духе Риночки, но...

— И там, конечно, невероятная любовь с вражеским принцем? И девушка окажется особенной? Спасет всех от чего-то, с чем и взрослые птичьи вожаки не справятся? И рядом обязательно будет какой-нибудь добрый... м-м-м... стриж или голубь, тоже в нее влюбленный?

Динка кивает на каждое предположение. Эх, Сабина, знаю я тебя. Такова броская примета современной молодежной литературы: если герой не избранный-особенный, да еще не по уши в любви, то книга не книга. Трогательный зверь — янг-эдалт. Мы его очень любим — не только за продажи, но и за попытки вменяемо выстроить диалог с молодежью и за ослепительный, важный посыл: «Ты можешь все, а если пока нет, то сможешь обязательно». YA прыгает с ноги на ногу между миром взрослой прозы и миром подростковой, прыгает и кричит: «Дайте нам дорогу!» Право требовать этого он уже вроде имеет, а вот голосочком владеет пока не до конца — то споткнется, то охрипнет. Сколько же там надрыва и огня... вот только все это, опять же, не совсем про Lux in tenebris. Его ЦА с этой аудиторией пересекается точечно.

У меня слегка сводит зубы, потом немеет в груди. Это уже не скорбь, это темная редакторская досада: очень жаль Варину книгу, которую мы на июнь в плане прочили. Одно название чего стоило — «Волки воют на солнце». А сюжет? Критики ждали-обождались. Россия за несколько месяцев до Февральской революции, с юношей из личной охраны царской семьи начинаются странности: у него появляется способность смотреть на солнце не щурясь, потом на солнечной поверхности он видит золотых волков и наконец начинает слышать их вой. Чем больше воют волки, тем ближе кровь. Воют волки перед всякой бойней, а громче всего — в день Отречения и позже, многим позже, в утро перед екатеринбургским расстрелом. Молодой человек ломается в горниле перемен, тщетно пытается спасти государя, к которому испытывает болезненные *ростовские* чувства, примыкает к Белому движению, раз за разом обретает и хоронит друзей, в конце концов уезжает, надеясь обрести лишь одно — тишину. Все это — то в снегу, то в крови; все — под тревожный вой солнечных волков, существующих не то взаправду, не то у героя в голове; все — чудесным языком, похожим на Пастернака и Булгакова. Варь... ты в синопсисе не написала про финал, у тебя вообще синопсисы слабее книг на порядок. Чем закончилась история? Замолчали волки? Почему анархист Махно, с которым героя столкнула судьба, тоже их видел и слышал? И — хотя это в большей степени вопрос к YA, чем к твоему жанру, — полюбил ли мальчик хоть кого-то, кроме мертвого царя?

— Тогда либо все же «Голоса ночи», либо No limits, — с усилием возвращаюсь к Сабине.

— Я решу. — Динка уже глядит побо́дрее. — Книжка крутая! Просто... просто... ох.

— Вот и реши. Порадуй ее, напиши, спроси, что хочет на обложку. Она там грустит.

— Поняла. Павел Викторович... — Уже отступив было, она оборачивается.

— Да, Диныч?

— А те полицейские вам ничего не говорили? Про убийцу?

— Нет. Ничего. Вообще мало выходили на связь, так, расспрашивали по мелочи. Слышал, правда, что задним числом еще узнавали у руководства обо мне, может, о тебе, вообще обо всех, с кем Варя общалась. Собирали информацию, отрабатывали версии. Но без подвижек.

— Ясно. Ладно, пойду работать. — И она убегает, качнув хвостиком.

— Диныч, я переиздание придумал. Как раз в «Свет...». Перешлю тебе одно письмо!

— Жду. — Даже не оборачивается.

У нас обоих нервные голоса. Как-то не помогает нам валерьянка.

Проводив Динку взглядом, зачем-то захожу в инстаграм*. Я ни на кого почти не подписан: только аккаунт издательства, родственники, мои Три Девицы и человек восемь авторов, среди которых Джуд и Варя. Все молчат, даже сестра притихла. Обычно-то у нее ни дня без нового кулинарного опыта: не суфле с ревенем, так тартар из страуса. Только Джуд выложил очередную фотографию Кекса — своего толстого французского бульдога, сегодня он пожирает банан. Как и часто, вместо текста — кучка смайликов-собачек, а в ответ — тонны комментариев: «Лапочка!», «Какой милаш:)», «Пусик». Комментарии всё больше от молоденьких и не очень молоденьких читательниц, и я уверен: не все они про Кекса.

---

* Организация, деятельность которой признана экстремистской на территории Российской Федерации.

В ленте — реклама компьютерной игры. Забавно, я не заходил ни на один соответствующий сайт, да что там, у меня по-прежнему шариковый Мыш. Ну и где обещанная «таргетированность»? Ах вот оно что. Описание. Немного напоминает Варин последний роман «Всего лишь игра», о провалившейся в виртуальный мир девчонке. Какие-то пираты, враждующие банды, вожак одной из них — рыжий оборванец с лицом благородного аристократа — поднимает флаг с красным ромбом...

«Двадцать лет назад Великая Чума охватила вольные острова Четырех Мастей. После нее остались лишь скорбь, смерть и запущенные сады Ушедших Королей. Орден докторов-инквизиторов призвал выживших на Пятый остров и с зараженной армией захватил цветущую Веронату — самый богатый, не тронутый болезнью город архипелага. Отныне Вероната — оплот Ордена, и всюду здесь тени в птичьих масках. Они охотятся на ведьм и инакомыслящих и, обращаясь стаями воронов, слышат самый тихий шепот. Никто не возвращается из застенков Несвятой Инквизиции... И никто не знает, что Магистр, объявивший Великую Чуму карой за грехи и захвативший благодаря ей власть, сам — грешник. Но сопротивление зреет. Последние пираты островов Четырех Мастей еще не объединились, но уже ищут артефакты, которые помогут им в грядущей войне. Выберите сторону. И вместе с капитаном Даймондом вы уже не вырветесь из мира захватывающих приключений».

Забавно. Даймонд — по-английски «бубны». Герой Вари — жгучий венецианский брюнет по кличке Бубновый Туз, но, что называется, идеи витают в воздухе. Вышла игра уже после того, как книга отправилась в печать, но все же интересно:

Варя видела наброски локаций и персонажей и вдохновилась? Или кто-то из разработчиков читал ее посты о новом романе и развил игровой мир? Впрочем, пока нет судебного иска, мне все равно. Варина фабула совершенно иная, классическое попаданство с неклассическим исходом, ведь...

«Когда теряешь кого-то важного, в тебе запускается обратный отсчет.

Десять.

Девять...

Прощай, Джакомо, мой Бубновый Туз. Я досчитаю до единицы и выключу игру.

Я досчитаю до единицы, и меня не будет, потому что теперь я знаю: меня и не было».

Девочка, по словам Вари, слишком тосковала по тому, кого оставила, тосковала настолько, что никакая «авторская воля», с которой Варя и так не дружила, потакая свободолюбивым героям, не помогла. Прямо Варя о самоубийстве не написала, оставив все на усмотрение читателей: боялась наших законов. Мне же призналась: «Паш, я знаю. Она выключила компьютер и вышла в окно».

Теперь в окно вышла Варя, а до единицы считаю я. Считаю, снова зачем-то открывая Варин инстаграм*.

На своих литературных сайтах Варя выключала личные сообщения, в соцсетях почти не сидела. Пока наконец она не обосновалась в инстаграме* и не появилась

---

* Организация, деятельность которой признана экстремистской на территории Российской Федерации.

адекватная возможность до нее добраться, люди порой использовали возможности неадекватные: писали ей письма на единственный доступный адрес, в издательство. В конце концов, когда писем, часто даже живых, бумажных, стало слишком много, их начали торжественно сгружать мне на стол: сначала, чтобы я посмеялся, потом — чтобы меня позлить. Я пытался выдать их адресату. Адресат отказывался. Варя вообще образ жизни вела закрытый, даже работала из дома. Письма оставались мне. Из любопытства я их вскрывал: вдруг, как в советские времена, кто-то приложит списки пропущенных корректором опечаток? Полезное дело.

Опечаток люди, видимо, не замечают или считают ниже своего достоинства выполнять чужую работу. Зато часто, читая письма для Вари, я просто терялся. Ей говорили то, что, казалось, чаще слышат духовные учителя, ну в крайнем случае психологи. О том, как кто-то, прочтя ее книгу, решился завести друзей; о том, как другого человека она вывела из творческого кризиса; о том, как третий обратился к Богу... «Вы хорошая», «Пожалуйста, не бросайте писать», «Я не знаю вас, но я вас очень люблю...»

Она все упрямилась, и тогда парочку я процитировал ей по телефону: надеялся, что уж после этого-то она уверится, что у нее чудесно выходит делать добро. Она только сказала: «Спасибо, но... не надо больше. И не вскрывайте». Я знал ее уже достаточно, чтобы понять.

Маякам не кричат. На маяки идут. И не разбиться о камни — уже достаточная благодарность их теплому ободряющему свету.

4. ПРОКУРЕННАЯ РЕАЛЬНОСТЬ

Дурак я. Шутки у меня дурацкие. И автор я неправильный.

Ну, так говорят, может, и не зря.

А все потому, что не понимаю я некоторые ложки-поварешки на творческой кухне.

Например, я не понимаю тех, кто, начиная книгу, садится, берет лист и... вместо того чтобы сразу писать, долго, трудно, скрупулезно ищет образы. Оптом. Сначала главгероя, потом — главгада или даму/недаму сердца, наконец — их окружение до последней собачки. А еще есть ведь всякие алмазы героя, анкетки его качеств, фотки актеров, вдохновляющие на внешность, — мол, купи три коробки острой курочки и собери голубя! Нет, я не стебусь, не обесцениваю и понимаю, что у всех у нас по-разному устроены головы, а сборка голубей (простите!) — лишь еще один из способов настроиться на творческий процесс и перестать его бояться. Это у меня субъективное: многовато плохих примеров перед глазами. Моя сеструха всем этим в четырнадцать лет баловалась, целую тетрадку со схемками и вырезалками завела... а в итоге ни главы не написала. Слишком топталась много, перегорела. Ну а план сюжета? Вроде все логичнее, но для меня — мертвечинка. Он потом меня же и затормозит, когда герои нагло заявят, что все было не так, и разбегутся как хомяки. Как говорил мой дед (про что-то другое, про меня вроде :D), «це хуйня!». И я согласен. Зависим я от внезапных встреч и поворотов — чтоб было как в жизни, а план и тем более поглавник жизни составить нельзя. Никогда не знаешь, кого встретишь. А главное, никогда не знаешь, с кем останешься.

Я честно пытался, но те, о ком правда стоит писать, у меня не «придумываются» и планам не подчиняются. И их друзья, враги, питомцы. Они просто заявляются в голову, иногда вежливо постучав, а иногда влетев верхом друг на друге, держа в руках ведро мороженого или динамита. Они как Джинни: кружа рядом, обещают, что you'll never have a friend like me*, но у них нет ни лампы, куда их, засранцев доставучих, можно прогнать, ни привязанных к рукам и ногам ниточек, за которые получится тягать по распланированному сюжету. Переписывать биографии. Менять форму носа и пол, класть в чью-то постель. Подлаживать под повестку или наоборот — сбавлять обороты остросоциальности.

---

* «Friend Like Me» (*англ.* «Друг, как я») — песня из диснеевского мультфильма «Аладдин» 1992 года. Автор музыки — Алан Менкен, текста — Ховард Эшман.

Первым, кто вот так пришел ко мне однажды, был... Бог. Из моего мира, но вполне себе настоящий. От него веяло силой и иронией, и сказал он: «Брось Паланика, сын мой. Он хороший парень, но он не ты. Писательские советы нужно читать, когда уже сам можешь дать хоть парочку. Садись и пиши. Ведь ходить ты научился сам, нет?» Я сразу спасовал, принял правила его игры, и... для меня они справедливы. Никаких чужих советов. Планов. И переделок. Потому что с живыми существами так не поступают. Либо принимай их такими, какие есть, либо оставь в покое. И всегда, слышишь, всегда слушай их голоса, не подменяй своим. Да, @ereti4ka_vanilla? Мы-то сечем!

Она, конечно, не ответила. Наглый, хотя вроде без наезда пост. Комментарии малохольные: «Точно!», «+100500», «Я б ни за что не стала страдать фигней с планами, если б писала книги», «Ахаха, ГОЛУБИ!», «И как ты только держишь столько всего в голове? Ты гений?» Сплошь от фанатов, ничего удивительного. Есть и пара возражений от коллег: «А мне вот планы помогают, особенно когда линий много...», «У меня все всегда начинается с героя, я его долго придумываю и должен пощупать». Даже есть пара претензий в духе «Не удивительно, что у вас герои такие чуднЫе», «Если не прописать характеры заранее, они плывут. Замахнетесь на что-то посложнее фэнтезятины — увидите», «Токсичненько». Евгений Джинсов — @hey_jude_1_9_8_7 — отвечает благодушно. Кому-то смайлит, кому-то бросает: «Понимаю, каждому свое», кому-то философски напоминает, что есть много куда более сложных книг и менее токсичных блогеров, а он, болезный, только вчера слез с пальмы. Ванилла, Варвара, Варя лайкает некоторые его комментарии. В конце она все же пишет: «Жень, не будь злыднем, я тоже сейчас пишу книжку с планом и... с поглавником!» Ответ: «Предательница!» Три орущих от хохота смайла, кислотно-желтое сердце и волчья морда.

Этот парень, с которым пересеклись на похоронах, подписался на Дмитрия сам. Как только нашел среди тысяч чужих подписчиков? И без фото? Впрочем, черт с ним, книги все равно были в планах. Джуд Джокер относит их к жанру брейн-фикшен*: грубо говоря, проза для людей с мозгами. Насколько «брейн», учитывая, как охотно и массово его читают? Пока не сказать. Вроде там свой мир, довольно популярный. Мир Пяти Часов: сотворил его местный Господь (видимо, тот самый, из поста) ровно в 17:00, осознав, что Ему не с кем пить чай. Бог этот на фресках всегда с чашкой в одной руке и кубиком сахара меж пальцев другой; чай — священный напиток, а пакетирование — богохульство. Зеленые, красные и черные эльфы — аристократия — появились из молодых чайных листьев. Из заплесневелой заварки родились лишайные демоны. Вампиры — дискриминируемая раса, потому что не наследуют Царства Чайного. И прочее в таком духе — разошлось на мемы настолько, что известно даже людям, которые Джокера не читают. Самих книг уже штук десять, их хвалят за язык и «яркий мир, попахивающий старой Англией и способный догнать Плоский».

---

* Термин популяризировал писатель Андрей Жвалевский для своей фантастической дилогии «Мастер сглаза» и «Мастер Силы» в 2005 году.

Пока наиболее популярная подсерия первая, пародия на вудхаузовского «Дживса», про туповатого молодого эльфа и его гениального дворецкого-вампира. Хотя есть и что-то про местных сыщиков-привидений, и про Божьего Сына, сошедшего на землю в поисках друзей. Кажется, этот неординарный, но узнаваемый по отдельным отсылкам юноша подружился с белкой-оборотнем.

Посты в основном бессодержательные: книжка-еда-собака-какойтомужик-собака-собака-собака. Все буквенное — под селфи, с которых нагло щурится бледный блондин с голубыми глазами: просто «гей, славяне!», если не учитывать, что глаза лихого татарского разреза.

Читать посты — все, что остается сейчас, глубокой ночью, когда наконец можно домой. Читать, просто чтобы не заснуть, пока Лешка милостиво играет роль шофера. Уровень доверия «пустить за руль неслужебной машины» достигнут довольно давно, но, когда Лешка свалит к себе в халупу, дальше вести придется самому. Потому и надо не отрубаться, а отвлекаться, пинать мозг. Придурочный Джуд вполне сгодится. Вот, взял и борзо написал в директ:

«Ну что, как расследование, господин полицай?»

«Никак».

Сухо. Коротко. Смайл, бьющийся об стену, подошел бы больше, но пользоваться смайлами — детский сад. Прочтя мысли, соответствующий смайл присылает сам писатель. Свидетель. А может, и подозреваемый, хотя сомнительно. Проверено: Евгений Джинсов вел во время смерти Варвары Перовой пару в университете. Он дипломированный психолог.

«Есть мысли, как продвинуться. Заделюсь попозже».

Ну спасибо. Что-то гражданской инициативы, на которую начальство порой напирает как на «несомненную опору наших сил» и на нехватку которой сетует, стало так много, что хоть жопой жри. Не давай обезьяне гранату. Не давай гражданским лезть в следствие.

«Ок». Пусть пыжится. Наверное, раздувает из этого свой пиар.

— Да кто тебя там хочет? — ревниво дергается Лешка. — Серый что-то нашел?

— Нет. Никто. На дорогу смотри.

Лешка фыркает, а потом требовательно кивает на завалившиеся меж сиденьями сигареты. Приходится взять одну, раскурить и, сделав пару затяжек в надежде взбодриться, вставить в уголок чужой пасти. Пальцы немеют от нервного озноба. Лучше и дальше молчать, досадуя на прожитый день — черно-серый бессодержательный огрызок гадской недели.

С квартирой ничего, разумеется, не срослось — никого не обнаружилось, ленты были целы, консьержка на сей раз бдела. Так и побродили впустую по кухне и тесной комнате, где все осталось нетронутым, даже электричество никто не отключил. Стационарный компьютер продолжал мигать лампочкой на системном блоке. Вспыхнул круглый голубой глаз графпланшета, стоило неосторожно коснуться сенсорного поля. Техника ждала хозяйку. В нутре компьютера ждала, наверное, и неоконченная книга. Книга мертвее, чем младенец в животе убитой ножом Фриды Б. с соседней улицы. То дело о разбойном нападении уже месяц как сгорело, но живот, синюшный и располосованный, все еще навещает в снах. Окровавленный малыш, выглядывая из него, как из-за раздвинутого полога округлой палатки, подмигивает весело: будто бы благодарен, что его избавили от всех сопряженных с человеческим существованием проблем вроде общественного транспорта, несчастной любви и старческих пигментных пятен.

Что касается окна, оно было закрыто, даже никаких старушечьих занавесок. Их сняли и отправили на экспертизу в надежде, что схватиться за грубое кружево успела не только убитая, но и убийца. Впустую, ничего не нашли, а вернуть бесполезный вещдок, конечно, поленились. Окно осталось голым — серый с голубыми проблесками прямоугольник мартовской пустоты. Откуда же тогда зернистая фотография красногубой блондинки и та приписка...

«Призраки не поют».

Откуда она вообще знает, что не поют? Кто она такая? Может, любовная соперница, какая-нибудь там бывшая пассия Черкасова? С девушкой с фоторобота похожая версия уже отработана. Проверять по второму кругу, с блондинкой? Так даже фото не осталось...

Бессмысленный вышел марш-бросок, всем, кроме одного — еще раз зависнуть над чем-то в *ее* доме, заглянуть в *ее* мир. Пройтись вдоль полок с книгами — сплошь классика, из современного только Кинг, Джуд и собственные томики, сверкающие аргусовским глазом на корешках. Увидеть в кухонном шкафу синие чашки с серебристыми кораблями — такой же сервиз у матери. Проглядеть выставленные в открытом доступе фотографии и увериться: ни одной с Черкасовым, ни одной совместной с кем-либо. Старый-старый снимок черно-белой серьезной девочки — наверняка тетя в детстве. Три или четыре групповых фото улыбающейся молодежи — видимо, коллеги. Ухмыляющийся Джуд опирается на рафтинговое весло — это фото украшено лихим автографом. И еще снимок хмурого мальчика, прижимающего к себе пеструю кошку, так прижимающего, что у кошки глаза на лоб лезут. Фотография тоже старая, висит на стене точно напротив тети. Дядя, может быть? Или отец?

— А все-таки кого мы там искали? Ну, днем, когда ездили к Перовой?

Лешка поворачивает голову, шумно затягивается — вспыхивает рыжий огонек, двоясь в глазах. Спрашивает в третий раз. Первый вопрос — в квартире — и второй — по пути назад — остались без ответа. И третий тоже должен бы остаться. Но...

— Ты как-то очень резко подорвался. И сейчас бесишься.

— Я не бешусь, не...

Торопливо глотает резкое продолжение, понимает: незачем огрызаться. Действительно ведь подорвался; час, угробленный на поездку, можно было потратить на то, чтобы сконтачиться с наконец-то найденным свидетелем по совершенно другому делу, чтобы заполнить кое-какую просранную отчетность, чтобы, в конце концов, пожрать. Но нет.

— Кто-то сделал снимок в ее квартире. И выложил в Сеть.

— Кто? — Лешка отворачивается выдохнуть дым и стряхнуть в окно пепел.

— Девица какая-то.

— Та самая?

— Нет. Может, фанатка, не знаю. А может, показалось.

Лешка опять дергает плечами. Спасибо хоть не уточняет про галлюцинации. Затягивается особенно крепко, потом тушит окурок. Кстати, приехали. Машина останавливается у восьмиэтажного коробка. Лешка вместо того, чтобы собираться, внимательно смотрит в глаза.

— Ты проспись, что ли, Дим. — Уголки рта незнакомо едут не вверх, а вниз.

А может, лучше бы и напрямик спросил: «Кукуха на месте?» А так и не одернешь.

— Да. Хорошо. Сегодня постараюсь выспаться.

Лешка все еще сидит. Потупляется вдруг, нервно лохматит кудри.

— Дим, это... извини.

«Да за что? Я даже сам себя бешу и не могу понять...» Вслух:

— Ладно. Пока, Лех.

Но Лешка опускает руку ему на плечо, и опять — взгляд в лицо, острое: «Да все я вижу, ломает, знаю». Пробирают эти зеленые глаза, будто в роду у него, безродного, ведьмы были.

— Тебе бы кого-то нормального, а?

Нормальную жизнь? Просто. Нормальную. Ебаную. Жизнь.

Впрочем, к чему подобные нырки на пустое дно? «Быть не в порядке», «прорабатывать травмы», «любить себя вопреки всему» и «выгорать» — модные веяния не для него и не про него. Они для тех, кто редко держит в руках что-то тяжелее смартфона и уверен: чтобы пистолет выстрелил, надо «нажать на курок». А он в порядке. И жизнь у него нормальная, насколько возможно на такой работе. Просто нет больше... как же назвать Ваниллу, Варвару, Варю? Не тянет это на любовь, любовь у Черкасова. Если разобраться, не тянет и на влюбленность: влюбленный хоть раз плюнул бы на все, дал бы крыше отправиться в полет и пришел бы на авторскую встречу — с букетом. Нет, не с букетом, она писала, что предпочитает съедобные подарки... Нет. Он не был влюблен. Варя — Прекрасная Дама. Это так называют в куртуазной литературе. Прекрасную Даму не обязательно желать. Ей не обязательно дарить цветы. Да что там, ее не обязательно даже в лицо знать. Просто факт ее существования в каких-то замковых ебенях заставляет тебя убивать драконов. Побеждать колдунов. Находить священные граали. Это так устроено, даже зовется *культом*. Культ Прекрасной Дамы.

Но практика показывает, что все культы мрут с гибелью своих божеств.

— Спасибо, у меня все есть. Всё и все.

Лешка только крепче сжимает пальцы на плече, а потом сдается.

— Понял. До завтра.

Выходит из машины, поднимает воротник обтрепанной красно-серой куртки. Взгляд провожает до подъезда, а потом нужно подождать, пока зажжется свет в квартире на втором этаже. Так не всегда. Они и ездят вместе не всегда, чаще Лешка чапает пешком. Но были случаи, когда в процессе раскапывания чего-нибудь забористого — замешанного на деньгах, на связях по области, на блатных детишках, — и в переулках караулили, и в подъездах. Драматичная охота на честных, тут сериалы не врут: она случается — тем чаще, чем честнее. Лешку раз сбивали на машине — был перелом ребер, были бесконечные самокопания из-за того, что не уследил за почти желторотым напарником. Про желторотость смешно: разница в возрасте у них всего четыре года. Но никуда не деть, сам себе втемяшил в голову, привык: нужно присматривать. Ведь среди всех, с кем приходилось делить кабинет, Лешка первый и пока последний адекватный. Не мразь карьерная. Прямоват, резковат, простоват, но хороший. Поганый шухаринский характер — как с гуся вода. Без Лешки никуда. И это взаимно.

Свет в чужой однушке наконец вспыхивает — лимонный, обнадеживающий. Пальцы тянутся к сигаретам. Благо Лешка не станет завтра считать, сколько осталось, а сколько нагло скурено в одну морду. А еще, пока его нет, в машине играет сплав «Сплина» и «Би-2». «Этот твой тлен», по словам Лешки. Он предпочитает «Касту» — плод несчастной любви рэпа, чернушных сериалов, фэнтези и хип-хопа. Такой же тлен, если вслушаться в отнюдь не пустые слова. Одна «Сказка», длинная монотонная песня о Принце из Серого королевства, чего стоит. Но сейчас пусть будет «Сплин».

«Дорогой, несказанно чудесный, любимый город, меня подбили…»*

Он глубоко затягивается, откидывается на спинку сидения и закрывает глаза. В развороченном рассудке дымом вьется и смолами оседает каждое слово. Сплиновское. Собственное. Лешкино. Варино. И даже этого придурочного писателя, Джуда…

«План и тем более поглавник жизни составить нельзя». Нельзя. Точно нельзя, иначе в плане не было бы таких но-

---

* Песня «Помолчим немного», группа «Сплин», Александр Васильев. Альбом «Резонанс», 2014.

чей. «Мы-то сечем!» А Варя не сказала «да», хотя вроде бы тоже говорила, что не *придумывает* книги, ничего не расписывает заранее. Она просто живет с фактом, что в любое время дня и ночи толпа незнакомого народу может ворваться на задворки ее сознания и начать рассказывать что-то о себе, своих братьях, тиранах, возлюбленных и морях с фиолетовой водой. Это, наверное, как в коммуналке, где сейчас ты тихо и одиноко пьешь чай, а через минуту распахиваются двери всех комнат, и валят, валят к чайнику цыганский табор, и старушка-детектив, и скрывающийся от бандитов одноглазый еврей, и гениальный ребенок, которого некому покормить. Да. Варя живет и пишет так. Жила и писала. Или все-таки *писала и жила*? Правильный порядок определять точно не ему. Не немому Дмитрию, одному из 7,5K followers...

Бз-з. Вибрирует телефон. Громко, энергично так. Сообщение. Лешка.

«Э, не спать. Домой».

Присматривать за Лешкой... кто еще за кем присматривает? Если прочитать хотя бы все их эсэмэс, включая это, сразу ясно, у кого любимая мама — заслуженный работник театра, забившая голову всем чем можно, а кто — без никого, детдомовский и потому твердо стоит на ногах, одергивая, пиная, напоминая: «Дим, алле, вот она, земля, а эти твои Прекрасные Дамы, и сложные книги, и прочее, оно... да неважно. Езжай домой, Дим. Езжай домой и спи».

Видимо, Лешка в окно выглянул. Теперь еще и названивает. Только и остается — перебраться вяло за руль, заново пристегнуться и, приняв неумолкающий вызов, бросить:

— Да, да, уезжаю. Задумался...

Не тебя же провожал, малолетняя придурь. Не думал о потемках собственной квартиры. Почему твоя так светится, почему? Самый яркий прямоугольник на пластинчатом теле уродливого дома; я же вижу, самый яркий. И черный силуэт твой вижу. Что уставился?

— Салон там небось прожег? Дым из окон идет.

— А тебе-то что? Это же моя машина. Да и нет никакого дыма... — осмотреться все же стоит, мало ли что. — Нет, ничего я не прожег, не выдумывай.

Лешка тут же громко ржет — у силуэта в окне качаются бараньи кудри.

— Таки куришь. Смотри, следующую пачку сам покупаешь. И бери подороже.

Не зря же он в органы подался. Все сечет. И выводить на признания умеет.

— Чего ты смеешься? Говорю, надоела твоя сраная махорка, мы в детдоме и то... — осекается. Знакомая чужая запинка встает комом в собственном горле, горчит хуже новой затяжки. Не любит Лешка вспоминать детство-отрочество-юность, да только больше-то пока нечего. — Бери, короче, «Кент» какой. Или, знаешь, пару раз нам удавалось разжиться такими коричневыми сигаретами, пафосными, шоколадными, но табачина ого-го...

«Капитан» какой-то там; от него еще долгая фантомная сладость на губах, а голова туманная. Сейчас уже найдешь не в каждом магазине, давно на глаза не попадались. Цена кусается, доза никотина, наверное, убьет не одну лошадь, а табун. Да и вообще...

— Лех, а бросать не пора? — Только бы не хмыкнуть насмешливо. Бросишь тут.

— Бросим, не бухти, — оптимистично кивает силуэт у окна. — Вот наступит зима — и сразу на лыжи, а?

— Не вариант, ненавижу лыжи…

А также коньки, ролики, велосипеды и все, что мешает крепкому сцеплению ног с землей. С зимними нормативами была вечная беда, с первого класса марафонский пробег на своих двоих казался лучше десяти лыжных кругов по узенькому белоснежному лесопарку. Даже машина — компромисс и вынужденная мера. Лучше бы уж лошадь, хоть живое существо.

Лешка смеется — и упирается ладонью в стекло. Четкая, будто вырезанная из темной бумаги фигура, за которую в синем сумраке так просто уцепиться взглядом.

— Слушай, это… — опять медлит. — Поднимешься, может? Выпьем, потрындим…

«Ты не в порядке, — сквозит в тоне, но не только оно. — Я тоже не совсем, давай вместе». Лешка из тех, у кого *всё вместе*: работа и неработа, дружба и недружба, грушевый зефир и ловля маньяка на живца. (Дознавательница Инка теперь седину закрашивает, но все живы, премированы и ладно.) Беспорядок у Лешки не только на столе, в сердце нелепо огромном такой же — он ведь один остался, выбился слишком далеко, растерял «чуваков» своего детства, двое из которых уже не дышат, а двое сидят. Для нелюбимого и безродного перекати-поля Лешка слишком тянется пустить корни, куда-то, в кого-то, а куда и в кого их пустишь? И не видеть этого сложно, все сложнее, ведь все чаще приходится качать головой.

— Дела. — Не вранье же, почему так мерзостно ноет внутри? — Завтра отправлять...

— Тащи, добьем, — звучит страдальчески, но решительно. — Не все ж тебе...

— Да ладно. — Затяжка, последняя, поглубже. — Сегодня не грузись. Справлюсь.

Силуэт у окна неподвижен — возможно, точно так же вглядывается в того, чей голос слышен в трубке. Только вот видимость хуже: даль, дым, сумерки, сердце мутнее мутного, теснее тесного. В телефоне недолгая тишина, потом осторожное:

— Точно, чувак?

И это совсем не про бумажки. Может, правда были в роду ведьмы.

— Точно, — следующее слово непременно нужно, — чувак. Все, мне пора.

Лешка смеется — успокоился, поверил или по крайней мере решил, что не его это дело. Руку от стекла убрал, выпрямился.

— Тлен свой, тлен выруби, — советует напоследок. — А то даже в трубке уши вянут, Дим!

— Тебя в следующий раз вырублю, — ласково обещает он, гася окурок и приглушая звук. — Чтоб не слышал. И языком не мёл на хорошую музыку.

— Ну-ну, и тебе спокойной ночи, дымовая завеса!

Хрюкнув от смеха, Лешка отсоединяется первым, но силуэт все еще там — в лимонно-желтом прямоугольнике тепла и веры в славное завтра. Внутри свербит все гаже, мысль — припарковаться, выйти, двинуть к подъезду, подняться, позвонить, что-нибудь сказать нерабочее — дробью отстукивает в усталых мозгах. Нет. Точно не сегодня. Не пока весь пронизан корнями, пущенными Ваниллой, Варварой, Варей; нужно еще вырвать их и оставить один, самый маленький росток, как для всех любимых писателей. Недосягаемых. Мертвых. Лешке это все слышать не надо, еще загрузится или разболтает... Хватит и сообщения.

«Я в порядке. Как-нибудь обязательно».

Справлюсь. Или поднимусь. Понимай как хочешь, еще бы понять самому.

В ответ вдруг летит: «А загреби мне завтра Пикник». Тут же уточнение: «Не хавчик. Этот твой на обочине».

В зеркале странно дрожит собственная улыбка. Корни сжимают мозги все нежнее.

Медленно выезжая со двора, Дмитрий еще раз мажет взглядом по желтому прямоугольнику, ставшему наконец пустым. Вслушивается в очередную песню, выключает ее. Лешка прав, не текст, а тлен, сейчас просто лютейший, да к тому же усыпляющий.

«Когда ты здесь со мной, земля уходит из-под ног...»*

Земле лучше остаться на месте, в Шуйском херовые дороги. Сонно-золотой импрессионистский город летит навстречу. Такие его снимки — сплошные цветные пятна, серые ленты и черные громады — судя по инстаграму**, не оставляют равнодушным Евгения Джинсова, он выкладывает похожую Москву раз в пять-шесть постов.

---

* Песня «Земля уходит из-под ног», группа «Сплин», Александр Васильев. Альбом «Ключ к шифру», 2016.

** Организация, деятельность которой признана экстремистской на территории Российской Федерации.

В директе так и висит: «Есть мысли, как продвинуться».
Пока кажется, что продвинуться можно только в ад.
Но стоит подождать.

Кстати, Варя тоже когда-то писала об аде. Он у нее был свой.

Доре все-таки богичный, эх. Никогда не пойму, как люди могли и могут так рисовать! Бывает, насмотрюсь, а потом открою свои дизайны — и хочется позвонить на работу, попросить меня уволить и... ну не знаю, руки на помойку выбросить? Но это так, помутнение. Ресторану на менюшке не нужен Ад. Даже тот круг, где сидят обжоры. Особенно он.

Это я купила с гонорара новое издание Данте, красивое, да? Все пролистываю гравюры и думаю, думаю. Надумала вот, что у написания историй, особенно болючих, круги Ада тоже есть. Я спустилась в ад сейчас, с волками. Они воют. Даже ночью, когда солнца нет. Немного страшно. @hey_jude_1_9_8_7, только не упаковывай меня никуда, а?)) Сам знаешь, как я погружаюсь и как мечтаю выдрать на хер твои патлы за то, что твоим книгам для глубины достаточно легкой улыбки, а мне обязательно нужно стекло. Ты Пратчетт, а я... я вообще непонятно кто. Но сейчас я затащу тебя в ад. И всех затащу.

Круг первый. Я услышала в голове тот солнечный вой, а потом увидела силуэт, но не волчий. «Не буду писать об оборотнях, ну нет, нет, персонажа лучше Римуса Люпина все равно никто никогда не найдет». Первое, о чем я подумала.

Круг второй. Это оказался не оборотень. И не Люпин. Молодой человек с глазами, похожими на лед, и волосами цвета миндаля, в форме, а за руку с ним — мальчик, болезненный, худой, но улыбающийся так, что я к месту приросла, все смотрела, не узнавала. Офицера звали Александр, я не могла назвать его Сашей даже в голове. Он тяжело вздохнул, расправил плечи и оброс городом — старым Петербургом, а потом за его спиной замаячили темный подвал, и грустная улыбка мертвого царя, и расширенные глаза царевен, и щербатый клинок Махно, и еще много страшных вещей, которые на разные голоса зашипели: "Будешь гуглить нас, пока не умрешь". Волки выли... а мальчик улыбался. Я наконец узнала его. Алексей Романов. А вы заметили, как это маленькое создание улыбается на фото? Вы слышали о том, как он любил отцовских солдат и о чем мечтал сам? Такие слабые руки — а с оружием управлялся. Говорили, он будет великим, недолго, но будет. Как Балдуин из Иерусалима*.

Круг третий.

Казалось, елям тяжело сегодня удерживать снег, а солнцу одиноко в ясном и пустом петергофском небе. Зато рука в руке не дрожала, пальцы-веточки цеплялись за ладонь крепче, чем всю прошлую неделю.

— Ты знаешь, знаешь, мне сказали, что после шестнадцати я умру! Но я ни за что не умру, слышишь?

---

* Балдуин IV Прокаженный — король Иерусалима с 1174 года. С детства был болен проказой, прожил всего двадцать четыре года, но успел значительно укрепить позиции своего королевства и одержать несколько побед над войсками султана Саладина, прежде считавшегося непобедимым.

*Алексей засмеялся, будто отцовский доктор слав-
но с ним пошутил и теперь он спешил поделиться
шуткой с лучшим своим другом. Упал, потревожен-
ный его смехом, толченый жемчуг с мохнатой зеленой
лапы...*

Пришла первая сцена: Александр сопровождает на
прогулке цесаревича, оправляющегося от очередного
кровавого поцелуя своей болезни. Они казались братья-
ми, старшим и младшим. Они ими себя и чувствовали,
а я уже знала, что к концу жив будет один. А еще я знала,
что Александр вот-вот посмотрит на солнце. Не сощу-
рится. Но еще не удивится.

Круг четвертый. Мой чистый лист стал грязным.
У меня всегда это быстро, я не боюсь ничего пачкать,
я и когда готовлю, посуды оставляю горы. Стоит написать первые два-три предложения — и я разогналась.
Единственное... иногда вижу я больше, чем успеваю написать, и тогда тяжело. Знаю: многие пишущие ныряют
в свои книги бомбочкой, с радостным визгом, иногда
сразу в середину. Я не могу. Завидую им. Было очень
больно, потому что вместе с Александром и Алексеем
ко мне слишком рано пришли еще двое: великий князь
Михаил и его секретарь. И я уже знала, что их линия
будет идти в первой части параллельно с основной, как
линия Махно во второй. Знала, что расстреляют Михаила и Джонни вместе и что в их истории есть необыч-
ности вроде яйца Фаберже цвета ночи, которое один
другому якобы (ну, мне кажется, так могло бы быть!)

тайно подарил...* Все это было как огромный осколок в горле, который не вытащишь, пока не напишешь. Ужасно.

Круг пятый. Как всегда — переломный. Меня... заметили. Александр подошел, в ярости схватил меня за волосы, ударил и... повозил по мостовой лицом. Они ведь все так делают, не пугайтесь, я привыкла. Было довольно больно, но я могла его понять: а если бы вы узнали, что кто-то поставил в вашей и так-то не самой простой жизни камеры, сделал из нее реалити-шоу? Похоже было в фильме с зайкой Джимом Кэрри, «Шоу Трумена». А ведь он сам меня позвал. Просто еще не знал об этом.

Круг шестой. Он все понял и сказал совсем тихо: «Поговори со мной. Пожалуйста, расскажи мою историю и усыпи моих волков». Я кивнула, зная, что мое лицо разбито, и радуясь, что никто этого не увидит. Зубы целы, и отлично.

Круг седьмой. Я проводила в 1917-м каждый день, я забыла свое имя, небо и время, я почти перестала есть. Я писала и больше всего на свете, как и всегда, боялась кому-нибудь солгать. Боялась — и хотела. Особенно в Екатеринбурге. Я думала: есть же жанр альтернативной истории. Может... может... хотя бы Алексей — и выживет? Или Михаил с Джонни? Сбегут? Но я уже знала, что они не выживут. И что это — только первая треть романа.

---

* Среди множества подарочных яиц, сделанных ювелирным домом Фаберже, действительно есть так называемое Сумеречное. Оно украшено темно-синей мозаикой из ляпис-лазури. На передней поверхности сделаны золотые ворота: открыв их, можно увидеть выгравированный сад Петергофа. Яйцо создано в 1917 году. Кто и для кого заказал его, неизвестно, существует лишь предположение, что заказчиком был кто-то из дома Романовых.

Круг восьмой. Меня расстреляли в лесу под Пермью, а потом еще раз, в Ипатьевском доме. А потом я продолжила писать. Звучит ужасно, но мне полегчало, когда началась Гражданская война. Будто треснул лед, под которым до этого меня держали в полынье. Махно и Щусь стали читать мне свои стихи. Я иногда напеваю их по пути в «Пятерочку», потому что ко мне вернулся аппетит. На черный хлеб тянет почему-то. Всю жизнь его ненавидела.

Лютая погодка;
Воля задарма
Вырвана решетка;
Взорвана тюрьма...*

Я на девятом круге прямо сейчас. Я дописываю третью, последнюю часть — и допишу скоро. Колчака уже предали-выдали, Каппель лишился ног, движение погибло — и Александр остался один. Близится его эмиграция. Но думаете, это будет конец? Нет, Данте был гуманнее нас.

Десятый круг всегда одинаков: страх будущего. Кто заглянет в наш ад, кто захочет там задержаться, ничего ли не сломает там, в нас или... в себе? В моей читательской жизни были книги, после которых я будто умирала и заново рождалась. И я уже знаю, что для кого-то такими становятся мои. Если честно, страшно: а вдруг кто-то... не проснется? А если я сама не проснусь? Кто-то

—————————
* Стихотворение Федора Щуся. Щусь (1893–1921) — один из ведущих командиров в анархистской армии, правая рука лидера анархистского движения Нестора Махно.

меня такую увидит, окровавленную и ненормальную, забившуюся в угол в попытке спастись от чужих голосов и судеб? Все поймет? Каждый раз схожу с ума, так рада, что есть еще работа, хорошая моя работа, где все во плоти и где можно укрыться, как в землянке.

А ведь на одиннадцатом круге к нам еще присоединится Паша, с которым мы будем долго и хрипло спорить, что и как делать дальше. На двенадцатом книга выйдет, и в ад включатся читатели, магазины, блогеры, критики. Книга окажется сначала на расстоянии вытянутой руки от меня, потом — на расстоянии нескольких высоченных полок, потом — на расстоянии вечности. А дальше как водится. Пустота и повторение, повторение... ведь новые силуэты уже идут навстречу. Но пока волки не замолчали. Они воют. Они плачут. Первая часть была для меня самой тяжелой, потому что самой несправедливой. Я вижу мальчика с кровавыми розами на теле. Вижу юношу, не щурящегося на солнце. И вижу мужчину, уже раненного в плечо, но бегущего мимо чекистов к своему мертвому секретарю. И я раз за разом возвращаюсь под лед, думаю о том, какой чудесный жанр — альтернативная история, и жалею, что он не мой. А еще я думаю о том, сколько в моей книге... золота. И нет, это я не про то, что она крутая. Настоящее золото: яйцо Фаберже в первой части, проклятые сокровища анархистов во второй, украденный союзниками золотой запас в третьей... Столько золота и столько крови. Волки тоже золотые, но воют только на кровь.

Смотрели «Шоу Трумена»? Слышали о Сумеречном яйце? И каковы круги вашего персонального ада?

5. ДЕМОНЫ
КЛУБНЫХ УБОРНЫХ

…Он один из немногих авторов, которых в мыслях я зову чаще по псевдониму, чем по имени, — почему-то привык. Джуд. Джуд Джокер, в жизни — Женя. На пикабу, имхонете, в инстаграме* и в ЖЖ у него всегда был ник Hey_Jude! Ну а мультяшным злодеем с зелеными волосами он иногда украшает аватары. Носитель хаоса. Он, родимый, только улыбка своя.

Он издается сразу в обеих наших редакциях: в моей он принц фэнтези, в соседней — знаток теории эмоционального интеллекта и креативной психологии. Двое из ларца, не так чтобы с лица одинаковых, но, как ни крути, родственников.

Джуд чуть постарше Вари. Когда мы начали сотрудничать, он только защитил диссертацию и стал самым моло-

---

* Организация, деятельность которой признана экстремистской на территории Российской Федерации.

дым доктором в своем институте, чем гордился небывало. А вообще он... эдакий Симор Гласс довоенных лет — может, поэтому подростки чуют в нем своего и книги его любят, даже едва ли понимая там все-все подтексты. Странно рассуждать так о взрослом парне, но правда: вне работы Джуд часто забывает о сглаживании углов, а любой черно-белый мир угваздывает таким количеством полутонов, что жить там становится очень сложно.

Большинство вещей, которые он говорит, люди предпочитают не произносить или хотя бы смягчать. Это такие «очевидные неочевидные» вещи, крайне неудобные, причем для всех. Например, Джуд уверен: люди должны не просто «стать толерантнее ко всякой божьей твари», а научиться судить других по поступкам — и ни по чему больше. А детей стоит заводить не когда «часики», а когда готов отдать ребенку всего себя — чтобы потом, призывая его к порядку, не потрясать над головой усохшим трупиком загубленной молодости. Ну а что касается все той же больной темы отзывов, подкосившей Варю... Это он обожает. Забавно, но именно после диалога на схожую тему я понял: Джуд Джокер — та еще вещь в себе. Проходным автором, как и проходным человеком в редакции он не будет.

В тот день я позвал его выбирать художника обложек: первая книга о Чайном мире разлетелась так, что допечатывать ее в нашей на тот момент единственной (страшной, как призрак перестройки, и мучительно умиравшей от старости) фэнтези-серии я счел глупым; сразу рискнул и выбил Джуду авторскую. Делать велели «под Сэра, но по-своему», так что я захотел приложиться к процессу, да и пообщаться с типом, который так резко «выстрелил», поближе. Книгу он написал занятную, факт: в Толкины сейчас кто только не ломится, но с Пратчеттами и Вудхаузами в литературном мире жиже. Авторы почему-то если иронизируют, то либо неуклюже, либо злобно, а еще страшно боятся быть смешными. Но что дальше? На сколько хватит заряда этой бестселлерной батарейки? И адекватен ли Джокер вообще? Редактор его, Анюта, кстати, говорила, что не совсем: слишком много хохмит, изъясняется с подковырками, ругается матом, а еще «загульный». Для нее наличие даже одного из этих критериев уже ставит крест на человеке, а вот для меня — не так чтобы.

Анюты не было: она готовилась к свадьбе и вообще немного выпадала в последний месяц из редакционной реальности. Так что я включил ее компьютер, запустил DeviantArt, где нам — спасибо моей племяшке Кристине, давшей наводку, — уже неоднократно везло на удачных фрилансеров, и предоставил Джуду штук десять закладок: профилей художников, редотбор уже прошедших. Джуд деловито и пока молча ушел в созерцание драконов, эльфов, гномьих копей и замков. Я так же молча ушел в созерцание плана выпуска к ММКВЯ. Книг хотелось много. И доп Джудов хорошо бы успеть, чтобы презентацию отдуплить, а для этого надо скорее рисовать... Но знаю я этих авторов: они отбирают иллюстрации для оформления своих книг придирчивее, чем трусы и носки себе.

— Павел Викторович! — гаркнули вдруг на весь наш закуток. — Ку-ку! Можно вас?

Я воспрянул: неужели он сразу полюбил кого-то трепетно и нежно? На мониторе у Джуда действительно была открыта симпатичная иллюстрация к его же книге: сдвоенный портрет главных персонажей. Они напоминали Дживса и Вустера в том самом ненавязчивом смысле, который дает приятный эффект узнавания, а не едкую мысль: «Опять плагиат». Выразительные лица, легкая мультяшность, тайная переглядка — господина и дворецкого поместили в разные рамки, но это не мешало второму наливать чай в чашечку, небрежно и аристократично протягиваемую первым. Хорошая была идея поискать иллюстраторов в быстро выросшем вокруг Джуда… этом… фандоме.

Впрочем, Джуд показывал мне не саму картинку. Он тыкал пальцем во что-то под ней. Когда я подошел, он все столь же громко и бодро заявил:

— Гля-яньте, какой интересный экземпляр токсичного дровосека!

Кто-то фыркнул, кто-то заржал, а Валя подавилась сэндвичем и уронила обрывок салатного листа на клавиатуру. Я же мысленно охнул. Так вот что Анюта имела в виду.

— Ну, непроработанные комплексы и все такое, — тем временем развил мысль он. — Берем топор и вместо того чтоб бабушек спасать, идем искать бревна в чужих глазах!

Оказалось, Джуда привлек чей-то комментарий — обстоятельный такой, строчек на десять, разнос всего рисунка, от цветов и композиции до стиля. Завершала его ремарка: «Это попытка в какой-то недодисней? Вам стоит внимательно посмотреть вокруг и понять, насколько это вторично. Мультяшки сейчас рисуют все, чтобы оправдать незнание анатомии. Не плодите безвкусицу, ее все равно никто не купит, такого полно. Учитесь».

Автор рисунка, видимо, зарегистрировался недавно: с комментариями у него было негусто. Все положительные, но мало, и против неизвестного агрессора никто не выступил. Сам автор повел себя то ли воспитанно, то ли робко: просто сказал, что такой стиль ему нравится, становиться профессионалом он не планирует, а картинку нарисовал, потому что очень уж вдохновила книга. Он даже не попросил выбирать выражения — и все равно в следующем же комментарии ему посоветовали «не выкладываться в интернете, если не готов к критике».

Задергался глаз. Не люблю такое. Кристинка тоже на этом сайте выкладывает работы, совсем уж любительские: фанатеет еще от какого-то там дворецкого (демона?). Рисует средне, но азартно. И тоже получает иногда по шапке. Реагирует бурно: ругается, а потом берет, глупый ребенок, и все удаляет. До первого чьего-нибудь «Да ну их, ты умница», но все же.

Работа бедолаги-иллюстратора была вправду хороша, и не скажешь, что самоучка. Я заранее ее видел и мнению Колянчика, одобрившего Анюте кандидатуру, доверял. Я поморщился — а потом вспомнил слова Джуда.

— Почему комплексы? Звучит все очень... уверенно.

— Уверенный человек, — он вернулся к картинке и принялся рассматривать своих персонажей, так и этак склоняя голову, — едва ли выкатит критику без запроса.

Если попросят, выскажется корректно. А если что-нибудь ему ну совсем не понравится, спокойно пройдет мимо... — он резко повернулся ко мне и прищурился, — ну как вы. С «Поттером».

Удивило, что он запомнил обо мне такую ерундовую, задним числом озвученную деталь, но я кивнул. Джуд усмехнулся, сдул белые волосы со лба, а потом схватился за мышь.

— Та-ак... — он перешел в профиль к отправителю комментария. — Ага-а!

Неизвестный (или неизвестная?) писал о себе: «профессиональный художник, хочу людей посмотреть и себя показать, критикую сурово, но справедливо». Работы были действительно профессиональные в худшем смысле: сплошь академизм, повторяющиеся лица и позы, срисовки с фотографий. Не хватало чего-то... своего. Как выражается Колянчик, «черемухи и фиолетовых медведе́й» (на старой работе какой-то талант его этими медведя́ми контузил). И что характерно, ни одного примера заказов, книжных иллюстраций например, в профиле не наблюдалось. Сплошь что-то... безликоничье, вечно-студенческое.

Из любопытства я поинтересовался:

— Завидует, думаете? И поэтому пишет такие гадости соседям по сайту?

Джуд фыркнул — смачно, как настоящая лошадь, — и задал встречный вопрос:

— Павел Викторович, а вот если бы вы осознали, что образование образованием, опыт опытом, но лица у вас нет или его никто не видит... как бы вы себя повели?

— Вряд ли бы откусывал чужие, — признался я, продолжая разглядывать профиль «критика». Хоть бы за что-нибудь зацепиться... нет, сплошные головы и фрукты.

Джуд тем временем вскочил, перекочевал к соседнему столу, за которым разбирала корректуру наш младший редактор, и, облокотившись на стопку листов, томно протянул:

— Сделай нам, пожалуйста, чай, ластонька. А то горло от гнева пылает, у-у!

Та нахмурилась было, но, увидев низко нависшую просительную физиономию, вздохнула и пошла к чайнику. В те времена опенспейса у нас еще не было, так, пара душных кабинетов. Я проводил глазами гордую прямую спину, потом снова вопросительно уставился на Джуда.

— Ладно... так кого вы выбираете? Ну, для обложек? Всех посмотрели?

Он снова плюхнулся на заскрипевший стул, весь засиял и схватил мышь.

— Думаю, это очевидно. Побудем сегодня дланью Божьей?

Он вернулся на страницу с фанатской иллюстрацией, хрустнул пальцами, убедился, что Анютин служебный аккаунт активен, и вскоре уже бодро строчил комментарий: «Здравствуйте, меня зовут Джуд Джокер. Я хочу, чтобы вы иллюстрировали мои книги». Он поступил, как говорится, троллльски: всобачил это прямо в ветку с «суровой и справедливой» критикой. Закончив печатать и нажав «Отправить», он сквозь зубы прошипел:

— Если беднягу довели до арт-блока, я этого недокритика... тьфу. Нашел себе навозную кучу!

От всего этого эмоционального марш-броска я немного растерялся:

— Я упустил что-то? При чем тут навоз?

— Какой навоз? — тут же удивился Джуд и даже носом повел. — Где? — Он спохватился. — А! Нет, забейте, это я сам с собой, я о жизни!

Голова пошла кругом. Еще и тихо сам с собою ведет беседы...

— Ну вот смотрите! — смилостивился Джуд, заметив мое замешательство. Он уже откинулся на спинку стула, задрал повыше ноги в красных клетчатых кедах и заболтал ими в воздухе. — Представьте, что вы махровая такая посредственность. Руки и мозги вроде все умеют, но сердце ничего не видит. И вот вы учитесь, учитесь, учитесь, только...

— Постойте сразу, — попросил я опасливо. — Вы случайно не считаете, что научить писать, рисовать и всему такому прочему невозможно? Я бы поспорил. По-моему, когда сердце видит, а навыков на воплощение не хватает, это тоже не очень хорошо...

— Да. — Он лениво махнул на меня ногой. — Танталовы муки или как там? Я сам те же курсы литмастерства не оценил в свое время, но то я. А так согласен: учиться нужно всему. Не можешь сам — не надо садиться и плакать, найди наставника. — Теперь Джуд пожал плечами и возвел глаза к потолку. — Если вы с ним еще и любить-понимать друг друга будете до луны и обратно, просто охуенно. Да и вообще учеба, курсы всякие хороши всем... только вот работают там с тем, что имеют. С тем тобой, которого ты им приносишь. Там обтесывают и ограняют, обучают мастерству, господи. Мас-терству и ремеслу. Никто не добудет тебе философский камень реальной крутости, это сам.

Последнее он произнес будто бы слегка вопросительно. Я кивнул. Захотелось кое в чем признаться, но я не стал. Дело в том, что сам я как-то не ассоциирую эти два примелькавшихся в рекламе слова — мастерство и ремесло — с творчеством. В моем мире мастера чинят сантехнику, а ремесленники лепят горшки. Впрочем, сам знаю, это огрех советского воспитания и веры в другое, куда более мифическое слово — «талант». Оно сейчас не в моде, даже стало немного неудобным, так сказать... дискриминирующим. Попыткой кого-то отвадить, основой зловредной, жестокой установки «Творчество для особенных». Я не знал, как к этому вопросу относится Женя с его профессией, и потому промолчал. Не хватало еще прослыть зашоренной развалиной.

— Вот и остается таким беднягам, — грустно продолжил Джуд, — трясти у других перед лицом опытом. Ну или винить их в безвкусице и деградации.

Девочка принесла чай. Джуд заинтересованно к ней развернулся:

— Благодарю! — Он опять зыркнул на меня. — А вам я вот что скажу, Павел Викторович. Бо́льшая часть посредственно ограненных стекляшек выбирают местом обитания не горы самоцветов. Им бы обесценить кого-нибудь до навозной кучи, на фоне которой можно блеснуть. Вот только знаете, что еще? Даже на навозе, когда он в благодатной почве, что-то обязательно вырастает. А стекло — штука бесполезная. Так и будет валяться, а потом и блеска лишится...

— Жень, — в упор спросил я совершенно спонтанно и даже голос понизил так, будто захотел поговорить о чем-то неприличном. — А вы... эм-м... в талант верите?

Он, кажется, завис: опустил на пол ноги, вцепился в подлокотники, замер в почти марионеточной позе. Смотрел он в экран, где появился свеженький комментарий — восторженно-недоверчивый ответ художника, точнее, художницы. Наконец Джуд опять сдул со лба волосы, задумчиво хмыкнул и сказал:

— Верю. Только не в том токсичном смысле, что «у кого-то есть, у кого-то нет», а в смысле... храбрости его проявить. Ее на курсах приобрести тоже сложно, но можно, если наставник попадется чуткий и группа теплая, я видел такие примеры в практике. Настоящий талант — это ведь прежде всего новая дорога. — Он вскочил, будто подброшенный пружиной, и потянулся. — Оригинальный человек талантлив далеко не всегда, но талантливый человек всегда оригинален. Дальше главное — непрерывно двигаться, самому или с кем-то. И вроде выйти на эту дорогу может каждый, ноги-то у всех одинаковые... а идут единицы, большинство так и топает по проторенным, озираясь попутно на других. Не попробуешь выйти хоть разок, поискать тот самый камень — рискнешь превратиться в навозную кучу уже в собственных глазах. А потом развоняться на весь мир. Вот так!

Я прищелкнул языком. М-да, завернул, однако. Очень с подковыркой, цитируя Анюту.

— А сами-то вы кто? — спросили вдруг сбоку, прежде чем я нашелся с ответом. — Вы, Евгений Евгеньевич, философский камень, стекляшка или навоз?

Вот это номер. Ну, Данка, убью! Это ведь она как раз подавала Джуду чашку. Тогда — в первый год его сотрудничества с нами — юная Дана была еще в самом низу издательской (и почему ввернулось «пищевой»?) цепочки. Темненькая сосредоточенная тихоня, но как сказанет, рот у собеседника распахивается в традициях последней сцены гоголевского «Ревизора». Глаза еще эти — черные скарабеи... Вот и теперь Дана, сложив лилейно-белые пальчики поверх стопки корректорских листов, а на два этих шедевра — природный и книжный — пристроив подбородок, глядела на Джуда. Нашего, между прочим, потенциального VIPa, у которого за месяц ушел первый тираж и на которого засматривались теперь американские партнеры. Ох, Данка...

Челюсть Джуда осталась на месте, кружку он не выронил. Довольно улыбнулся. Отпил. Уверившись, что горячо, водрузил чай на стеллаж подле меня. Затем, привалившись тощими ягодицами к моему столу и развернувшись к Дане всем корпусом, он какое-то время молча глазел на нее — пожалуй, даже с восхищением. И наконец нежно выдал:

— А я, ластонька, чтобы вы знали, желтый сапфир. Pukhraj — так меня зовут на хинди. Редкий камешек. Красивый. Вам бы пошел.

Он подмигнул. Данка сразу стушевалась, потупилась, завозилась в бумажках, делая вид, что невероятно занята. Получила малышка-динамит щелчок по носу. А не надо ворчать: ну пошумел немного автор, ну отвлек, все авторы шумят и отвлекают. Джуда, по крайней мере, отличала скромность: он бывал в редакции уже раза четыре, а чай попросил впервые. И говорил сейчас именно о колечке или сережках, ни о чем другом.

— Не сердитесь на нее. — Это Джуд прошептал, уже опять ко мне повернувшись, низко наклонившись, бухнувшись на стол острыми локтями. — Огонь девочка.

Я поджал губы. Как он прочел мою мысль: «Вот отчитаю Дану вечером!»? Впрочем, вскоре я привык к тому, что мысли Джуд читает даже внимательнее, чем договоры и издательские аннотации к своим книгам.

— А еще БАР, — тревожно прошелестел мне уже почти в ухо Джуд.

— Что?..

— Да ничего. — Он вздохнул. — Незаразно, с этим живут, но... не сердитесь, короче. Хольте и лелейте ее ершистость, не бойтесь ее сложности — и сами офигеете однажды с того, какой у вас классный сотрудник.

«Огонь-девочка» вскоре доросла до ведущего. Когда это случилось, а Анюта собралась в счастливый декрет, Женя сам попросился к «ластоньке» под крыло. Теперь его художественные проекты ведет Дана, и он ее безропотно слушается. Даже интересно... сдаст ли он очередной роман или Дана будет очень-очень зла? Впрочем, не будет: у нее сейчас то, что врачи вроде называют стадией нарастающей депрессии. Она может только ползать, работать и, когда работы нет, глядеть в пустоту, превращаясь в залитый нефтью цветок с чьей-то могилы.

Варь, а ты помнишь, как сказала, что если бы в какой-нибудь книге тебе встретилась персонифицированная Боль, то это была бы Дана? Но Дана не Боль. У Боли платиновые волосы.

Сыро. Старо. Посредственно. Безграмотно. Сыро. Даже не старо, а просто нафталин. Сыро.

Отвратительное подражание Сэлинджеру. Плоская копия Бардуго. Яхина для бедных.

Очень много воды, где сюжет? Очень много сюжета, где вода?

Утренние письма, которые я наугад отобрал из папки внешней корреспонденции. Текст за текстом в помойку. В помойку. В помойку. Имейлы летят в виртуальную корзину, но, то ли сбрасывая осточертевшее напряжение, то ли просто чтобы не окостенеть, с каждым отбракованным автором я вырываю из прошлогоднего ежедневника лист, комкаю и швыряю в реальное мусорное ведро у стола. Так проще. От ежедневника все равно пора избавиться. Там Варя. Много Вари. «Позвонить Варе», «приехать к Варе», «показать Варе обложку», «купить Варе подарок». «Коньяк». «Шоколадное мороженое». «Акт». Варь, тебя не будет в новом ежедневнике. Разве что «проверить, как там Варина могила».

Хватит. Работать. Эта идея уже была в трех прошлогодних бестселлерах и на четвертом протухла. А с этой лучше пойти к доктору. Сыро. Сыро. Сыро. Это нужно переписывать.

Я из породы шеф-терьеров, которая так называемый самотек — присылаемые рукописи — не сваливает весь на плечи редакторов-щенят, а предпочитает хоть часть обнюхать своим старым носом: а вдруг?.. Текстов много. В них немудрено утонуть. Читатели сейчас часто это делают — тонут в книжном море и, наглотавшись затхлой воды, вываливаются на берег посиневшие, трясущиеся, но хуже всего — так и не научившиеся плавать. А у меня для них заготовлена курьезная новость: издатели — такие же бедолаги. Мы тоже барахтаемся. Тоже теряем курс. И тоже порой тонем.

В СССР сам подход к выбору книг казался другим. Книгоиздание было Башней, неприступной, сложенной из мощных камней классики, соцреализма, революционно-военной прозы. Башня объединяла и книги, и журналы, и газеты — все пути к читателю. Одни ворота. Для всех. Башня высилась мрачно и монументально, новые крупные камни появлялись редко, некоторые наподобие Довлатова пращой вышибались в дальние дали. Мелкие камешки осыпались иногда после первой же публикации. Жестоко? В чем-то. Была ли литература в целом качественнее? Да, хотя многое упускала. У Башни была стража, идейная до зубов. Если кто-то осторожно пытался добавить в фундамент необычный камешек — лиловый, серебристый, а то и лунный, — мог получить по рукам. Хорошо, если газетой, а не прикладом.

И вот Башня пошатнулась. Камни потрескались, стража сменилась на более лояльную, голодную, храбрую, жадную. Взять Башню стало проще, Большой Идеи никто уже не требовал. Требовали всё, кроме нее. Все, что прежде старательно прятали на дне умов и под стопками макулатуры. Требовали смелости и разнузданности. И никакого битья по рукам.

Всем желающим места таки не хватало — и вокруг Башни вырос Городок: любительские журналы; издательства, печатающие книги за деньги; бескрайний интернет. Проигравшие штурм больше не превращались в пыль, просто селились в Городке. Странное место сродни сталкерской Зоне: от некоторых обитателей хочется бежать, отбиваясь Пушкиным, но совсем рядом те, кому самое место на вершине Башни, — просто не сложилось и не сложится. Боятся. Не захотели. Слишком сложны, слишком просты или и то и другое: неудобоваримый коктейль для ума, ненавидящего игру в наперстки. Или что-то не срослось в личном плане, тоже бывает. Даже покорившие Башню авторы часто уходят. Полностью счастливых редакционных коллективов не бывает, а все несчастливые несчастливы по-своему.

Варь, помнишь, как ты переживала из-за нашего романа? Говорила, что все это «неэтично», дергалась, когда я, если мы рядом садились, за руку тебя брал незаметно. Личные отношения редактора с автором — это вправду сложно. Как у пациента и врача. Вообще... не дружите с авторами, говорили нам в институте. Не нужно вот этих душевных сближений. Душевность — для ваших жен-мужей-детей-приятелей. Да хоть для вашей собаки, для любимого актера, для продавщицы из продуктового: улыбнитесь ей лишний раз, она вам хлеб свеженький продаст. А автор заканчивается там же, где и его книга. Миролюбие, поддержка и конструктивный диалог. Дальше… дальше лирика, иллюзия контроля, игра в дружбу и взаимное сидение на шее. Уже не деловые отношения, а какое-то… какое-то… Варя, как ни странно, метче всего это описала. Хотя нас с ней как дуэта это не коснулось.

Однажды из «Аргуса» ушла одна из постоянных авторов — с нее началась первая наша детективная серия «СыщИкс». Серия давно разрослась и не бедствовала, но с Лилей Шубиной у нас были прекрасные отношения, позади много лет вместе. Отношения проиграли в неравной борьбе с предложенными переводами, газетами, пароходами. Конкурент был больше и щедрее, так что Лиля пожелала нам успехов, а вскоре выпустила новый цикл в другом издательстве — в переплете, в стильном дизайне в духе качественных киноплакатов. Коллеги сделали ей правда красивые книги. Наши обложечные *будущие дачники*, конечно, не могли и рядом стоять. Не то чтобы я переживал… хотя переживал. В один из особо желчных дней к нам как раз приехала Варя и спросила, а что, собственно, случилось, почему я такой печальный. Я рассказал и в заключение признался:

— Знаете, Варь… и денег не жалко, и серия не пропадет, а мерзко. Наверно, я ревную.

Варя засмеялась.

— Да? Ревнуют либо тех, кого до безумия любят, либо тех, с кем никак не могут сойтись.

Я подумал, что ни один вариант мне не подходит, и удивленно поинтересовался:

— А иначе, по-вашему, не бывает?

— Не бывает. Тех, кого мы любим, мы ревнуем потому, что они наш воздух. А вокруг тех, с кем хотим сойтись, прощупываем почву и боимся обвала. Каждый человек, которого они, например, к себе приближают, не замечая нас, — такой вот обвал.

Я еще не дергался, но уже знал: у меня к Варе *что-то*. А она там вовсю поддавалась своеобразному обаянию Джуда, будь он неладен: прямо спелись. Так что я провел нужные параллели и, стараясь не думать о подобном, рассмеялся.

— Ну и почему же я тогда расстроился, будто у меня жену из гарема украли?

Варя склонила голову. Она была без очков, как всегда. Она вообще в них не нуждалась. Импозантное пенсне, которое она носила последний год, было, кажется, куплено, только чтобы делать селфи, а потом — выпасть в окно. При упоминании гарема сморщился ее тонкий, но когда-то явно сломанный нос и дрогнули в улыбке вишневые губы. Почти слышимое «фыр».

— Вы собственник, — припечатала она. — Вас профессия обязывает. Собственничество не ревность. Если бы у меня из курятника лиса стащила курицу, я бы тоже расстроилась.

Вот так вот. Курица. Собственничество. Собственничество в нашем мирке действительно часто подменяет здравый смысл и здоровые отношения. Собственничество шепчет: «Это твой, твой, твой человек. Он может и должен сделать для тебя все, а если не сделает — сволочь». Мы слышим сам этот голосок — тоненький такой, сиповатый, доверительный — очень четко, но вот слова нам чудятся другие. «Мы же друзья». Или «Мы что-то большее»? Опасные мысли.

А ты вот и правда мое «большее», Варь. И я тоже верил, что ты не уйдешь. Чему меня учили в университете, которого, поговаривают, и нет больше в прежней ипостаси?..

Текст. Текст. Текст. Сюрреализм, который невозможно читать. Постмодернизм, который невозможно понять. Бездарный крик: «Хочу затмить классиков!» Сыро. Сыро. Сыро.

Чтение самотека сродни работе старателя. Они тоже видят много пустой породы. Самое досадное, когда «пустую породу» прикрывает хороший синопсис или еще что-нибудь блестючее. Многие из претендентов на штурм Башни любят петь себе дифирамбы. И ладно бы просто пели, но делают они это так долго, что ухо, прижатое к телефону, успевает отсохнуть, а глаза, проглядывающие письмо, — закрыться. Нескольких лет работы мне хватило, чтобы сделать простой математический вывод: длина сопроводительного письма или вводной речи автора, как правило, обратно пропорциональна уровню текста. Я абстрагировался от всех этих «выпускник литинститута им. …», «публиковался в издательстве "…"», «имею степень по…» и «получил премию за…». Это не те слова, по которым можно что-то понять. *Те* слова — в рукописи.

Сыро. Сыро. Переписанный «Гарри Поттер». А вот это… это хорошо. Страница, вторая, третья и… насколько же безжизнен грамотный, но пресный пролог! Не люблю книги, не цепляющие с первых строк или хотя бы абзацев. Это с детства, когда я вообще не любил читать. Мать гонялась за мной со сказками, отец — с приключениями. Мы ссорились, особенно когда я откладывал книгу, прочтя страницу. Особенно если это была мамина или папина любимая книга. Ну не мог я стерпеть, если она начиналась чьим-то унылым внутренним монологом, или плоским описанием городка, или глупой репликой героя. Мое детство прошло в гульбищах, друзья были оторвы: мы все время куда-то залезали, или от кого-то бежали, или за кем-то охотились, а если дрались — до крови. Улица была миром, где и буденовцы, и пираты, и путешественники, и сыщики. Я мог стать любым из них, стоило соскочить с крыльца и схватить палку. Это я искал и в книжках. Трамплин. Прыгнуть в воду непросто, лично мне всегда легче было именно с трамплина: чтобы ух, подбросило, и только пятки сверкнули! Так и с книгами. Первые цепляющие строчки — трамплин, с которого можно нырнуть в сюжет. Если трамплина нет, если мне не прыгается, я настораживаюсь. Как и если трамплин с грохотом обваливается от безграмотности, не успеешь ты на него ступить. Первые абзацы важны. Очень.

Щелкает Мыш. Бумажный ком улетает в помойку. Его провожает расфокусированным взглядом Джуд, прущийся навстречу заплетающейся моряцкой походкой.

— М-м-м. — Он грохается на свободный Данин стул с колесиками и подкатывается ко мне, сам уже провожаемый взглядами — Динки и двух младредов. — Не в духе? А я вот книгу сдал... вчера!

Оно и видно: под глазами тени, на шее следы понятного происхождения, а как пасет арбузной жвачкой и чем-то таким горьковатым... Удивительно, что рубашка не мятая и нормально застегнута, что волосы даже почти причесаны, что, в конце концов, на этом кресле Джуд ни во что еще не вписался. Вряд ли он сегодня спал много, вряд ли дома.

— Молодец, пионер. Клуб?..

Джуд, зевая, вертит головой — наверное, чтобы у кого-нибудь попросить кофе. У нас давно хороший офис с уголком под кухню, эра кабинетного чайника минула. Так что, не дожидаясь ответа, я блокирую компьютер и встаю под скорбный скрип собственных суставов.

— Пошли. — Повторяю укоризненнее: — Пионер…

— Взвейтесь кострами, синие ночи, мы пионеры, дети рабочих!* — громко выдает Джуд.

Башкой он при этом мотает как доморощенный рокер, смесь осла из «Шрека» и осла из «Бременских музыкантов». А ведь трезв сейчас как стеклышко, к тому же никогда не был пионером. Младшие редакторы опять обеспокоенно вскидывают головки, Диныч фыркает. Она-то знает: не так страшен Джуд, как себя малюет. Наоборот, за пределами писательского имиджа интеллигентный научный сотрудник, преподаватель. Но любовь эта к отрыву, не догулянная, видимо, в школе и вузе, лезет. Каждое удачное дело, относимое в личных приоритетах к «большим», — дописанную монографию, принятый экзамен, сданную рукопись, вышедшую книжку — Джуд празднует в клубе, пабе или баре. Закатывает вечеринку или спонтанно улетает на другой конец света. Беспокойная душа с шилом в заднице.

Спасибо, что он не катит за мной на Данином кресле, а все-таки встает и плетется, перебирая своими двоими. На кухне мигом грохается на новое седалищное место, из светофора цветных стульев выбрав зеленый. В драматичном изнеможении утыкается лицом в стол и, рассыпав по нему густую гриву — в нашем освещении лунную, а не пшеничную, — стонет невнятно:

---

* «Взвейтесь кострами, синие ночи» — советская пионерская песня, написанная в 1922 году. Автор слов — поэт А. А. Жаров, автор музыки — С. Ф. Кайдан-Дёшкин.

— Где Да-а-аночка? Она получи-ила текст?

— Даночка взяла редакторский день, работает сегодня из дома. Но да, она недавно отписалась мне, что получила. Не переживай.

Я ставлю чайник, потом, спохватившись, выключаю и иду к кофемашине. Этому телу в желто-серой рубашке и драной джинсе нужен определенно кофе, да и мне не помешает. Сегодняшнее утро снова было лавандово-чайное. С Диной и кончиками ее пальцев. Я вообще почему-то почти перестал пить кофе с Вариных похорон.

— Па-а-авел...

Я молча наполняю чашку эспрессо и жму на кнопку второй раз. Двойная доза.

— Па-аш...

Другая чашка, и еще раз на кнопку. Мне сгодится и американо, я пока не настолько мертв. Не настолько, как Джуд, не настолько, как Варя. Не настолько даже, как дерьмо в папке с самотеком. Я вообще не мертв, я просто перестал существовать, поэтому всё как со стороны.

— Вот.

Джуд — живая реклама «Лаваццы» или «Бусидо»: воскресает, стоит ароматным завиткам кофейного пара к нему подползти. Вскидывает голову, пригребает поближе чашку, пьет. Я тоже. Мы друг против друга, но, упаси боже, никаких лишних рукопожатий. И все равно между нами — благодарное понимание. Все-таки... взять в обойму действительно *своего* автора очень и очень нелегко. Сродни выбору супруги, за исключением того, что вам, скорее всего, не придется просыпаться в одной постели. Так или иначе, периодически видеться, варить друг другу кофе, слушать ворчание и решать проблемы вроде планирования бюджета — эти семейные радости привычны. Именно поэтому мы так осторожны, предлагая руку, сердце и договор.

— Даны не будет, — повторяю я на случай, если Джуд не понял. — Давай-ка домой. Спать.

— Но-оу. Я уже хочу начать новую книгу, — возражает он. — Знаешь, там такой замут! У моей парочки еще ни разу не было...

— Давай сначала эту издадим, ладно? После правок еще неизвестно, что придет тебе в голову. Дана вечно наводит тебя на какие-то новые сюжетные мысли.

— Она и навела. Спросила, а ссорились ли они хоть раз. А ведь ссорились! Бладенса Кройслера переманивали! Ну, точнее, он сам уходил. В камердинеры к Темному Императору Санадару, ты про него еще не читал! Импозантный такой мужик-скелет, на тебя похож, и...

Невольно я смеюсь, качая головой. Авторы — большие любители, например, позвонить мне посреди аврала и заявить: «О, мне сегодня ночью / в ванной / в очереди к врачу пришла такая идея!» Загнанный в угол, я беру чистый лист и интересуюсь: «Какая же?» — а после минут двадцать рисую чертиков, слушая сумбурный пересказ. На практике замечательны процентов тридцать идей и процентов пятнадцать попыток их воплотить. У авторов, которые молчат, доля выше. Джуд, впрочем, тоже держит планку, хотя болтлив до ужаса. Но сейчас его раскалывающаяся башка, видимо, против трепа: он отмахивается сам от себя. Значит, можно говорить мне.

— Где ты вчера был? Кто тебя так... — показываю на своей шее, но имею в виду его вопиющие засосы, — помял?

— Да-ама. — Он прямо на глазах расцветает. Поигрывая бровями, делает еще глоток кофе. — Ну... немножко. — Тут же спохватывается, строит оскорбленную мину: — Но это не то, о чем ты подумал, ничего не было! Зато краса длинная коса, волосы как платина!

Многовато их развелось в московской экосистеме — платиновых блондинок. Может, еще и...

— Вампирская эта красная помада, обожаю... — Он мечтательно облизывается с таким видом, будто то ли схомячил бы тюбик этой помады, то ли накрасился бы ею.

Красные губы, платиновые волосы... Да мало ли девушек, считающих палитру «кровь на снегу» красивой или модной? Впрочем, совпадение не самое приятное. Не хочу об этом думать.

— Как это «не было»? — пытаюсь просто отвлечься. — На тебя же все кидаются как ненормальные.

Вот именно. Даже на автограф-сессиях на него смотрят голодными глазами. Не будь у Джуда приличного воспитания и какой-то там своей *тайной истории*, он мог бы хвастать целым веером беспорядочных связей — и хорошо если без венерических заболеваний. У него действительно своеобразная, очень располагающая — как не без опаски говорила Анюта — аура. Примерно как у какого-нибудь божка любви и разгула. Может, поэтому от некоторых его комплиментов и выходок уши сворачиваются в трубочку, а глаза лезут на лоб.

— Это ж не значит, что я всегда такому рад... — Джуд почти залпом вливает в себя кофе. — Если хочешь знать, танцы вообще обычно нравятся мне больше, чем секс. А тут еще и странно вышло, сюр какой-то.

Наверное, не стоит комментировать, что в моей тихой, консервативной, почти элегической картине мира две трети его жизни — и он сам — и так воплощенный сюр.

— Ну мы как-то зацепились у стойки, — тем временем нашаривает он нужную мысль. — Ну мартини, ну вискарь. Ну потанцевали. Еще. А потом она потащила меня в сортир, хотя это не так чтобы было главной целью моего вечера, ну по крайней мере, не сразу же...

— И? — Судя по тону последней фразы, дальше можно ждать некий вотэтоповорот.

Джуд потирает висок.

— Да ты знаешь моего бесячего внутреннего демона: он часто просыпается в клубах, особенно если кто-то хватает его за яйца. Значит, целуемся мы... «стихи и проза, лед и пламень», блин, потому что я воняю как спиртовая бочка, а она лишь благоухает ладаном; я весь горю черт знает от чего, а она такая холодная, стерильная как скальпель, руки сильнющие... Я ее прижимаю к стене, а она... — Он усмехается, удивительно довольный. — Она, знаешь, вдруг глядит в глаза и спрашивает: «А ты Пушкина любишь?..» В тему, а?

Он закатывается, стучит кулаком по столу. В любое другое утро неделю назад и я бы закатился. Мне хорошо представляется: полуосвещенный туалет, холодная кафельная стенка, Джуд, несомненно распустивший руки, и... Пушкин, наше все. Мертв, но всегда рядом.

— Я, не будь дураком, выпустил ее, поправил ей прическу и сказал: «Тащусь. Особенно от той незавершенной повести про римлян. А ты?» Ну и мы благополучно просидели в туалете минут сорок, матеря всех, кто пытался туда запереться, и обсуждая литературу. Всякую разную. «Ворона» цитировали на два голоса. Об «Иуде» спорили, чуть не подрались: ну не идет у меня эта концепция «кто-то всегда рождается, чтоб быть антигероем», и все тут, я за свободу воли. Под утро еще выпили и разошлись. Ну и я поехал... м-м-м... нет, не домой, ага. Накрыло меня опять, а дома грустно. Но мне есть куда податься. Хотя не суть.

Не удержаться: выпустив чашку, я аплодирую разве что не стоя. В этом весь Джуд — в абсурд превратит что угодно, даже клубную интрижку. А дальше опять все эти уклоны, эти «есть куда»... Ничего не знаю, одни домыслы, но не понимаю упорно: если «есть куда», на кой ты, Женя, шатаешься по клубам, на кой девушкам спать не даешь? Мне вот... некуда. Теперь. Ты слишком молод или с твоим «есть» что-то не так еще сильнее, чем с моим «нет»?

Я поднимаюсь налить ему еще кофе — на этот раз легкий латте. Хватит с него.

— Она и Варьку читала... — летит мне в спину. — Странно, правда, как-то отозвалась о ней. Положительно, даже восторженно, но...

Машина перестаралась. Или чашка маленькая. Латте льется через край, течет по зеленым керамическим стенкам. Сперму напоминает. Отвратительно.

— Что ты имеешь в виду?

— Она...

Не оборачиваюсь. В горле кто-то методично скручивает и выжимает половую тряпку.

— Сказала что-то вроде «Такие книги рвут ткань реальности». И добавила, когда услышала, что Варя умерла: «Иногда мироздание решает, что лучше их авторам все-таки не быть».

Белые подтеки ухают в черный решетчатый слив. Наконец латте перестает литься. Беру переполненную чашку, обтираю салфеткой, медленно возвращаюсь за стол. Джуд щурит глаза и даже макушку на пару секунд прикрывает, будто ждет карающего кофейного душа.

— Да что ты так сразу? Скорее всего, девочка повернутая на таро и каких-нибудь учениях эзотерических. Слышала все вот это вот, про то, что Варины истории порой сбываются в том или ином виде. Кто об этом не слышал?.. Даже на РЕН ТВ говорили.

— Жень, но это же совпадения. — Тихо ставлю кофе на стол. — Просто совпадения. Как, помнишь, курьез с «Титаником»? Кажется, роман, предсказавший его крушение, назывался...

— «Тщетность», да. Написан за пятнадцать лет, где-то так. Хорошее название. И, кстати, текст я давно брал на заметку — скорее всего, он бесправен. Может, выпустить в одной из двух «несовременных» серий? Их как раз пора пополнить. «Неизвестная классика» или «Классическая неизвестность», вот в чем вопрос.

— Паш... — Тук-тук из реальности.

— Да?.. — Я потираю веки.

— А ведь тот тип, Морган Робертсон, ну, автор... — Джуд отпивает латте и страдальчески морщится. — Ты убить меня решил, а? У меня непереносимость лактозы.

— Черт. Извини.

Он отставляет чашку и с хлестким омерзением вытирает губы. Действительно. Он не пьет молоко, не ест мороженое, и я только что причинил ему жесточайшие страдания при помощи одной только «Веселой коровки». А еще главред.

— Так вот. Робертсон. Он странно умер тоже. Просто нашли труп в гостиничном номере. Просто поставили диагноз: отравление какой-то химией, вроде передозировка успокоительным. Но никто так и не понял ни к чему ему травиться, ни кто мог его отравить, ни случайно ли...

Меня начинает мутить, будто это я хватил отравы. Может, и правда: вспомнил сравнительно свежую новость с Гугла — о последнем выжившем человеке на обезлюдевшем из-за гражданской войны островке. Это где-то в Океании, в одном из гномьих государств. Священник. Он едва не умер от голода, сошел с ума и утверждал, что всю неделю до прибытия спасательной миссии единственную компанию ему составлял сам Христос, с которым они вели экзистенциальные беседы на руинах у моря. А Варя однажды написала о...

— Жень. — Я хватаю мысль за гланды и насильно швыряю подальше, выбрасываю из головы фото — инопланетно-красные скалы острова Д. — Хватит.

— Что — хватит?

— Эти россказни — про «ткань реальности», «предсказания», «таинственную смерть»... они бы пригодились, если бы мне захотелось навариться на Вариной смерти. Продажи, там, ей поднять, устроить этот, как вы сейчас говорите, хайп. Вот только мне не надо. И ты просто...

— Я просто делаю тебе больно. Да. Извини. Но, поверь, себе — тоже.

Невозмутимо бросив это, Джуд дергает плечами. Они у него — как два острых угла.

— Мне просто не дает это покоя. Я хочу понять.

А я ничего не хочу. Слышишь, Варь, не хочу больше, быстро сдулся. Тебе со мной не повезло, я не рвусь за тебя мстить. Я пытаюсь решить всего один вопрос. Это не вопрос мести, но это вопрос жизни и смерти. И я не готов даже произнести его вслух. Зачем?..

— Паш.

Джуд все-таки хватает меня — не за ладонь, а смыкает длиннопалую руку на запястье, давит на пульс. Подается ближе, и он давно не сонный, даже тени под глазами стали поменьше. Голубые эти глаза — *иговские,* узковатые, холодные, бесприютно-тревожные. Они всегда такие, даже когда Джуд фыркает, смеется и делает селфи. Они будто смотрят не на мир реальный, не на мир книжный, а куда-то меж двух миров. Татаро-монгольская кровь, дикая, мудрая и чуткая к чужим пограничным состояниям, слишком подмешалась к славянской.

— Даже не думай ни о чем таком. Понял?

Вопрос жизни и смерти. Я не произнес его, но Джуд прочитал, возможно, и не сегодня, а раньше. На похоронах, или когда услышал «Варя погибла», или...

— Ты понял меня?

— Да.

Он разжимает пальцы. Не верит. Правильно, не зря учился. Но профессия берет свое, и он, пытаясь выплыть и вытянуть меня, продолжает предыдущую тему.

— Я. Хочу. Понять. И ты тоже хочешь, я знаю. Они не могут ее найти, ведь правда?.. Ту девицу из подъезда. Они и не смогут, просто потому что ищут иголку в стогу сена. Проходи она по каким-то делам — было бы как два пальца. Но она, видимо, чистая.

— Никто даже не уверен, что она убийца. И что заходила именно к Варе.

— Консьержка сказала: девица просилась «к подружке, на четвертый». На четвертом живут в двух других квартирах дедок с собакой и молодой отец с двойней, ребенок один двухлетка, второй — мальчик-школьник. «Подружкой» могла быть только Варька.

— Допустим. Но к чему ты ведешь?

— Если она и не убийца, она что-то знает. И так или иначе, ни хера Варьке не друг, иначе дала бы хоть какие-то показания, не стала бы прятаться. Ее нужно найти.

— И еще раз: к чему ты? Как ты будешь ее искать?

— Я не буду. И ты не будешь. А вот *мы* — будем. Просто это немного... неэтично. А кто-то даже скажет, что это пиздец.

Он говорит. Говорит. И говорит. Когда замолкает, я горько усмехаюсь.

— Жень. Это он, пиздец. Даже статья вроде есть. И руководство, скорее всего, будет против. Не говоря уже о...

— С господином полицаем я поговорю. А говорить ли с советом директоров или проявлять инициативу на свой страх и риск — сам решай.

Такое не решишь. Я смотрю в пустую чашку и вижу в кофейном осадке острое, усталое, злое лицо. Девица с глазами «шныр-шныр»...

— Женя, это, скорее всего, даже и не поможет.

— Зато у нас будет много-много дополнительных шансов. А вдруг?

Опять — теорема… нет, уже целая *теория* бесконечных обезьян, но на этот раз каждой на голову надели фирменное кепи Холмса.

— А если это ее только спугнет?

— Судя по тому, что на нее ни одной наводки, она и так вспугнута по самое никуда.

— Жень…

— Я Варьку очень люблю и никому не прощу, — обрывает он. — А ты?

А я без тебя забуду скоро, что вообще такое «любить», Варь. Сотрется само слово, и ни одна обезьяна из все тех же бесконечных, из все той же теоремы его уже не восстановит. Будут разные наборы одинаковых букв, но в другом порядке и без смысла.

— Смотри. Вы не будете — я так и так буду, поэтому с Шухариным все равно поговорю.

— Он вряд ли даст тебе добро. Его раком за это поставят, они так не делают.

Да что там, такого розыска я не видел ни в одном детективе. То, что Джуд предлагает, так же абсурдно, как бо́льшая часть содержимого его головы, а еще это очень непрофессионально — с чьей стороны, нашей или ментовской, ни посмотри. В некоторой степени, зная психологию толпы, это опасно. Но он уперся. Я вижу, он уперся. Больше не может сидеть без дела.

— Они не делают. А он — сделает. Ладно. Думай. А мне и вправду пора валить.

Джуд встает и кидает последний крайне обиженный взгляд на чашку с латте. Хрустя суставами не хуже меня, потягивается, затем обходит стол.

— Звезду-то нашел? Варька все новых авторов хотела...

— Нет звезд. Тускло на нашем небосклоне.

— Ну, ищи. Удачи. Позвоню, как пообщаюсь с нашими любимыми-родными органами.

Как бы потом они не пообщались с тобой, Жень, и уже не так добродушно.

Я выпроваживаю его и беседую с Диной — долго беседую с Диной. Ей я доверяю, даже могу передать часть услышанного. Динка юная. Храбрая. И Динка с совестью, как «Дима».

— Надо соглашаться, — говорит она. — Вдруг поможет? А Горыныча пока не посвящать.

Горыныч — это Ивашкин, Кондинский и Гречнева, наш совет директоров. Участковый, агроном, повариха. Поскольку по отдельности мы их практически не видим, так и прозвали — Горынычем. Толстенький трехголовый змей, сидящий на корпоративных деньгах и утверждающий все наши решения. Змей не так чтобы злобный, но все же...

— Если органы все согласуют, — продолжает Динка, — потом можно будет соврать, что не наша инициатива, а их, а мы побоялись отказать. А если нет...

— Что — если нет?

— Если нет, то в случае чего нас обоих и на другую работу возьмут. Конкуренты. АСТ, например. У вас портфель хороший, а я молодая.

Люблю ее. За здоровый и реалистичный оптимизм.

— Хорошо, Диныч, подумаю. А еще слушай... Валя как придет, попроси ее мне книгу пробить и автора. Общественное достояние. Морган Робертсон. «Тщетность». Будем ставить в «Классическую неизвестность».

Динка склоняет голову к плечу.

— А про что? Какой-нибудь мрак на тему «Тщетно бытие»?

— Мрак. Но на другую тему.

— На какую? Откуда эта книжка?

— Диныч... Давай ты сама почитаешь о том, как тонут корабли. Мне работать надо.

Работать. А не разбиваться об айсберги с «Титанами» и «Титаниками». Ткань реальности уже порвана, точно так же как их стальная обшивка. В брешь заливается ледяная морская вода.

Меня часто спрашивают, почему я не пишу авторам отказов. У нас так принято — связываться, только чтобы предложить договор. Не давать ложных надежд, даже на пару секунд, пока маячит в ящике неизвестное письмо от издательства такого-то.

Лучше ли оставлять человека в безвестности? Будь я сам писателем и жди письма от какого-нибудь высоколобого кретина, я, наверно, ответил бы отрицательно. Но я не писатель и считаю, что лучше неизвестность, чем разочарование. Если автор ценит свой текст настолько, что прислал его издательству с довольно высокой планкой качества, я ему не швейцар, указывающий на дверь. Каждый заслуживает этого простого права — верить в себя, надеяться на лучшее и продолжать искать дорогу. Даже те, на чьи работы я бездарно потратил кусок утра и треть прошлогоднего ежедневника. Увы, за любым «у нас, к сожалению, нет подходящей серии»; «портфель переполнен» и даже «у вас слишком высокий уровень для этой ниши» сквозит одно: «Мы в вас не верим. Мы не станем из-за вас рисковать нашими кровными. Вы нам не нужны. Нам и без вас хорошо». А некоторые — не мои коллеги, но знаю таких — любят по тексту и автору еще и проехаться. Один кадр даже выкладывал в блоге цитаты из отвергнутых авторов, звал это перлами. А ведь нечестно это — шатать чужую веру. Почти так же, как бульдозером разрушить чужой дом от стены до стены. Оставить жильцов в клубящейся пыли — кого в тапках и халате, кого с ребенком на руках, кого на унитазе... Разрушение — слишком большая ответственность. Обескровленному нужно что-то дать взамен. А если нечего?..

Варино наследство мне не нужно. Для тех, кто заслуживает издания, у нас и так найдутся деньги. Мы рискуем часто. Мы открыли много имен и откроем еще. Я говорю «мы»... а слышу свой вопрос жизни и смерти. Все громче. Жень, прости.

Возможно, я такой же, какими воображаю авторов, не получивших от меня писем. Возможно, я просто боюсь узнать что-то лишнее о кровавом нимбе, и о трепещущих занавесках, и о девушке, сбежавшей откуда-то, где ей было очень плохо, и взлетевшей на четвертый этаж старого дома в Шуйском. Возможно, поэтому я и не знаю, хочу ли, чтобы Дмитрий Шухарин сказал Джуду «да» на каком-либо из уровней. Тебя же нет, Варь. В чем смысл? Тебя больше нет, и тебе все равно. Не будь все равно, ты бы преследовала меня, наверняка преследовала бы, и я бы тебя узнал, хотя мы и не условились о кодовых словах, как Гарри и Бэсс Гудини. Но, может, ты, зная, что мне нравится эта байка, дала бы знак именно той строфой? «Розабель, моя Розабель».

А впрочем, может быть, призраки не поют.

Шесть.

Пять...

РЕТРОСПЕКТИВА. ДЕНЬ ДЖОКЕРА

При первой встрече он поцеловал Варю в шею — просто не удержался, хотя годами отучал себя от таких вот души разнузданных порывов. А как удержишься? Когда идешь ты, весь sparkling, нет, летишь, свободный как альбатрос-холостяк. И только-только написал умопомрачительный доклад, и закончил крышесносный роман, и на улице бушует морожено-черешневое лето. И вот ты видишь тонкое-звонкое создание с прекрасным белым каре, в голубой футболке и джинсах в облипку. Создание уселось за стол, склонилось над договором и ведет беседу с редактором — он так увлекся, что в упор ничего не видит. Ну а то самое каре — у Жени после «Криминального чтива» фетиш на подобные прически — как раз упало вперед...

— Ой!

Дивная незнакомка дернулась испуганно, а вот развернулась уже грамотно: смогла бы, как собиралась, смачно и метко заехать ногой куда надо, если бы Женя вовремя не отпрянул.

Была бы в полном праве, это же все про нарушение личных границ, которые надо, надо защищать. Но Женя, разумеется, успел отпрянуть — и, изобразив галантный поклон, протянул:

— Ну приве-е-ет и сразу прости. Настроение такое, а мы тут вроде все свои… Как нас зовут?

— Нас, — произнес вместо своей ненадолго онемевшей дамы г-н Черкасов, и многообещающе хрустнула в его пальцах шариковая ручка, — зовут Павел и Варвара. Привет, Жень. Ты рано. И держи-ка ты в узде своего внутреннего демона.

Внутренний демон ехидно захихикал, но Женя не стал пока уделять ему внимание.

— Павел и Варвара! — Ну правда, настроение было просто заебись, и ассоциации плодились пачками. — Офигеть. Звучит совсем как Петр и Хавро… Феврония!

Светило издательского дела зарычало, а вот его дама неожиданно прыснула — хорошо так, бодро. Она вообще быстро перестала сердиться, только волосы теперь яростно приглаживала, стараясь закрыть к шее любой несанкционированный доступ. Ноготки походили на миндаль не только формой, но и самим маникюром, а глаза какие… интересного оттенка, колеблющегося между оливковым, песочным и охренным.

— Правда, извини. — Посмотрев в эти глаза повнимательнее, Женя таки пнул демона. — Я пока заканчиваю книги, дичаю, меня потом надо обратно перевоспитывать, и так каждый раз.

Дама — ей удивительно это слово подходило, хотя типаж был скорее «Деточка, никакого пива, раз нет паспорта!» — помедлила. И вдруг глухо, будто тайная радистка, откликнулась:

— Знакомо.

Тут же она потупилась, так спешно, что слово впору было принимать за мираж.

— Варь, это Женя... — осторожно представил его г-н Черкасов, через стол подтягивая к себе подписанный договор. — Ну, Джуд Джокер, вы точно о нем слышали. Он автор нашей подсерии «Позовите дворецкого», хозяин Чайного мира. У него тоже скоро выход.

— Надеюсь, не в окно, — не без изыска сострила Варя, вскинув взгляд так же неожиданно, как спрятала его. — А то могу обеспечить.

Женю она разглядывала задумчиво, но адекватно: как человек, а не как самка богомола. Правда, слишком пытливо, пожалуй. Взрослый, мирный, чуть усталый взгляд: «Знаю я все твои ходы, веник в унитазе, давно записала». И это ее «Знакомо»... загадочная особа.

— А ты чего духами не пахнешь? — думая ее поддразнить, спросил он и шмыгнул носом. Павел схватился за голову так, что взлохматил свои седеющие патлы. Наверное, во времена его молодости люди знакомились не так.

— Ненавижу духи, — отрезала Варя колко, будто духи ее обидели сильнее всего прочего.

— А поцелуи? — напирал Женя, но Варя не повела и бровью.

— С этим получше. Только никаких лишних слюней. По моей шее будто слизень прополз. Горячий такой.

— Ты мне нравишься, — безапелляционно заявил Женя. — Нет, серьезно.

Ему всегда так было проще — без извивов и изъебов. Нравится — и нравится, в каком смысле — время покажет. Вообще «нравишься» — слово хорошее, потому что вроде подтекстов много, а вроде ни к чему не обязывает и ничем не напрягает. Почаще бы люди признавались друг другу в «нравишься»: это лучше, чем в любви. Вдохновляет и не грузит.

Вот только Павел что-то поднапрягся, даже ноздри раздул.

— Ты ж совершеннолетняя? — осторожно уточнил Женя, ища самые очевидные причины и сокрушительно промахиваясь. Сколько ни учись шуршать и шебуршать в душе человеческой, иногда остаешься слегка тормозом и на лету не ловишь.

— В каком-то смысле я древнее всех твоих вампиров и эльфов, — отозвалась Варя и принялась цитировать: — «Ибо я первая, я же последняя, я почитаемая и презираемая...»*

— Ага-ага, «поклоняйтесь мне вечно, ибо я злонравна и великодушна», — легко подхватил он под недоуменный вопрос Павла: «Это что, молодежь? Цветаева, неизданное?»

Варя уважительно хмыкнула.

Не Цветаева, а якобы гимн богине Исиде. Наверняка в 2005-м Варя еще вела дняvочку, где размещала мрачные стихи, плодила блестящие картинки и характеризовала себя словами «загадочная личность с тысячей реальностей в голове». Многие давние знакомые Жени вели себя так же, а гимн

---

* Текст «Гром. Совершенный ум» (I–III вв н. э.). Произведение, которое известно в историографии под этим названием, сохранилось в собрании коптских рукописей из Наг-Хаммади в единственном экземпляре. В действительности посвящено неизвестному женскому божеству. В книге Паоло Коэльо «Одиннадцать минут» цитируется в переводе А. Богдановского.

(скопированный из книги Паоло Коэльо, который тоже непонятно где его добыл) у кого только в эпиграфах не мелькнул. Увлечение вырвиглазно-готичными блогами на заре интернета было как чума: не пощадило никого, а после себя оставило нескончаемые трупные ямы брошенных страниц. Ну и некоторые... реплики, переползшие в живую речь.

— М-м-м... Может, я подпишу договор — и по коктейлю? — с ходу предложил Женя.

Варя открыла рот, но ее опередили:

— А своего главного редактора ты не позовешь, пионер? — Г-н Черкасов задумчиво побарабанил по столешнице пальцами. — А я тебе хотел аванс за следующую книгу предложить и роялти поднять...

— Хозя-я-и-ин! — Женя молитвенно сложил руки. — Прости, прости грешного Добби!

Он уже достаточно выучил издательский язык, и слово «роялти» было у него любимым. Да и в настроении Павла Женя начал более-менее разбираться, по-своему проникаться этим бизнес-мамонтом. Классный все-таки, жаль, что постоянно замороченный, закопанный в книжки, отстраненный... а тут вдруг ожил. Пить впервые просится! Совсем как...

Впрочем, другая знакомая личность того же возраста никогда никуда не просилась. Наоборот, если ей вдруг что-то было надо, эта личность тащила за собой на неодолимом харизматическом аркане. Пример для подражания, который запретил себе подражать... Нет. Павел другой, только вот усмешка — усталая, настороженно-ироничная — иногда похожа. Женя тряхнул головой, отгоняя идиотическую улыбку, и без колебаний пошел на попятную:

— Да конечно зову! И раз такое дело, даже угощаю.

И они пошли. И с того дня так было очень часто. Очень долго.

А теперь закончилось.

* * *

— Голова боли-ит.

— Сам виноват.

От некоторых улыбок хочется жить, от некоторых — немедленно сдохнуть. От этой — скорее первое, по крайней мере сегодня, и даже не так важно, что у ее обладателя закончился кофе. И чай. И сахар. А у самого Жени закончился внутренний ресурс окоченения, позволявший раз за разом почти безболезненно резаться словами «Варька умерла». Больно было, только когда узнал. К похоронам попустило — а тут нате, опять кроет. Буря. Мглою. Может, это как-то было связано со сдачей рукописи, для которой пришлось мобилизоваться и отвлечься; может, со скорой сессией у студентов; может, с чем-то еще. Маленький ослик самообладания устал: ножки подогнулись и разъехались, со спины свалились все кувшины.

Но сидеть среди разлитого вина и черепков больше нельзя.

В чужой квартире светло — она на южной стороне. Забавный казус: обитатель-то ее — личность нордическая. Вон как смотрит, сцепив узловатые, шрамами рассеченные пальцы на столе. И все же впустил среди ночи, потому что ноги только сюда и принесли. Теперь улыбается. Дома Жене не улыбались давно, разве что сестра Юлька — изредка, робко, у кого-то воруя эту улыбку, будто последний сыр из холодильника. В отражении — тоже не улыбаются: Евгений Джинсов улыбается лишь глазами, хотя автор бестселлеров Джуд Джокер иногда расщедривается на что-то потеплее, поадекватнее, посоциализированнее. Но только на камеру. Когда на очередном Что-то-коне обнимает косплеершу, утянутую в черный сюртук дворецкого Бладенса Кройслера; когда заглядывает в глаза кому-то, кто протянул открытый на титуле томик, и спрашивает: «Как вас зовут?»; когда, раскинувшись за выставочным столом, сообщает залу и ведущему: «Не, Минздрав не рекомендует быть *просто* писателем. Надо еще чего делать, нелитературное. Ну, шкафы собирать, детей учить… Выгорание? Какое выгорание? Так я же и говорю: пользуйте все свои лампочки, не только творческую. И будет у вас ровный многоярусный свет».

Сейчас у Жени с улыбками неважно. Ведь не надо ничего изображать.

— Второй раз за неделю являешься такой. Прекращай.

— Да я прекращаю… — Собственные волосы на ощупь как солома, куревом пахнут, ерошить их неприятно. Но чужая рука, протянувшись через стол, делает это: зарывается медленно, осторожно — и до электрической дрожи. — Согласитесь, тут я пил хотя бы с интересным продолжением и в интересной компании.

Сегодня именно «Согласитесь». Вечные скачки личных границ, то «ты», то «вы». В начале знакомства, конечно, были только «вы» и «профессор», иногда еще по имени-отчеству, а в ответ — тоже «вы», «Женя», «Евгений». С преодолением ступеней университетской эволюции: студент — выпускник — аспирант — кандидат — доктор и, соответственно, преподаватель — конечно, появилось много нового. Иначе вряд ли может быть, когда пометку «учитель и ученик» сменяет другая — «коллеги». А если вспоминать, то ведь и не нашарить, где между пометками притаилась еще одна, невидимыми чернилами «Не чужие». Когда, зная, что ты вчера повеселился, тебе оставят на рабочем столе что-то спасительное. Когда могут вытащить на выставку, конференцию, а теперь уже и просто в паб. И не пошлют, если придешь с петухами и навеселе, по-родному приютят на диване, даже побудут рядом, будто завтра не вставать. И могут на равных о больном, несмотря на пропасть, измеряемую войнами и годами.

«...Видели мою татуху на руке? Лотос! Там, если присмотреться, листья — полумаски. Полумаски, понимаете? Четыре. Как Черепах-ниндзя, я их с детства люблю. Варя эскизила, даже не поржала над идеей. Она вообще здорово рисовала... и никогда надо мной не ржала».

— Пушкин... — начинает он, вспоминая опять клуб, и красу, которая назвалась, кажется, Натали, и сидение друг против друга на кафеле. Как она, возведя ненакрашенные, но чертовски выразительные глаза к изрезанному трубами потолку, изрекла-каркнула: Nevermore!, а у него едва не встал от одной интонации. Холодно было, как на Девятом круге. Наташке этой еще рожать, наверное. Но ей явно было плевать.

— Хуюшкин, — припечатывают его мрачно. Редко от этого человека — такого прям каменного, маститого, с благородной сединой в как раз таки пушкинских вихрах — дождешься мата. — Брось. Я же все понимаю. Вот только это так не работает, сам же этому учишь.

— К чему вы?.. — хотя в горле тут же собирается предательский ком.

Ну конечно, большинство психологов и психотерапевтов сами без сапог. И не у всех есть даже вот это вот самое простое: светлая кухня, и утро без ворчливо-ревнивого выноса мозгов, и чужая теплая рука, перебирающая пряди в попытках перебрать заодно спутанные мысли. Доказано Джеймсом Барри: это возможно.

— Хоть двести клубов исходи, не докажешь ты сам себе, что жизнь продолжается.

— А она продолжается?..

Отвечать не нужно. Ответ знают оба. Вместо этого с языка зачем-то срывается:

— Кстати, я это, с ней не... Мы только ментально трахались, на филологическом уровне.

— Ментально трахались, — насмешливо звучит над самым ухом, горячее дыхание возле мочки, и неплохо бы провалиться сквозь землю. — Ну что ж, рад, что тебе понравилось.

Женя осторожно поднимает глаза, чтобы убедиться: действительно рад. Все-таки быть вместе можно очень по-разному. Например, с бесконечным «Эх, щенок», от которого то грустно, то смешно, то тепло. Сейчас вот хочется обиженно фыркнуть и напомнить: «Ну теперь ведь я здесь и вообще никуда не уходил бы, если бы...» Но времени уже нет. На часах — белых, бесхитростно круглолицых, как ангел Азирафаль, — семь.

— Ладно. — Скрип стула. — Идем. Мне пора на пары, ну и ты выметайся. Проспись дома. И не смей опаздывать, у тебя вечерники, если не забыл, заменять не буду. Понятно?

— Поня-я-ятно, понятно... только мне нужно еще к редактору, а потом к тому полицаю.

На плечо вдруг осторожно опускается все та же теплая тяжелая ладонь.

— Думаешь, поможет? Точно не будет проблем вместо успехов?

— Думаю, что хочу хотя бы попытаться. Поймите... друзей у нее, по ее словам, почти не было. А я докажу ей обратное. Пусть и *оттуда* узнает.

— Узнает...

Не спорит, хотя не религиозен и не суеверен. Пальцы на плече не двигаются. Женя смотрит на солнечное пятно на столе — пластиковое покрытие золотится, как волосы Варьки. Впрочем, нет, ее волосы были красивее. И снова... нет. Не красивее. Интереснее. Она вся была интересная.

— Ты ведь понимаешь, что те, на кого ты надеешься, не друзья, а скорее... *очевидцы*?

Хорошо, что закончился кофе. Он бы наверняка сегодня горчил.

— Знаю. Типа волк волку волк, а человек человеку почти всегда — очевидец. Но если очевидцев тысячи, шансы ведь повышаются? У нас их много.

Он вовремя поднимает голову и видит улыбку. Опять. Такую, какая нужна; такую, из-за нехватки которой уходят из семей и от друзей; такую, которая, существуй валютный рынок улыбок, была бы самой дорогущей и которую иногда, словно самородок, можно найти там, где не ждешь, в первой же затхлой речке каждодневности.

— Повышаются. Еще как. Жаль, я не очевидец. Хотя и мне не дают покоя золотые волки...

«Вы не очевидец. Вы лучше». Но он встает из-за стола молча.

* * *

В тот день они опять пересеклись в редакции: забирали авторские. Заболтались, как всегда, о странном.

— Варь, а Варь. А ты что, вообще ни с кем не дружишь?

— Дружу, Женя, — цинично ощетинилась она. — С головой. С Диной и Павлом, насколько возможно. С парой коллег, одним приятелем детства и вот с тобой теперь немного...

— А остальные все куда свалили? У тебя же наверняка было море виртуальных друзей, ну, другие-то авторы на этих твоих сайтах. У всех же были стайки. И сейчас в инсте* есть.

Варька зависла. Грохнула на подоконник свои книги, принялась старательно громоздить из них ровную стопку. Запоздало сообразилось: надо было предложить ей их понести, хоть с лестницы спустить, что ли. Джентльмен, все такое... а может, не стоит? Вдруг в мирном море адекватного общения сразу покажется какой-нибудь акулий плавник? Girl power — это мощь, но вот всякие там агрессивные «fuck off, маскулинный членоносец!»... бр-р-р. Женя решил подумать об этом попозже, а Варя наконец отвисла:

— Сейчас я общаюсь в Сети с одной девчонкой — подругой моего друга. Но мы не «стайка», Астра — фикрайтер по

---

* Организация, деятельность которой признана экстремистской на территории Российской Федерации.

Сонику, если помнишь такого ежа. Тексты у нее крутые, но... не хочет она в книжный мир, говорит: «Это лучший способ все растерять». Когда мы только сошлись, я ее не понимала, а потом... начала. С другими моими друзьями-авторами ведь вышло странненько. Было их много, да. Знаешь, еще года два назад, когда они читали меня в Сети, все говорили: ты такая крутая, вот бы подержать в руках твою книгу, вот бы напечатали. А потом, когда меня и правда напечатали, они почти все куда-то пропали, а кто не пропал — общаться со мной стал как с чумной. — Варя говорила без обиды, скорее задумчиво. — Или, может, я стала злой, зазвездилась? Меня даже крашеной стервой в соцсетях обзывали.

Женя рассмеялся, хотя его пробрал гаденький озноб — будто босой ногой ступил в лужу подмороженной слизи. У него был для Вари ответ, но зачем портить ей настроение?

— У-у. Да я куда злобнее, чем ты... И я волосы правда подкрашиваю!

— Сучк крашеный! — немедленно подхватила шутку она.

— А ты жопа с ушами!

Варя хихикнула. А он подумал, что правильно не выкладывал книжки ни в какой интернет и ни с кем из этой братии не общался, просто отправил, как дописал, в пару издательств и сразу угодил куда надо. Все-таки странно потерять тех, с кем начал путь в гору, и не потому, что они трагически погибли, а просто потому что... Потому что. Ты обогнал их. Перемахнул пропасть и вроде тянешь руку, чтоб помочь сделать то же. А они... а большинство не идет. Ненавидят уже тебя за этот, как его там в «Ассасинах», «прыжок веры», ведь у самих у них от глубины пропасти закружилась голова.

Женя практически не сомневался: Варькины приятели ушли поэтому. Боялись, что не повторят ее успех. Интересно, чего они там писали?

— Мне в этом плане повезло, — сказал он. — У меня все друзья были и остаются нетворческими. Они радуются и никуда не деваются. Я для них забавная зверушка, а кто ж откажется от бесплатного контактного зоопарка, раз животное не стрессует?

— А... — Она опять ненадолго подвисла, пялясь в окно, на сырный кругляш станции «Новокузнецкая». — Ну этот?..

У Вари случались проблемы с именами; куда лучше она — возможно, из-за художественного образования — запоминала лица и силуэты. Потому сейчас она размахала руками плечистую фигуру, нахмурилась, а потом прочертила у себя над бровью небольшой шрам. И шкодливенько так улыбнулась, точно хотела добавить: «Ну твой престарелый совсем-не-парень». Жопа как есть.

— А он вообще одним из первых прочитал, до отправки в издательство. И сказал: «Так вот почему у вас столько попыток хохмить в курсовых». Юмори-ист, блин.

Варя удивительно серьезно кивнула и погрустнела.

— А мои книги не прочел ни один родственник.

— Так мы ж не родственники, — почему-то захотелось оправдаться. — Мои-то тоже особенно не следят. Юлька только...

Варя молчала. На лице читалось унылое «Ты же понимаешь». Женя понимал: она живет одна. Понимал: коллег из агентства Варя видит раз в неделю-две на брейн-сторминагах, потому что в свое время выбрала фриланс, а теперь уже не может влиться. И понимал: в Варином богатом словарном запасе даже слов некоторых, самых базовых, недостает.

Двух, например: «мама» и «папа». Были они у Варьки Принц и Принцесса, пытались открыть цветочный ларек, да не успели — умерли в один день. Слетели с дороги вместе с потной трясучей маршруткой, спешащей в Москву. Приехала из деревни тетка, пухлая, пестрая и деловая, приголубила квартиру и шестилетнюю Варю, начала сколачивать околостоличную жизнь — думала, все лучше, чем близ ее Перми. Стригла неплохо: подсадила Варьку на стильные каре. Гнобить не гнобила, терпеть терпела, к себе привязала — да только перегорела, не вышло ни с женихом, ни с заработком. Укатила назад, махнув совершеннолетней племяннице добродушно, мол: выкормила? Выкормила. В художку пустила вместо педа? Пустила. Иди подрабатывай. Весточкам буду рада, ну, как сможешь, раз в месяцок. Переводами шли.

Не так давно померла. Весточку с последнего гонорара не получила.

От всего этого, наверное, и написались книги, и пришло желание издать их, и продолжалось все-все-все, ради чего Варя трогательно, но неуклюже пыталась выбраться из раковины. Ей не хватало самой простой на свете любви. Естественной радости, которую испытываешь, когда близкий человек — родственник, друг, любовник, наставник, напарник — берет в руки то, что ты сделал, и говорит: «Ух, а ты молодец» или «Я тобой горжусь». «Молодец» как факт. «Горжусь» независимо от качества результата. Такая... безапелляционная, неотъемлемая, подслеповатая как крот любовь-грелка, один из вымирающих ее видов. Жене она, несмотря на полный разлад с семьей, доставалась хоть от кого-то, Варе — нет. И компенсировала она это любовью совсем другой. Как раз таки требовательной. Зависимой от результата. Переменчивой. Читательской. Но...

— Ва-а-арь. — Он взял из ее стопки книжку и посмотрел на переплет.

Тонкое шрифтовое оформление, плавные черные буквы на красной текстуре, плашка премии «НОС». «Молитва с Марса», интеллектуальная фантастика. История о священнике — о последнем священнике умирающей цивилизации, доживающем жизнь в полуразрушенном мире. К концу книги единственным прихожанином этого так и не потерявшего веру мужчины остался его собственный Бог, очень напоминающий Иисуса и Заратустру разом. В секунду последнего взрыва священник чувствует запах молодого вина и теплый звездный свет.

— Ты молодец, Варь, — просто сказал Женя.

И пообещал себе говорить это после каждого ее тиража.

* * *

Нужно идти к метро — мимо многоэтажных коробок, тычущихся крышами в голубовато-серый небесный плед. Поглубже вдыхать холодный весенний воздух, трескучий от чириканья воробьев. Старательно выискивать под почти уже уползшим в небытие снегом первую мать-и-мачеху вместо собачьего дерьма. Нужно приходить в норму — хотя бы чтоб не вывернуло в подземке кому-нибудь на ботинки. Нужно. Ведь рядом шагают с такой прямой спиной.

— Голова болит, — снова жалуется он, уже скорее по привычке.

— Сам виноват, — звучит все так же терпеливо. — Скоро пройдет. Может, твой редактор напоит тебя кофе. Ты же его ценный...

— ...Веник. Ага.

— А ведь я хотел сказать «кадр». Но ты себя, конечно, знаешь лучше.

Павла самого бы напоить. Чем-то покрепче кофе. Он ведь со смерти Вари не бухал, это точно. Он вообще не особо по этой части, разве что иногда обнаруживает слабость к хорошему коньяку. А сейчас даже неважно, будет ли это коньяк: пусть водка, пусть любая дрянь, главное, чтоб забористая. Ему просто нужно отключить голову и вывернуть все рычаги. Возможно, кричать, возможно, крушить предметы, а возможно, и плакать. Жене, как и всем на потоке, про маскулинность и связанные с ней стереотипы рассказали в свое время обстоятельно и трезво, хорошенько выбив из ковра студенческого мозга все «Мужчины не плачут». Батя говорил одно, а жизнь не раз показала другое: задавленная боль — уже не просто боль, а бомба замедленного действия. «Плакать» — это не «вести себя как баба». «Плакать» — это спасти себя в лучшем случае от серьезного срыва. Зная железного Павла, на лучший случай можно не надеяться. Нужно готовить контрмеры.

— Слушайте... — это уже на эскалаторе, в гудящей и озабоченной утренней пустоте: до местного часа пик целых двадцать минут. — Что вы думаете о призраках?

На него с интересом смотрят со ступеньки ниже. Рваное освещение пляшет в глазах, затемняет полуспрятанный под темными волосами осколочный шрам. По нему хочется провести пальцами — это успокаивает. Обоих. Но общественное, мать его, место в стране, полной таких вот общественных мест. Не хочется, чтобы кто-то левый, чьи чувства оскорблены, подошел, сообщил об этом, а потом попал в больницу с тремя переломами ребер.

— Предпочитаю о них не думать. Посоветовал бы то же тебе. Почему спрашиваешь?

— Так… вспомнилось, что та краса-пушкинистка не оставила мне свой телефон. Всучила фантик от конфеты. «Мишка на Севере», представляете? Ненавижу, блядь, «Мишку на Севере»!

— Предпочел бы обертку от «Марса» или «Сникерса»? В правой руке или левой?

— Очень смешно… я говорил, что у вас отбитые музыкальные вкусы?

— Думаешь, она призрак?

Да ничего он не думает. Просто странно было от фразы: «Иногда мироздание решает, что лучше их авторам все-таки не быть». Натали, Натали, отвали, а? Да кто оно такое, это, блядь, Мироздание? Огромная дурка, где вместо смирительных рубашек нимбы и хитоны? Полицейский участок на облаках? Клан решал и рэкетиров со Святым Доном Корлеоне во главе? Который определяет, кому жить, кому умереть, и подчищает всех самых необычных, самых неординарных, самых необходимых? Чтобы что?

Слова звучат будто сами:

— Думаю, это я ее обломаю, а не она меня. Кем бы она ни была.

К счастью, вопросов задать не успевают: вот уже и станция наползает уродливыми колоннами, а вот подмигивает чужой поезд в направлении центра. Пора прощаться. День. Дела. А дома, кстати, Кекс. Спасибо, что у него любовь с пожилой соседкой Полиной Ивановной, которая и выгуляет, и покормит, и пузо почешет, и хозяина недобрым словом «Ветрогон!» помянет. Но навестить надо.

— Ладно, Женя, до вечера. Удачи.

Удачи. Махнув рукой, он улыбается, позволяет себе сделать это не только глазами. Обычный публичный максимум дозволенного: не то что губами к щеке, даже пальцами к пальцам не прикоснуться из-за тысяч видимых и невидимых взглядов.

— Хорошего дня.

По пути его задевают плечом — почти как случайно, но нет, совсем нет, и дыхание на полсекунды обжигает висок. Проводив взглядом силуэт в черной кожанке, а потом и златоглазую сонную морду поезда, Женя задумчиво скользит пальцами в карман пальто.

Коробок. Не больше спичечного. Можно не вынимать, ясно как день: жареные кофейные зерна, и не в молочном шоколаде, а в горьком. Те, от которых тоже хочется жить.

Улыбаясь, Женя спешит на другую платформу. Кажется, готэмский Джокер, будь у них забита стрелка, сбежал бы сейчас от этой улыбки, теряя тапки.

* * *

Да Павел же, черт возьми, к ней неравнодушен — понимание суперзапоздалое.

Настолько неравнодушен, что примерно так же неуклюже пытается выбраться из раковины — она у него побольше, покрасивее Вариной. Он очень ловко таскает ее, заводя связи с бизнес-партнерами, коллегами, авторами, всякой там прогрессивной молодежью... Раковина может казаться частью его организма, но приглядись — и видно: не, ни фига. Не женат и не замечен. Не обхаживает пухленькую рыжую секретаршу Танечку или — вдруг не по этой части? — томного казахского сисадмина Рашита. Нет, это не про него. Вся его сколь-нибудь эмоциональная жизнь — сестра, брат и племянники-племянницы в количестве то ли пяти, то ли шести штук. А теперь еще Варька. И ведь он в упор не видит: все проще, чем кажется.

— А ты давно с него течешь? — спросил Женя небрежно и впервые все же получил от нее ногой: Варька, оказывается, здорово лягалась. — Да брось. Я наоборот — ра-ад...

Варя прижала палец к губам и продолжила сосредоточенно рисовать у Жени на руке лотос и листья-маски. Приятный эскиз. Смотреться должен офигенно.

— У меня проблемы со взаимностью, — она вздохнула. — Всегда либо я, либо меня.

— Не в этот раз. — Слова кольнули узнаванием.

Варя промолчала.

— Я серьезно. — Он заерзал и получил еще пинка. — Хорош придуриваться. У вас все должно срастись.

— Я еще и не готова, — пробормотала она. Лепесток лотоса получился кривоватым, она принялась стирать его, а потом перерисовывать. — Жень... отношения, особенно с кем-то настолько старше, — это же в перспективе семья. А я ее не хочу. Никаких гнездышек, ползунков в инстаграме*, никакого... ничего. Мне есть что дать людям. И это

---

* Организация, деятельность которой признана экстремистской на территории Российской Федерации.

не младенцы. Которые могут и маньяками вырасти, и педофилами, и хоть что. А еще хуже... — Она потупилась. — ...Я могу не справиться. Жень... вдруг я даже любить ребенка по-настоящему не смогу, если родится, например, с какими-то серьезными болезнями, без руки, без ноги? Думаю, у меня какое-то очень маленькое сердце.

— Ну куда ты так сразу далеко? — Женя попытался притормозить это сталинское планирование, приправленное самобичеванием. — Любовь к ребенку не с неба падает, многим трудно полюбить то, чего пока нет, зато потом... — Впрочем, в это он решил не углубляться, понимая: тут уже не личные границы, а личная Китайская стена. — Может, ты хоть секса для начала хочешь?

— Это что, предложение? — Варька с усмешкой заправила прядь за ухо.

Вот же сумасшедшая. А на вопрос, кстати, вполне можно было бы ответить «да», учитывая, помимо Варькиного мозга, ее ключицы, глаза и каре. Но в свете недавних открытий пришлось, конечно же, фыркнуть.

— Скорее совет. Ну, раз уж тебя так к мамонтам тянет...

Варя вдруг посмотрела ему в глаза, прямо и пристально. Она редко так делала, и от взгляда пробрало: будто дрелью в печень.

— А ко мне все время тянет всякие аномальные кошмарности. Может, мне вообще не стоит приближаться к людям? — Кажется, она скрипнула зубами. — Я несчастья приношу.

— Эм-м? — Он вправду потер правый бок. — Например?

Конечно, Женя помнил байки о том, что ее сюжеты сбываются, полностью или нет. Зачастую сбывались у Варьки самые мрачные детали. Но ведь совпадения... они и в Африке совпадения. Жизнь постоянно выкидывает что-то за пределами понимания и прогнозов. Женя этим скорее восхищался, и сама она — жизнь — ему воображалась не кем-нибудь, а соблазнительной танцовщицей, ну или танцовщиком с факелами. Шагает она — или он? — по горячим углям людских планов, непредсказуемо изгибается, проделывает всякие фокусы с огоньком чьей-то души... а потом эротично заглатывает этот огонек. Интересный образ. Хорошая пара-противовес старику с косой.

В качестве «например» Варя принесла свой ноутбук, вывела из спящего режима и через «Мои документы» полезла в потаенные папки. Одна, вторая, третья. «Книги», «Старое», «Законченное», «Надо переписать», «Катастрофа»...

— Что ты ищешь? — наконец потерял терпение Женя, но Варя свою цель уже нашла.

Она показала файл, озаглавленный «Темный Бонапарт». Последняя дата изменения — август 2006 года. Действительно старье.

— Это... исторический постапокалипсис, наверное, можно назвать так, — пояснила она. — Вдохновлен Толстым. Типа Наполеон в 1812 году призвал нечисть, в результате мир сильно пострадал, выживших осталось немного. Новыми правителями России вместо погибших Романовых стал триумвират Багратиона, Барклая и Кутузова, повсюду расплодились всякие твари, лезущие из зеркал, восстали мертвецы, и вот...

Следом за «вот» она открыла файл и принялась пролистывать. Женя ловил глазами абзацы. Цепляло: никакая не катастрофа. Наконец Варя остановилась.

— Читай.

И Женя прочитал.

«У бродячего пророка были белые волосы — нет, скорее отливали бессолнечной болезненной пшеницей. Чертами при этом он казался татаро-монголом: говорили об этих тайных узах крови и лихой разрез глаз, и скулы-лезвия, и маленький рот с пухлой верхней губой. Двигался он легко, словно некий механизм не давал погаснуть внутреннему огоньку, незримому, но осязаемому. Завидев безутешно привалившуюся к дереву Жюли, он приблизился. Легко коснулся пальцами-иглами светлых ее прядей, отвел в сторону и... запечатлел слабый поцелуй где-то на шее.

— Ну здравствуй, — сказал он, когда та, вспыхнув и разом забыв о слезах, подпрыгнула и развернулась. — Как нас зовут, краса? Почему грустишь? Куда идешь?»

Женя засмеялся.

— Похоже на нашу встречу.

Смех получился натянутый. Если честно, было чересчур похоже.

— Это пугает меня, — тихо сказала Варя. — Учитывая, что дальше они с Жюли станут общаться и приключения у них будут общие. Жюли — дочь императорской фаворитки, переодевшаяся солдатом, и, конечно, она скорее французская Мулан, чем я, но все же...

— Эй, надеюсь, ты его — этого «бродячего пророка» — не убила? — уточнил Женя.

— Нет, что ты! Я этого героя слишком любила. Больше, чем всех остальных.

— Ну, это все, что мне нужно знать.

Варя посмотрела неверяще. Женя улыбнулся. История об убитых школьниках ему, конечно, тоже вспомнилась, но он постарался не придавать ей особого значения. Совпадения, повторил он себе. Горячая красавица — или красавец — с факелами.

— А часто у тебя такое? — спросил он как можно небрежнее.

— Ну... — Она прикусила губу и «усыпила» ноутбук обратно. — Я стала меньше смотреть новости. Уже не знаю.

Забавно, но вскоре он тоже перестал смотреть новости. И так и не спросил у Вари, что же ждало по жизни молодого бродячего философа с волосами «цвета болезненной пшеницы». Однажды — чуть в подпитии — он задал Варе лишь один неосторожный вопрос: «Был ли у этого парня наставник, ну, кто-то мудрее и старше, кто сделал его таким крутым?» Варя, слегка поморщившись на «крутого», все же кивнула: «Да. Он... был героем войны. А потом всех оттолкнул, сошел с ума от одиночества и постригся в монахи».

Больше Женя никогда с ней об этом не разговаривал. По заветному, со студенческих времен не менявшемуся номеру «П. А., универ» стал звонить чаще: чтобы никакого одиночества, никаких монастырей, я тебе!

А потом Варьку просто стерли. Даже не дали попрощаться.

Где-то когда-то Женя вычитал: в старые времена, согласно профессиональному этикету, находясь у смертного одра коллеги и видя, что улучшений уже не будет, врач должен был поднести ему шампанского*. На самом деле хорошая

---

* «Жизнь Антона Чехова», Д. Рейфилд, 1998.

традиция для любых коллег. Каждый умирает в одиночку, правда. Но на пиру во время чумы нужна компания.

Женя Варе принес бы апероль шприц с засахаренной лаймовой долькой, или бузинную маргариту, или что угодно, что она любила. Вместо этого ему пришлось вливать все это в себя. А потом тихо дрожать на чужом диване, уткнувшись головой в чужие колени и накрепко стискивая зубы, сквозь которые все равно прорывалось пьяное «Sterbe. Варя ist gestorben», хотя немецкого Женя не знал.

Тварь.

Какая же ты тварь, Смерть. И неужели Сэр не прав и ты... все-таки девчонка?

* * *

...Как Женя и ожидал, с Павлом все было мутно. Даже вот... латте ему налил. Дело плохо.

Уже выходя из офиса издательства и лихорадочно проматывая в смартфоне расписание электричек до Шуйского, Женя Джинсов — Джуд Джокер — знал, что не оставит все это просто так. Он не в дешевом кино или наивном янг-эдалте, где работу компетентных органов делает кто угодно, кроме этих органов. Не супердетектив из комиксов. И даже не прозаично богатый блатной мальчик, способный как-то заставить ментов получше шевелиться.

Зато он хорошо знает, как работают некоторые вещи в чужих головах.

6. ГРАБЛИ ГРАЖДАНСКОЙ ИНИЦИАТИВЫ

Когда мелкий я говорил маман, что хочу стать писателем, она осаживала меня очень неприятным — нет, токсичным — заявлением: «Все хорошие книги уже написаны». Она вообще литературу современную не любит, даже не давала моей младшей сестре читать «Гарри Поттера» — помню, тайком таскал Юльке эти книжки. Повезло мне, что я уже староват, чтоб мной командовать. Но я не о Юльке и не о Гарри… а о том, как прочно суждения тех, кто нам дорог, въедаются в нас и какими увесистыми потом становятся якорями. Да что там, я в психологи пошел, чтобы бонусом к корочке решить свои проблемы, включая эту — панический страх вторичности. Правда, с ней универ не помог. И писательские советы не помогли, и курсы — может, поэтому я что к тому, что к другому слегка предвзят. С проблемой мог помочь только я сам — и за это осознание сэнк ю. Знаете, какое психологическое образование, по-моему, лучшее? Которое к набору знаний дает будущему специалисту трезвое понимание: он не Фея-крестная. Без участия пациента ни одну проблему он не «вывезет». А вот как пациента «включить» — вопрос, на который уже может ответить лишь сам специалист. Черт, ну поплыл в сторону. Ладно, об этом в другой раз поболтаем. Знаю точно: у меня тут есть абитуриенты. Напишите в комментах, интересно?

Короче, я принял себя-писателя — ну, дал этому больному ублюдку внутри себя существовать — в момент, когда допер наконец до пары простых, но нужных вещей.

Первое: абсолютной уникальности, блин, нет. Нигде. Детские травмы, волшебные школы, зомби-апокалипсисы, Большие Братья, любовные треугольники, эльфы… их уже больше, чем китайцев. Даже если ваш Большой Брат будет травмированным эльфом, отучившимся в волшебной школе, а потом станет зомби, вы вряд ли кого-то удивите — миром, литературным в том числе, правит эклектика. Все где-нибудь было, все смешалось, и годами высиживать Нечто Уникальное — дохлый номер. Упадите уже в историю лицом, замарав первый чистый лист; соберите килотонну голубей на Pinterest; составьте план и поглавник, запишитесь на курсы, где вас встряхнут, — сделайте хоть что-нибудь, только не бойтесь.

Второе: не высиживать Нечто — не значит плодить Ничто. У уникальности есть лайт-альтернатива — оригинальность. Любое клише можно подать так, чтоб все охуели. Жила-была принцесса, которую унес дракон…

а потом он оказался разумным звездолетом цивилизации прогрессоров. Жил-был священник, который вожделел прихожанку... а потом завел удава и вообще забыл об этой любви. Жил-был ребенок, который, когда колдун позвал его спасать мир меча и магии, ответил: «Окей, но давай-ка для начала похитим вон того полицейского, того врача, а еще грабанем оружейный склад». Unexpected is the new sexy — главное, во всем найти внутреннюю логику. А про логику эту еще Борхес рассказал. По его мнению, есть вообще всего четыре вечных сюжета-конструктора: Осажденный город (в роли которого можете быть и вы, борющийся с монстром), Возвращение домой (но дом не обязательно из кирпичей, домом тоже можете быть вы, потерявший себя), Поиск (принцесс, стульев или чего угодно полезного вам в хозяйстве) и Самоубийство Бога (которое я бы переименовал в Гибель Богов, но так или иначе оно — про ваш слом или жертву)*. Может, он и прав: жизнь такая и есть. Раз за разом мы идем что-то искать, мучительно и непросто возвращаемся, приводим в свой город монстров, а потом жертвуем чем-то, обороняя его. В том числе поэтому я и не понимаю дрочки на жесткие сюжетные каркасы: зачатки гибкого плана уже у вас в голове. Дайте и голове этой, и книге хоть немного свободы. Дайте дороге вывести вас. Просто дайте.

К слову, о моих инсайтах. Они тоже где-то раньше были. С другими примерами и, наверно, красивее. Пар-

---

* Борхес рассуждает об этом в коротком эссе под названием «Четыре цикла».

дон муа, но вся наша жизнь — злоебучая банальность, приправленная банальной злоебучестью. Просто я пытаюсь сделать из этого историю, а некоторые — нет. Жил-был мальчик, который не был сиротой, но завидовал Поттеру с его чуланом... а потом, вместо того чтобы попасть в волшебный мир, пошел в писатели. Я бы такое почитал.

Однако у Джинсова случаются меткие посты. Подача резкая, но что-то в ней есть. Книги, как минимум серию под Вудхауза, правда можно бы почитать, если, конечно, после столь настырного отсвечивания в «реале» знаменитый писатель не угнездится в кутузке. К этому все идет. Очередной бестселлер родит в местах не столь отдаленных, скотина. И ведь правда небось бестселлер. Еще не дай бог Нобеля как политмученик получит.

«Господин полицай. Я аки гроб на колесиках, на пути к твоему городу. Есть разговор. Освободишься на 30 мин. — дуй в вокзальные "Грабли"».

«Дуй». Никакого уважения, зато сплошь она — гражданская, сука, инициатива. И не вовремя: сообщение насмешливо вибрануло в момент, когда на пару с Сергеем отчитывали Лешку за уже несущественную хрень — что вылез на задержании вперед батек.

Обошлось же. Всех положили и взяли. Не просто обошлось, благодарность из главка будет, которой так замечательно подтереться можно! Но Лешка приуныл, особенно на «Ты бы лучше по инстанциям так скакал!» и на Сергеевом «Мыши кабинетные». И такое себе было под унылым Лешкиным взглядом вылетать в коридор; оставлять его на трех трупняках, которые нужно, как детей на утренник, дособрать в суд; обещать себе потом как-нибудь... чем-нибудь... ну, замять, в общем. Мудацки вышло. Уж Сергея-то, угрюмо кашляющего в ворот растянутого свитера и непрерывно нудящего о компетенциях, заткнуть можно было: он Лешке не начальник. Он не начальник никому в СК, а, оперируя насмешливыми фразочками одной симпатичной молодой прокурорши, *мальчик на побегушках*. Сейчас он вообще благодарен быть должен; в его документах будет не «самодурство», а «эффективная командная работа в целях повышения показателей».

Ладно, стоп. Сейчас на повестке дня — Евгений Джинсов.

В Шуйском действительно завелись первые и пока единственные «Грабли». В Москве эта сеть довольно широкая, но с чего она забралась в такие нищие дали, непонятно. Впрочем, близ вокзала вроде не бедствует, обосновалась даже с шиком: заходишь в бывшую грязноватую шаурмичную — а тут чистота, тепло, ярко-зеленая оранжерея, и потолок в арабесках, и фонтанчик-какаду, и зеркала, зеркала, зеркала, где ты, и зелень, и какаду, и жратва бесконечно множитесь, множитесь, множитесь. Запахов приятных море: хочешь — брусничный пирог, как в скандинавских сказках; хочешь — грибной жульен, как у мамы; хочешь — бараний шашлык, как у самого мастеровитого джигита. Правда, сейчас как-то от этой смеси тошновато. Из-за мыслей. Про Лешку. Про показатели. Про Варвару. Да и...

— Э-э-эй! Господин полицай! Дмитрий!

Орет в голос. На такую сирену многие заполошно поднимают головы от полных тарелок. Только и остается пройти, поджав губы, к столику меж высоченных драцен — уединенному, даже стул тут один. Нехотя и скрипуче придвинуть второй, у кого-то отвоеванный. Опуститься, прямо и выжидательно держа спину. Евгений Джинсов — Джуд Джокер — цедит из узенького бокала светлое пиво, закусывая здоровенной свиной ногой. Впрочем, от ноги почти одни воспоминания остались: огромная обглоданная кость да пара кружочков овощей-гриль. Джинсов вытирает руки, потом рот и снова поднимает почти нетронутый бокал. Опохмел, что ли?

— А я вас ждать до-о-олго приготовился. — Дурацкая манера тянуть слова.

Молчание. Что тут скажешь? «Вот я, уже сижу, слушаю»?

— Будете что-нибудь?

— Благодарю, у меня мало времени, день расписан. Нет.

Джинсов лохматит свои вихры. Точно с бодуна — если приглядеться, видно. Кумир, черт возьми, молодежи, будущее отечественной литературы, собака страшная...

— Вы хотели мне что-то сообщить. — Корректность и дистанция зашкаливают.

— Не-а. — Собака страшная нисколько не пугается взгляда исподлобья. — Сообщить — не хотел.

Так бы и опрокинуть стол вместе с этим пивом, а костью — по балде.

— Что тогда вам от меня нужно?

— Предложить кое-какие методы розыска предполагаемой фигурантки по делу Варвары Перовой. Мне они кажутся потенциально эффективными.

Обороты-то какие... «предполагаемая фигурантка по делу»... Начитался. Или хватило передачи «Суд идет» и сериала «След»?

— Только я заранее предупрежу, что они не совсем традиционны и гарантировать результат я точно не могу. Но все же стоит попробовать.

Много слов, а день замороченный. Еще уголовники эти Лешкины, погоня, поножовщина, стрельба на весь район, за которую вдобавок к благодарности выдадут пизды... Голова кругом.

— Хотелось бы конкретики. Вы не могли бы не размазывать?

Джинсов снова делает глоток пива и немного подается вперед.

— Дмитрий, от вас мне нужен фоторобот. Это ведь закрытая информация, верно? Вы пробиваете его только по базам каких-то там уголовников, может, еще подаете в психбольницы и прочие сомнительные места? Висеть на всех столбах он не будет, правда?

— А где вы в последний раз видели «фотороботы на всех столбах»? Может, в Москве?

Только и остается криво усмехнуться. Да посчитал бы писатель Евгений, сколько, сколько, твою налево, совершается преступлений что в его Златоглавой, что даже в дыре, в Шуйском. Если каждого «предполагаемого фигуранта» вывешивать на столбах и стенах, в преступниках окажется весь город. Целый город убийц, лихачей, рецидивистов и педофилов. Целый город зверских черно-белых рож на трепещущих обрывках бумаги. Прям «вместе целая страна». На Красной площади такая портретная галерея, наверное, смотрелась бы особенно забавно. Надо идею подать. Чтоб кое-кто не расслаблялся.

Джинсов молчит, крутя в руке бокал, — на запотевшем стекле отчетливые узоры отпечатков. Кивает, не споря, мол, «не видел». Приходится продолжить.

— К тому же девушка пока лишь возможный свидетель. Где-либо ее вывешивать или делать запрос на местное телевидение, чтоб они ее показали в криминальных новостях, мы не можем. По вполне понятным причинам, разве нет?

— Люди не сдадут ее вам, а что-то с ней сделают? Этого опасаетесь?

— Все и всегда этого опасаются. Это называется «презумпция невиновности», а подобные действия — подстрекательство к расправе. Так что да. Пока — закрытые базы. Только они.

— И как, помогает?

Достал давить на больное. Приходится включить заезженную пластинку. Люда, начальница отдела, всегда подобную врубает, когда кто-то тычет ей в лицо микрофоном.

— Оперативно-розыскные мероприятия ведутся, я их контролирую. А потом...

— А потом — в «глухари». Да? Я же знаю, не любят у вас неуловимых, да и кто бы...

— Евгений, зачем вы так? — Лоб колет игла мигрени. — Дело условно «без лица», да, но...

— Но?

Пристально теперь смотрит, нехорошо, и весь бокал уже захватан пальцами, поверх узоров снова и снова проступают мелкие водяные капли. Джинсов нервничает. О, смотрите-ка. В ответ на заезженную пластинку следственного официоза — непередаваемая обывательская морда. Такое же заезженное «Все вы, менты, одинаковые, за что только вам платят, на хер вы нужны?». Как же вокруг воняет мясом, картошкой и чем-то еще пряным, жирным... Тошно. Тошно от этого, а не от бредовости разговора, не от мысли, что Ванилла, Варвара, Варя...

— Не хотелось бы. Я не собираюсь пока сдаваться.

Не хотелось бы. Ванилла, Варвара, Варя... так все остаться просто не должно. Не может. И не останется. Глаза болят... пальцы с силой давят на веки, трут их.

— Давайте более конструктивно и конкретно. Зачем вам фоторобот?

— Затем, зачем его и составляли. — И все же взгляд вроде смягчился. — Искать.

— Сами будете слоняться по нашему городу, что ли?..

Неожиданно Джинсов улыбается. Подается еще немного ближе, елозя по столу бокалом, и почти шепотом спрашивает:

— Дмитрий, у вас есть инстаграм*?..

Какой тут конструктив? Пытка сплошная. Издевается, что ли? Сам вычислил, сам зачем-то подписался и теперь лезет, отнимает время, несет чушь... или спьяну забыл просто?

— Какая разница?

— Не у вас, — Джинсов поправляется торопливо, досадливо. — У Шуйского управления, у СК, у кого-то?.. Я вчера специально, знаете, помониторил по хештегам, погулял, посмотрел. У Хабаровского, у Владимирского, еще у несколь-

---

* Организация, деятельность которой признана экстремистской на территории Российской Федерации.

ких — есть, и они вывешивают там данные о разыскиваемых людях. Насколько я понимаю, это пока условно официальные каналы, согласованы они постольку-поскольку, но...

Разбирает нервный, злой смех.

— Издеваетесь? У Шуйского ничего такого нет. Мы одни на город. У нас штат полторы калеки, у нас СК с МВД боками трутся в одном доме. Кому вести ваш собачий инстаграм* и...

...И пора сесть на успокоительное. Да и в отпуск бы сходить.

— Догадываюсь. Хорошо. — С Джинсова все как с гуся вода. — Поэтому фоторобот мне и нужен. Я вывешу его у себя. У меня пятнадцать тысяч подписчиков. А издательство «Аргус Паноптес», если решится, вывесит на своем официальном аккаунте. У него эту цифру можно умножить на три. И это еще не все. Люди — действительно заинтересованные люди — будут это распространять, и...

— ...И сколько из них живет здесь, да и вообще в области?

— А вы так уверены, что девушка местная? Что это подтверждает?

Если разобраться, ничего. Просто сама мысль — всплеск безумия, такого же, как волосы и взгляд этого типа. А он как ни в чем не бывало отхлебывает пива.

— Вы ведь понимаете, что процессуальные нормы мы нарушим? Если информацию пока не разрешено распространять среди гражданских лиц, то инстаграм*...

---

* Организация, деятельность которой признана экстремистской на территории Российской Федерации.

— Я готов сказать, если вы попадете под каток начальства, что попросил знакомого хакера вскрыть вашу базу и достать мне картинку. Он у нас тип отбитый, он действительно сможет. Вы и не узнаете. Просто решил сначала попробовать цивилизованным способом.

Джинсов усмехается. Берет салфетку, начинает старательно обтирать плачущий бокал. Пузырьки в светлой жиже бегут, бегут вверх, ища дорогу хоть куда-нибудь с этой планеты.

— Евгений, это ведь тоже статья. Неправомерный доступ...

— Давайте это попробуем. Пожалуйста, не будьте мудаком.

Вот бы такую табличку. «Пожалуйста, не будьте мудаком». Показывать ее каждому второму встречному. Двинутым заявителям; покрывающим уродов свидетелям; судьям, которых подмазали и попросили забраковать дело с неудачным обвиняемым. А заодно опять же развесить на столбах. «Пожалуйста, не будьте мудаками, граждане-товарищи. Работы и так дохера. Разве это так сложно?»

— Вы что, были с ней настолько близки? — вырывается помимо воли, не удержать, только и остается сцепить пальцы на столе. Формулировка-то какая: «с ней». Даже не с «убитой». Ну хотя бы не с Варварой, Варей, Варенькой...

— Настолько — это насколько?

— Чтобы вам с хакером этим рисковать и злить филинов... ну, Управление «К»*. Вами же оно займется в случае утечки.

---

* Управление «К» — подразделение Министерства внутренних дел России, борющееся с преступлениями в сфере информационных технологий. Эмблема «киберполиции» — золотой филин.

Снова Джинсов делает глоток, нервный какой-то, судорожный. Тишина.

— Она была как я. А я — как она. Только я пиздлив, а она молчалива. Я Мюнхгаузен, а она — Джоконда. И оба мы что-то среднее между собакой на сене жизни и кошкой на раскаленной крыше творчества. А теперь вот ее нет, а я остался. И жизнь, творчество все какое-то... говно. Не то. Устроит ответ?

Устроит. Настолько, что лучше бы и не слышал. Сколько рыцарей на самом деле было у мертвой Прекрасной Дамы? Почему голоса их так похожи на его собственный?

— Но не-ет, я не вы. — Джинсов мог бы быть стервятником, кружащим и клюющим в темя, раз за разом. — Никакого молчаливого сталкерства, никаких помыслов о том, каково с ней это самое, никаких, короче, поползновений.

— С чего вы решили... — Кровь вскипела, вот-вот загорится. Игла во лбу раскалилась.

— Да на лице у вас написано. — Тон повышается с каждым словом. — Да потому что приперлись. Потому что еще не свалили. Из благородства так в жизни не делают, по крайней мере не загруженные следаки в ебенях. Вы и прислать кого могли. Но у вас личное.

Личное. И не выходит ни огрызнуться, ни осадить. Зато задним числом обуревает мысль: почему не работает «в поле», почему с такой чуйкой — педагогишка и писака? Колола бы эта собака страшная всех свидетелей и подозреваемых, даже самых крепких. Как два пальца об асфальт бы колола, грызла и не давилась. Раскрываемость бы подскочила, скорость... обвиняли бы, конечно, в пытках, но Джуд Джокер — это все-таки не «слоник» и не «славка».

— Нет-нет, я не вы... — Джинсов мотает головой с задумчивой жалостью. — Такого мне не понять. Я сразу беру, если мне что-то надо; подхожу, если кто-то интересен. Не оттягиваю до...

— До смерти?

Так ведь и получилось: оттянул до смерти. Не написал, не поговорил, не разочаровался и не утвердился в своем «культе», просто дал культу умереть с божеством, а теперь вяло, бессмысленно, бездарно пытается расследовать смерть этого самого божества. Звук такой — будто лошадь фыркает. А фыркает всего лишь Джинсов.

— До смерти — тем более. Я вообще весьма коварен и липуч. Как банный лист.

Молчание. Запахи — еды, чьих-то духов, мангального дыма — ползают под потолком. Мысли — и о Варваре Перовой, и о времени, которое убегает бессмысленно, и о Лешке снова — грызут хуже собаки. Страшной. Вот этой. А в сумке так и лежит «Пикник на обочине».

— Но, кстати, вы бы ей понравились. Может, не в том смысле, но понравились бы.

Что тут ответишь? Главное, не спросить: «А вы нравились?» Хватило Черкасова.

— Так можно считать, что мы договорились?

А что тут считать, что решать? Даже если этот писатель в кусты прыгнет, отказавшись от своей ереси про хакера, — не привыкать. По морде не били, на ковер не вызывали? Били. Вызывали. Как там сказал Джинсов? «Я Мюнхгаузен». Мюнхгаузенов стало мало, не у каждого имеется даже самое допотопное пушечное ядро, не говоря уже о последних каплях рассудка. Но за косицу из болота — по-прежнему возможно вытянуть. Сколько бы болот в Подмосковье ни осушили, постоянно приходится.

— Хорошо, Евгений. — Рука уже вынимает блокнот с привязанным карандашом, придвигает через стол. — Пишите вашу почту. Я отправлю вам фоторобот. Но очень прошу... — Он медлит, тоскливо глядит на чужое пиво: в горле как-то пересохло. — Никаких резких, категоричных сопроводительных формулировок. Никакого «Помогите найти убийцу», тем более «Ищем эту мразь»: видели такое, кончалось плохо. Даже в вашем собственном инстаграме* — воздержитесь. И, разумеется, если будут подвижки, все сразу удалить. Людям в издательстве, я надеюсь, вы тоже это передадите. Хотя, думаю, они-то репутацией деловой и так дорожат.

— Непременно. Передам. А чем они там дорожат, сами разберутся.

Джинсов улыбается — приятная все-таки улыбка, на Лешкину чем-то похожа, только тусклее. И на Варину тоже, даже больше — они вообще неуловимо друг друга напоминают. Не лицами, нет, но, может, неопрятной естественностью волос, и манерой делать селфи с одного ракурса, и даже постами этими — глубокими, грамотно-матерными, жизнелюбивыми и все равно — грустными, грустными, грустными. На шепот похоже. Ласковый успокаивающий шепот из далекой-далекой темной комнаты.

— Что ж. Спасибо за содействие.

---

* Организация, деятельность которой признана экстремистской на территории Российской Федерации.

Неловко как-то это произносить, непонятно зачем. Кто вообще из них двоих кому должен говорить спасибо, кто кому содействует? В ответ незамедлительно звучит:

— Спасибо вам. — Джинсов возвращает блокнот и добавляет после паузы: — Вряд ли ошибусь, предположив, что у вас все дни непростые... но этот чем-то особенный, да?

— Вами и вашими гражданскими инициативами.

Слабая попытка отшутиться, но нечего тут вызывать на откровенность.

— А еще? — упорно не отлипает. Банный лист как есть.

— К чему вы ведете-то?

Джинсов делает вид, что не заметил перемены тона, не чует угрозы.

— Ни к чему. Просто, знаете ли, я за ментальное здоровье. И какое-никакое счастье. Пусть все будут как-никак здоровы и как-никак счастливы.

— Как-никак?.. — звучит примерно как «половинка электрички» или «полтора землекопа».

— Как-никак.

— А что это значит? — заинтересованность прорезалась неподконтрольно. Все-таки привычнее, что счастья либо нет, либо есть. А тут какие-то махровые полутона.

— Это значит, что вы хотя бы не станете ни пациентом, ни подсудимым, ага? — пощелкав пальцами в интеллектуальном поиске, поясняет Джинсов. — Да-аже если для всей мыслящей общественности ваше счастье — дерьмо собачье.

Не стоило спрашивать — и так башка кругом. Под рукой даже водки нет, а тут такое. Сразу вспоминаются застолья с большими начальниками, которые после пары стопок начинают внезапно вместо статистических сводок сыпать то теориями зарождения Вселенной, то байками о Чечне и Афгане, то рецептами «вот самой-самой, отвечаю» кровяной колбасы с яйцом.

— Мыслящей?.. Все равно я вас не совсем...

Джинсов вдруг удивительно раздухаривается. Раздувает ноздри, стукает по столу, начинает вращать бокал и одновременно говорит:

— Ну, например, вот знаете... среди авторов есть особая порода — те, которым все мало. Они хотят выше, ближе к облакам, как у Сологуба: «Высота нужна орлам!» Один тип — мой ровесник, пишет а-ля Набоков или Манн для плебеев — на полном серьезе жаждет за романы, где домогаются нимфеток, нескончаемо рефлексируют детство и размышляют об искусстве, получить однажды Букера. Полредакции ржет, другая половина крестится. А по мне, так пусть получает! Пусть, хотя с жюри, вручившим за этот безликий треш награду, я срать в одном поле не сяду. Зато парень будет рад. Может, перестанет бухать и ныть, найдет новую цель в жизни. Так или иначе, будет счастливее и здоровее, не прибьет однажды Павла за неправильное позиционирование, или меня, которому больше платят, или какого-нибудь критика, упрямо не видящего в нем новое светило, бутылкой. Счастливые и здоровые преступлений не совершают.

Какая парадоксальная тирада и какое наивное закругление. А ведь взрослый парень.

— Не совершают? А у нас тут сын одного олигарха, здоровый лось, отцовским джипом учительницу свою на той неделе задавил то ли за публичное замечание, то ли за двойку.

Тяжкие телесные. Шейка бедра в крошево. Ходить она уже, вероятно, не будет.

Но это не сбивает с толку, и в шок не повергает, и вообще как лепет ребенка, судя по взгляду. Устало так глядит Евгений и говорит тоже:

— Тварь, конечно. Но счастье что, олигархами меряется? Или джипами? А еще счастливому человеку оценки и замечания похер, он сам знает себе цену.

— И чем же счастье меряется, по-вашему?..

Пустой треп. Пора ехать. Утомляет этот доморощенный философ.

— Только принятием себя — даже бракованного и недолюбленного, косячащего и просравшего все на свете. А как примешь и поймешь, не нужно будет ни себя давить, ни других. Ни джипом, ни интеллектом, ни авторитетом. Просто пойдешь дальше.

Кажется, второй «вечный сюжет» Борхеса. Путь домой, который путь к себе?

— Просто пойдешь?

— Очень просто. Так что у вас?

Может, у Джинсова гипнотизерские навыки, может, что еще, но язык-то развязывается. Борись не борись, а вырывается тусклое, унылое, полувопросительное какое-то:

— С напарником поругался. Влез куда не надо. Как вы, любитель процедуры нарушать...

...Осажденные города защищать, да. По первому «вечному сюжету».

— Молодой?..

— Немного моложе меня.

— И что? — Джинсов подпирает щеку кулаком, глаз становится совсем щелкой.

— Чуть не убили сегодня.

— Но ведь не убили?

— Нет. — А мысли снова, снова о «Пикнике на обочине». — Слава богу.

Просто, когда орал Лешке вслед: «Стой, сука!», вспомнился треш, та машина. Дело с совращениями. В его детдоме. Мальчишек, мальчишки-то там в основном и жили, девочки не задерживались. Случайно все вскрылось, один пацан за языком не уследил в новой семье, к брату старшему полез, мол, «расстегивай штаны, смотри, чему меня дяди научили». И понеслось. Родители попались храбрые, громкие, с друзьями в СМИ. Город заговорил — о влиятельных гостях из администрации, о бизнесменах-покровителях, готовых на денек отвезти сирот на дачу, угостить шоколадом и сигаретами, кивнуть на диван: «Мягко тут, ложись, малыш». Малыш. Конечно, всё хотели замять — особенно педсостав, им недавно ремонт сделали, мебель собирались новую покупать. Большие дяди приходили в следственный ласково поговорить, потом неласково, потом не поговорить, а потом... белая «нива» из-за угла, в лучших традициях деревенских страшилок. На Лешку. Именно на Лешку, который только-только ведь пришел, но уперся. Уперся, даже когда Дмитрий в какой-то момент спасовал и Люда спасовала. «Я закрою их, закрою, Дим. Лет десять дерьмо это у нас тянулось, хватит. А не закрою — перестреляю, буду как Евсюков, буду... а ты как хочешь. Я понимаю, ты другой, тебе отчетность, тебе все это...» И все с улыбкой, виновато, неловко, мол, прости дурака. Кое-что не вслух: «У тебя мама, которая жюльены готовила. Тебя не трахали на даче. И в камышах у речки. За сигаретку. За киевский торт». А потом... «нива». Из-под которой Лешка зло, с силой Дмитрия вытолкнул, но сам увернуться не успел. Вспомнилось, как кровь залила все губы, весь подбородок Лешки. Как врачи его тащили с места наезда — небрежно, будто труп, да что там, почти труп, никто не надеялся. После таких травм обычно не выживают, если выживают — остаются инвалидами, а если не остаются, то зарекаются геройствовать, валят в библиотекари и музейную охрану... А этот встал. Они тогда всем отделом оскалились, Людка чуть не слетела, но обложили многих из тех, кто наезжал в гости; наезжал годами; наезжал... Даже «Новая газета» об этом писала. Потом смеялись. Вспоминают теперь каждый раз, когда тяжело. Но даже когда по завершении отдел нажрался; когда пропахшие водкой оказались с Лешкой вдвоем в кабинете; когда лежали на полу и пялились на издыхающую под потолком лампочку, вопросы прозрачные: «А чего вцепился-то? Тебя... или чуваков твоих... тоже?» — остались в горле. Яиц не хватило. На одно хватает — теперь беречь. До остервенения. До одержимости. Слишком много в Лешке оказалось лихости и сил, самому нужных, да и всем нужных.

— Тогда не стоит закреплять в его голове деструктивную установку, что «лучше бы убили». — Джинсов, сцепивший пальцы в замок, говорит укоризненно, выхолощенным тоном мозгоправа.

— Установку?.. — Ни хера не знает ухоженная гражданская тварь, ни хера.

— Именно так. С подчиненными как с детьми: за хорошие поступки ругать не стоит.

— Хорошие поступки? — Аж в висках опять стучит, потому что перед глазами — писклявые датчики, Лешкино серое лицо и вмятина на месте его груди. — Вы, видимо, не совсем понимаете. В органах есть такая должность — оперуполномоченный, опер. А есть наша — следователь. Знаю, в современных детективах другое пишут, но это две разные должности. Там, где нет такой текучки и дурдома, как у нас, очень разные. Иногда следователь вообще почти не ведет никаких мероприятий, а только полагается на данные оперов и оформляет бумаги. И так или иначе, даже в нашем дурдоме на задержании мы работаем обычно с оперативниками, а порой и с подкреплением. Они подготовленнее, они боеспособнее, они страхуют нас и многое берут на себя. Они...

Осекается. Подготовленнее? Боеспособнее? Да блядь. Негласная установка как минимум в Шуйском главке намного проще: «Они тупее. Невелика потеря. Ну знаете же, в жопе движок. Заключение нормально не составят. С судьей-прокурором-адвокатом не поговорят, потому что через каждое слово мэээ, бля и такссказать: наговорятся с быдлом — и вася. А бегать — это мы быстро кого-нибудь научим. Мозги, дедукция, агентура? Какие там мозги, дедукция, агентура? Тут тебе не Детройт. А вот бумага сама себя не подмахнет».

Но это точно не для Джинсова. Еще напишет где-нибудь.

— Знаю, Дмитрий. Варя шарила в этом.

Задумчиво говорит, грустно и беззлобно. А правда ведь: шарила, но и реальность — что не всегда все делается так, как предписано, — тоже чувствовала. Что там по статистике? На среднего регионального следователя приходится 0,88 среднего регионального оперативника. 0,88, твою мать. Полтора землекопа. Три четверти человека. Они с Лешкой свои законные «три четверти» даже видят не каждый день, а уж чтобы на рискованное мероприятие взять двух... две... 1,76 оперативника...

— Так при чем тут установка? — Собственные зубы слишком зло скрипят.

— При том, что инструкция инструкцией... но, скорее всего, ваш помощник подставился потому, что коллеги где-то проебались. Поступил в лучших традициях всех этих лихих ребят? В детдоме — он же детдомовский, правильно помню? — ничего не давали смотреть, кроме «Улиц разбитых фонарей» и «Место встречи изменить нельзя», все такое... Что, нет?

Да. Хотя можно ли это назвать «проебались», когда оперов — как раз 1,76, и взмылены они, и работают по пятнадцать часов в сутки, и на задержании все оказалось не так, как ожидалось? Осведомитель подставил, и одного из ребят вот, Сергеева протеже, Юрку, — ранило. Пулевое в живот. Там было не до захватывающей киношной погони, да вообще ни до какой. А Джинсов со своей колокольни...

— Ладно. Это неважно. Главное, все обошлось.

Но по тону, наверное, все понятно, и в ответном взгляде — бесявое «Я прав». И все-таки Джинсову хватает мозгов больше не лезть в производственные будни. Он допивает залпом пиво, встает и, мотнув головой в сторону зоны с едой, бросает:

— Купите пирожков, что ли.

— Что?..

— Пи-рож-ков, — повторяет, как идиоту. — Тут их хорошо готовят. Вон там, ближе к кассе, стойка. Как раз свежих поднесли. — Джинсов воодушевленно машет рукой. — Ну и пицца тут, кстати, тоже ничего. Или роллы? Они в коробках, нести удобно...

— Зачем? — От этого внезапного гастрономического перекоса только мутит сильнее. — Вам, что ли? За помощь или за консультацию? Не треснет?..

Совсем, видимо, поехал и обнаглел. Или прямо таким и родился?.. Ну надо же. А теперь еще и артистично шлепает себя ладонью по высокому чистому лбу.

— Да мать твою, господин полицай! — Опять такой вопль, что соседи оборачиваются, давясь супом, котлетами и всем, чем располагают. — При чем тут я? Это из-за меня, что ли, тебя выколбашивает? Бросил напарника посреди рабочей горячки, настроение испоганил... Купи ему пожрать! Извинись, похвали. И все будет окей. Эмпатия. Человечность. И еда. Это всегда работает. Бывай, жду фоторобот.

Вот так, с полпинка перейдя на «ты» и подхватив со стула щеголеватое, бежевое, вопиюще московское пальто, Джинсов со своей гражданской инициативой шустро выметается из «Граблей». Даже матернуть его вслед не получается, остается только мрачно поглядеть на двери. А затем встать и двинуться к чертовым этим пирожкам, на ходу залезая в карман за парой смятых купюр. Действительно ведь неплохо пахнут, заразы.

Поехавший писатель... да кто тут еще, если вникать, поехавший? Что взять-то? С мясом или с грибами? Точно с мясом, и так вся жизнь уже — сплошные грибы. И можно парочку с вишней: Лешка говорил, что со сладким в детдоме был вечный швах, тот самый, который приучает радоваться самому убогому смородиновому варенью, «Раковым шейкам» и клюкве в сахаре. Сладкое получше доставалось... только там. На чужих дачах.

Конфеты с коньяком. Малина, желтая и красная. И нежно-белый подтаявший пломбир.

Горло будто в тиски вдруг угодило: кое-что вспомнилось. Завалил однажды Лешку протоколами и заключениями, так, что тот остался в кабинете ночевать. Отрубился вряд ли из чистой вредности — но поутру лежал в облаке кудрей мордой на столе, слюни на ст. 166 УПК пускал. Стало неловко: новенький ведь. Горы ворочает, совесть отдела — нахрен зверствовать? Да, в бумагах раздолбай. Да, почерк кошмарный и голос громкий. Да, «зво́нит», а не «звони́т» и «пошлите», а не «пойдемте», как ни переучивай. Притрется. А сейчас вид замученный и новый день на горизонте. Надо будить и отправлять за кофеином. Людка увидит спящим — вырвет то, до чего дотянется, хорошо если волосы. «Лех... — подошел, позвал тихо. Не просыпается. — Лех!» Все еще тишина. Тогда протянул руку. Тряхнул за плечо, а потом — что только нашло? — взъерошил кудри, слишком сильно, наверное, запустил в них пятерню... Лешка дернулся весь, едва со стула не упал. Руку схватил, резко начал распрямляться. Стиснул — все пальцы разом хрустнули, столкнувшись друг с другом. «Не трогайте, не смейте ко мне лезть, не...» Хриплая злая громкость росла на каждом слове, боль от хватки и другая, ледяная, внутри, — тоже. Ясно, с чем спутал. Почти ясно, с кем. А потом Лешка оторвал окончательно башку от стола, осоловело моргнул пару раз и разжал хватку. «Ой. Ты, чувак? Времени сколько? Я все, только вот как думаешь, к формулировке не прицепятся, можем немного иначе... Дим?» Он слушал, слушал, убрав обе руки за спину и сжимая, разжимая, опять стискивая горячие кулаки. Люд, спасибо. Люд, разное говорят, но мы-то знаем: «рай» и «руководство» только начинаются с одной буквы. Ты не прогнулась. С улыбочкой глядела — да в каждую холеную морду. «Да-да, у вас два сына такого возраста, а это все газетная грязь. Заказная. Вы не такой. Да. Разберемся. По ней. По справедливости. Нет, что вы. У меня уже есть дача».

Людке тоже пирожки не помешают. Людка вечно худеет, а лучше бы сделала что-то с увядающими глазами не юной, но все еще гордой кошки. Людка рыбу любит. Пирожки с семгой тоже есть. А вот самому... самому придется зажать нос, пока остальные будут есть, потому что внутри по-прежнему тошнотная пустота. Чертов... Джокер. Как та самая коварная карта: не поймешь, откуда это добро свалилось и как вернуть его в рукав владельца.

Голова гудит. Гудит, стоит вспомнить весь мозгоковырятельный разговор, а за ним — прочтенный недавно пост в инстаграме*. Очередной. И такой жизненный прямо сейчас.

Я рос неправильным. Мне никогда не нравилось читать про ровесников.

Почему? Я был недостаточно наивен. Знал, что в мою тверскую пердь не прилетит волшебный корабль, сова

* Организация, деятельность которой признана экстремистской на территории Российской Федерации.

не позовет меня в Хогвартс, за старой церковью не зарыты рубины, да и преступников поймает милиция. Детям в реальности не положены приключения. И фантазии о них — ерунда. Sooo, когда Крапивин, Линдгрен, Твен, а позже Роулинг рассказывали мне, сколько приключений, оказывается, может пережить пиздюк лет десяти-пятнадцати, я только фыркал. Нет, они прекрасны, но их герои — не моя чашка чая. Мне не нравились Пеппи и Гарри, не нравились Том и рыбаковские пионеры: их эмоции, мысли, решения. Возможно, дело в том, что я рано почувствовал себя старше всех их вместе взятых. То ли дело — взрослые. Разные чудаки, порой на букву «м». Я любил Холмса, и Бильбо, и Атоса. Глеба Жеглова, Дона Кихота и Бендера. Матушку Ветровоск, Мину Стокер и Минерву Макгонагалл — хотя признаюсь, не хватало мне в том возрасте женских персонажей на передних планах; может, поэтому я до сих пор в некоторых вещах махровый сексист. Ну а возвращаясь к теме, я даже Базарова любил и... понимал. Таким, как все эти люди, я себя видел там, впереди. Это и было для меня главное в книге — увидеть то, каким я хочу вырасти. Сотворить кумира, но... в моей-то сфере у таких кумиров другое название — «значимые взрослые». И они очень нужны. Особенно если в реальности их нет.

Вряд ли что-то поменялось. Дети-то разные: одни ищут в книгах близких сверстников, с которыми могли бы себя отождествлять, а другие — свое будущее. Не все мечтают вечно оставаться маленькими, многие — наоборот.

В годы учебы я читал много статей, в том числе о детской литературе. И вечно встречал этот категоричный посыл: ребенок ДОЛЖЕН читать о ровесниках. С ними расти и брать пример. Минутку. Где вы видели, чтобы дети воспитывали детей? Разве что в детдоме, а это так себе пример. Дети учатся у взрослых. У живых... и у книжных тоже. Тянутся к ним. Глядя на этих людей — какой бы их жизнь ни была крутой, — дети и понимают, что быть взрослым не только интересно, но и ответственно. Сложно. Грустно. А все-таки хочется.

Так что никто никому ничего не должен. А вот когда заканчивается детство, все становится сложнее. Мир как-то... мрачнеет. Начинает давить. И уже нужнее собеседник-ровесник, проходящий то же дерьмо, что и ты. Опять же, не всем, но большинству он не помешает. Короче, эй! Молодежь! Вас не тошнит от фразы «Молодежь не читает»? Меня тошнит. Я-то знаю: всё вы читаете. Просто немного иначе.

Некоторые, видя школьников и студентов на моих презентациях, и меня записывают в ряд этих собеседников — «звезд молодежной прозы». Но мы-то с вами знаем: нихрена. Я пишу не для молодежи, хотя я ей рад. И все же я пишу... для тех, кто верит, что они уже взрослые. И знает, что это значит по-настоящему. Сейчас насаждается тезис, что взросление — это бунт. А мне кажется, что взросление — это понимание того, что бунт никому ничего не доказывает. А вот эмпатия, ум, храброе сердце и знание цели и цены каждого поступка — да.

Пример: недавно я пересекся в редакции с племянницей Павла Викторовича — кто не в курсе, это наш Большой Книговождь. Так вот, Светка — ей пятнадцать — напялила короткую юбку, да что там юбку, расклешенные труселя с оборочками. Моя двадцатидвухлетняя сестра такую уже не наденет. Почему? Моя сестра знает: она взрослая. Но никому не говорит, ведь взрослой быть немного грустно. Чтобы грустить меньше, она носит не то, что бросает вызов, а то, что ей нравится, — вареную джинсу, юбки-карандаши и маленькие черные платья. А вот Света пока не знает правды о взрослении, а только хочет верить, что постигла ее. Но постигнет.

Герои молодежной прозы всегда ищут путь, не боятся ошибаться и быть уязвимыми. У них тот самый «ум новичка», который так ценят мастера дзен и который взрослые персонажи — и вообще люди постарше — нередко теряют или даже начинают воспринимать как что-то стыдное. Мне кажется, для этого — для постепенного перехода между мирами — и существует та самая молодежная проза. Может, и жаль, что в мои юные годы ее особо не было. С проблемами — разными — я болтался один. Я вообще много был один, мало с кем чем-то делился и мыслил как те самые взрослые герои — то есть зачастую радикально и цинично. Я стал тем еще любителем спасать утопающих и палить из пушки по воробьям... но, как говорил Бак из «Ледника», я выжил, а значит, не будем о грустном!

Мои родители часто и обиженно говорили, что нам — в смысле поколению 90-х — вообще-то очень повезло. Родиться в щадящую эпоху, не волочь на плечах громаднющие камни режимных каменоломен, не качаться в разбитой лодочке с серпом и молотом. Но вдобавок к «повезло» родители уточняли не без насмешки: «Ну и что вы можете написать? Вы не видели ничего». Я не спорил. Я готов признать правоту Высоцкого: все мы книжные дети. Но то, что битвы у нас другие, не значит, что мы их не знаем, и не зря люди — особенно мои ровесники — пишут сейчас так много. И пусть пишут более личностно и менее глобально, больше для своих, чем для вечности, это тоже способ говорить о важном. И эти авторы хотя бы не погружают в экзистенциальный ужас, как некоторые (Федор Михалыч, это я вам!).

Что касается меня... Лично я думаю о чем угодно, но не о возрасте моей аудитории. Вам может быть двенадцать, а может — сорок пять. Но я пытаюсь сказать всем, кто готов слушать, что Настоящие Взрослые остаются собой — людьми странными, зато с открытыми сердцами. Стойкими. Честными. К ним возвращается «ум новичка». И читают они разные книги о разном: о ровесниках, детях и пенсионерах. А еще у них всегда есть время на Чай и Молитву. И не важно, с кем пить первый и кому возносить вторую.

Не думаю, что смогу сказать что-то другое. Или что смогу повзрослеть как-то иначе. Это сложно. Охренеть как. А вы? Все ли решения, которые вы принимаете, и поступки, которые совершаете, — это решения и поступки взрослых людей?

7. МЕНЯ УБИЛИ

Некоторые вещи мы решаемся выбросить из жизни, только хорошенько получив граблями по лбу. Со мной и коллегами такое было: после одной истории мы свернули забавную — как назвать? — издательскую политику, вольготно существовавшую еще с безынтернетных девяностых. Суть ее была в том, что мы разрешали авторам (а иногда и сами просили) менять не только имена, но и пол, возраст, биографию — всё либо на их собственный вкус, либо на вкус маркетинга. Случались прямо-таки эпатажные образы. Чего стоит садовод Глафира Перепелкина, рыжая жрица в вечных веночках на седеющей голове, — ее выпускала прикладная редакция, и за портретом скрывался наш директор-агроном. Или превратившаяся в сиамских близнецов учительница физкультуры, которая подарила нам серию приключений о корсарах?

С Варей такое тоже было: однажды, на заре сотрудничества, когда продажи еще не стали железными, ее понесло в эксперименты. Она написала космооперу, эпичную и неоднозначную — эдакий ретеллинг Библии с Мессией-андроидом и его апостолами-людьми. Там было все в лучших традициях жанра: бескрайний космос, научно обоснованные лазерные копья, гиперпрыжки и необычные расы, включая псоглавцев, смутно отсылающих к головану Щекну*. Мы все буквально упали, уже видели эту дилогию, когда пришел Горыныч и в три горла поинтересовался, почему мы потираем руки. Услышав про НФ-романы, он флегматично возвел три пары очей горе.

— Мужчины фантастику, написанную женщиной, не купят, — сочным баритоном Саввы Морозова заявила первая голова. Кондинский. Коварная обманщица Глафира Перепелкина во плоти. — Тем более с такой подоплекой.

— И женщины не купят, — махнула рыжими кудрями вторая голова, женская. Повариха Гречнева. В знак утешения она поставила на мой стол блюдо с домашним лимонным кексом.

— Попроси у Перовой что-то попроще, — с сожалением посоветовала третья голова и облизнулась. Ивашкин, участковый и поэт в завязке, Варей зачитывался. — Вроде первой книжки. Она говорила, у нее много заначек для нас, со школы же пишет?

Я не мог не согласиться: борется-борется человечество с сексизмом, но здесь пока как об стенку горох. Сколько ни тормоши этот сегмент, целевая аудитория почему-то уверена: пусть женщина пишет про любовь,

---

* Персонаж романа братьев Стругацких «Жук в муравейнике».

преступления и эльфов, но звездолеты ей трогать нельзя. И инопланетные станции, и экзосферные протуберанцы, и робототехнику — нельзя. Об этом я и сообщил Варе. И тут же мы с ней и Харитоном — шефом по пиару — придумали план.

Первая часть вышла. На четвертой сторонке обложки красовался светловолосый тип с глазами сурового летчика и улыбкой примерного отца — наш свежий менеджер в парике с антресоли корректора. Даже имя мы с Варей придумали пополам. А уж биография... Спецназовец, уволен по ранению, ныне — учитель в художественной школе при церкви, безнадежно мечтает посмотреть закат с Марса. Не женат. Последнее и было лишним.

Книжка продалась не феноменально, но нормально. Неожиданно обласкалась некоторыми представителями РПЦ и в довесок стала фаворитом «Мира фантастики», вторая — тоже. К допу все труднее стало отмахиваться от СМИ и блогеров, клянчащих интервью у «нового таланта с непростой судьбой», и от вопросов, где этого самого автора найти. А потом однажды, проверяя почту, я обнаружил письмо. Некая женщина — сотрудница Роскосмоса, между прочим! — умоляла дать ей контакты «этого ангела, я так хочу увидеть его вживую хотя бы издалека». Письмо было длинным, эмоциональным, даже мелодраматичным. Мне казалось, так и не пишут уже... Неловко похохатывая, я позвонил Варе и полюбопытствовал:

— У вас тут поклонники. Дамами учеными интересуетесь? — И зачитал ей пару абзацев.

В трубке долго молчали. Но едва я собрался снова позвать Варю, как услышал тихое:

— Я так и знала, черт… Давайте закончим, а? Напишите ей, что Игорь погиб или хотя бы постриг принял. Жесть какая-то, черт, черт… — И она повесила трубку. Через пару минут перезвонила сама и принялась умолять о том же. Заикалась, сбивалась и даже клялась выплатить неустойку, если надо. Отдать следующую книгу бесплатно. Две. Три. Четыре.

— Я же не вру, я никогда не вру, о чем я только думала?.. Сука малолетняя!

Она была младше меня на море лет. Молодости, согласно некоторым стереотипам, свойственны эгоизм и жестокость, особенно в одной упряжке с успехом. Мол, продаешься — радуйся! Но нет, а теперь, слыша и чувствуя Варькин стыд, и я понял, что, в сущности, случившееся не смешно. Может, письмо и драматичное, может, и косноязычное, но… какого черта я вообще смел судить о нем по-редакторски, будто это рукопись? Кто тут сука независимо от возраста? Какая-то одинокая тетка повелась на наш обман, выстроила воздушный замок — при научном-то мышлении! А обман устроили лишь из-за того, что женщинам «нельзя» писать фантастику, а нам — издавать рискованные книги. Чушь.

Вскоре мы вовсе отказались от мистификаций: проворачивать их все равно становилось сложно, учитывая массовое вылупление соцсетей и сайтов. Авторы все еще издаются порой под псевдонимами, но живут вполне себе невыдуманными жизнями. Только агроном так и остался пожилой травницей: слишком прикипел к образу. Но он был чудаком и в школе, я его помню.

Что касается Вари, мне уже тогда не хотелось объявлять о смерти ее литературного альтер-эго — физической ли, мирской, неважно. Я испытывал смутное беспокойство, теперь я понимаю: сродни предчувствию. Конечно, я выбрал вариант с постригом: а ну как поклонница наложила бы на себя руки, узнав, что предмет ее нежности мертв? Без неустоек обошлись. «Звездный крест» годами остается дилогией того, кто покинул людей. Автора до сих пор ищут в монастырях — чаще всего почему-то на Валааме и Соловецком острове. Не находят его, но находят что-то другое. Возможно, для метафоры о Господе это и хорошо.

Прошло несколько лет, а ситуация не забылась. Более того, остро вспоминается сейчас, из-за Джудовых чудачеств. А с памятью пришел и муторный какой-то, зыбкий страх перед любыми мистификациями, которые раньше приводили меня в восторг...

Не отпускает даже сейчас — когда, немного отведя трубку от уха, я слушаю монотонную речь, где чаще всего мелькают «премия "Урюпинское Алмазное Перо"» и «признанные заслуги». Урюпинское. Урюпинское, понятно? Нет, город-то прекрасный: столица российской провинции, королевство теплых козьих платков... Но надутые эти щёки и интонации, некое подспудное «восхищайтесь, я снизошел к вам с высот» — такое, будто мне, плебею, рассказывают о Нобеле? Хотя и его-то порой вручают спорным книгам.

За фоновой, с утра не отлипающей тревогой из-за понимания, *что* уже творится в инстаграме*, уныло плещется мысль: «Какого черта?» У меня есть секретарь. Младшие редакторы. В конце концов, ведущие. Ну кто, кто перенаправил очередного гения ко мне? Впрочем, возможно, он просто прошел уже через все руки и добрался до верхней инстанции. Выше — только Горыныч. С которым (которыми) мне лучше сейчас не ссориться.

— Вы получите ответ по электронной почте, если ваш роман нам подойдет.

— Когда? Я хотел бы знать сроки. У меня правда стоящая вещь, очень актуальная, очень...

Голос вроде даже вполне приятный. Интеллигентный. Молодой.

— Я ничего не могу вам сказать наперед. Мы очень загружены.

— Я хотел бы знать сроки, — попугайски повторяют мне, и я тоже повторяю:

— Мы очень загружены и не можем их прояснить. Извините. До свидания.

Попугай с попугаем поговорил. Я опускаю трубку. Господи. Кто вообще придумал это клювокрылое чудовище, обратную издательско-издевательскую связь?.. Через несколько столов я строю Динычу зверскую рожу. Она потупляет глазки.

Мы ненавидим, когда авторы нам звонят. Точнее, не так: когда звонят наши, мы рады — несмотря на все заповеди

---

* Организация, деятельность которой признана экстремистской на территории Российской Федерации.

недружбы, порой мы общаемся неформально, кормим друг друга пирогами, даже в бары вместе ходим, по крайней мере у меня так. Такой звонок редко несет что-то действительно раздражающее или утомительное, максимум ворчание: «Дайте денег». Но когда названивает или пишет — упорно, раз по шесть на неделе — посторонний человек, месяц назад впервые отправивший рукопись, с целью узнать, получили ли мы ее, а завуалированно — восхитились ли и готовим ли уже золотые горы? — это приводит в вялое бешенство.

Я терпел в доперестроечные и ранние перестроечные времена: понятно, такой чудо-вещицы, как электронная страница «Условия для новых авторов», не было. Но прошло, черт возьми, не год и не два, теперь у каждого издательства есть сайт, где, как правило, написано что-то вроде: «Мы сами свяжемся с вами, если текст нас заинтересует. Срок рассмотрения <от месяца до года, у нас, например, стоит 3 месяца>». Какое из слов непонятно? Сами? Заинтересует? Неужели со стороны вправду кажется, что мы болезные? Непременно рукопись драгоценную потеряем, забудем в туалете или кофе на нее поставим и опять же забудем? А вот если позвонить... если названивать день за днем или проводить ковровую бомбардировку письмами, то тогда... И хоть забывай этику, прыгай на стол и ори: «Если ваш текст хороший, я с вами свяжусь! Свяжусь!» Кстати, здесь загвоздка. Авторы с хорошими рукописями нам, как правило, не звонят и не пишут больше, чем раз-два. Казалось бы, уважение к чужому времени не должно коррелировать с уровнем работы... а вот поди ж ты.

— Сабина, простите, пожалуйста. Ну и денек...

Риночка — именно она сидит сегодня на том стуле, где вчера страдал от похмелья Джуд, — только сочувственно кивает. Она из адекватных: тех, кто не звонил сто раз. Отправила первый роман, да и забилась в темную кладовку самоедства — ждать ответа и терпеливо принимать грудью все удары внутреннего критика, каждое «Да никому ты не нужна, таких полно». И вот сейчас она подписала договор на четвертую по счету книжку. Горда. Довольна.

— Наверное, это как с дюжиной деток, да? Всем внимание нужно...

— Нет, не как с дюжиной. Как с целой китайской провинцией.

Тихо смеясь, она качает головой, и на лоб падает прямая челка с красными кончиками. Риночка кажется очень молодой. Ей трудно, например, купить шампанское без паспорта. Вообще всё это поколение поздних восьмидесятых и ранних девяностых какое-то такое — худенькое, маленькое. Голодное перестроечное детство. Или, может, метафизическое объяснение: вся энергия космоса ушла на вводы и выводы танков, бархатные революции и прочие политические потрясения, а на детей адекватного размера не хватило. Вот и народились странные недосущества, которые еще и стареть категорически не желают. Джуда тоже до сих пор можно принять за студента, хотя ему скоро тридцать. И Варя была очень хрупкой, настолько, что я — хоть и не громадный монстр — в постели поначалу боялся ее раздавить.

— Так как вам текст? Понравился?..

Риночка неколебимо верит: главный редактор тоже читает ее книги, как же иначе? Многие авторы верят. А полностью и без пропусков читаю я только Lux in tenebris, Женю, Данькина с его самураями и Варю. Для всего остального у меня диагональ и чужие глаза. Не потому, что пренебрегаю, просто время. Большинство аргусовских книг попадают мне в руки только после выпуска или вообще уже после доптиража. И спасибо команде: кажется, ни разу еще, взяв свежий томик, я не отбрасывал его с полным ужаса риторическим стоном «Кто это издал?».

— Очень хороший. — Понятия не имею, что она там написала, но Динке доверяю, поэтому вру бесстрашно и убедительно. — Необычные образы. Кинематографичные. Нужно будет подумать, нельзя ли с кем-то зацепиться из знакомых продюсеров насчет экранизации...

Я жду, что Риночка с ее нетфликсовскими мечтаниями немедленно загорится и начнет расспрашивать, каких таких продюсеров я знаю, не знаком ли с Цекало, что думаю о грядущем «Гоголе» и прочее. Но почему-то она не отвлекается и продолжает невинно меня пытать:

— А как вы думаете... повзрослее обычного?

Ой-вэй. Скашиваю глаза, совсем как засыпающийся на экзамене студент. Абсурдная неловкость в духе «Профессор, конечно, лопух, но вопрос при нем, при нем...»*. Динка старательно мотает головой: нихрена, нихрена не «повзрослее», всё та же пронзительная подростковость выпирает за серьезными темами и трагичными историями. Но такое сказать — чересчур, Риночка расстроится. И вместо этого я опять виляю чуть вбок:

---

* Цитата из фильма «Операция "Ы"».

— Что вы имеете в виду? Текст достойный и сильный. Ваша аудитория его полюбит. Тем более, сами понимаете, птичья тема очень цепляет. Все мы немного птицы.

— «Все мы немного птицы»? — эхом повторяет она. — Как красиво.

Вроде бы в этот раз у меня получилось. Ее лицо проясняется. Теперь уж Риночка не усомнится, что текст я прочел, раз родил умную, годящуюся в статус для соцсети фразу. А ведь это не о молодежном романе «Просто птицы». И не о ней, и не о ее юных читательницах, фотографирующихся на крышах и в заброшенных зданиях. Все мы немного птицы, грязные больные голуби, теряющие перья на проводах. От голубей нас отличает, кроме бескрылости, одно: когда товарищ издыхает на асфальте, мы не склевываем разбросанные вокруг его трупа хлебные крошки. Мы вызываем полицию, проводим расследование, деваем куда-нибудь тело. А уже потом — продолжаем клевать крошки. До следующего трупика, завернутого в целлофан.

— Можем поставить на обложку. Как слоган. — Подмигиваю, внутренне содрогаясь от необъяснимой тошноты. — Если нравится.

— Да, давайте, ура! — Она хлопает в ладоши. Нехарактерный жест, нахваталась, наверное, у собственных детей. — Павел... я давно хочу сказать. Вы замечательный. И... и... — Бегают волоокие глаза, она явно смутилась, колеблется, наконец решается. — Павел, я репостну. Обязательно репостну информацию про ту преступницу. У меня много читателей. А вы... вы смело поступили! Я и не думала, что вы настолько защищаете своих авторов, их честь, да вообще правду и правосудие! Вы...

Не защищаю. Только опаздываю к ним и потом хороню. Ведь я мог успеть, мог, и ничего бы... ничего. Но я вытесняю эту мысль, как вытеснял раз за разом.

— Она еще не преступница, скорее свидетель. И это не моя инициатива.

— Неважно, я... Да, правда, неважно. Извините, что влезла.

Наверное, она споткнулась о пустое выражение моего лица. Замолкает, сцепляет пальцы в замочек — на безымянном блестит робко ободок обручального кольца. Риночка, милая, езжай домой. Риночка, я же знаю: запись о розыске ты репостнешь, но забыть, что Варе открыли дорогу в заветный «Свет...», а тебе пока нет, не сможешь. И о том, что мы любили ее в твоем представлении сильнее, тоже, хотя продаетесь вы одинаково, нет, у тебя даже допы суммарные уже больше. Ты даже в письме недавнем, прося в очередной раз личную серию, написала: «Я, конечно, не ваша Варвара, но...» У нее, кстати, серии так и не было, но она все равно тебе не нравилась. Это нормально. Авторская конкуренция вообще нормальна, и то, что ты в Варином стиле одну книгу попыталась написать, — нормально, и то, что не получилось, а получилось по-твоему, — нормально, ведь ты тоже наша яркая звездочка. Ненормально — делать теперь семикопеечные глаза. Я же не заставляю. Мы все часть семьи, но семья слишком большая, чтобы каждый любил каждого и скорбел о каждом. Кто-то всегда может отбиться, потеряться, а то и оскалиться... как мальчик тот, дьяволенок, еженовогодно вселяющийся в телеэкраны. Мальчик, которого зовут Кевин.

Пост — короткий, с фотороботом и текстом в духе «Разыскивается для выяснения обстоятельств гибели нашего автора Ваниллы Калиостро, звоните туда-то» — появился в корпоративном инстаграме* в 8:00. Успел и разлететься — на удивление многие используют замороченное приложение для репостов. Комментарии я велел отключить, понимая: ничего хорошего и содержательного мы там не увидим. Мы второй раз за полмесяца нарушили негласное правило: маркетинговые инструменты должны, развлекая, продавать, а не грузить. Люди болезненно относятся к тому, что нарушает их иллюзию покоя. Среди пестрых книжных подборок, смешных цитат о чтении и описаний новинок им хватило одного поста о Вариной смерти — тогда они несли соболезнования в личные сообщения. Теперь еще и фоторобот, и тревожный текст, и колючие цифры ментовского номера. Немое напоминание: «Сегодня она — а завтра, может, и вы». В директ сыплется раздраженное «С каких пор издатели делают работу органов?». Когда это увидит Горыныч — он может, у него две головы из трех инстаграмно*-продвинутые, — со мной, SMM-феей Ладой и допустившим «розыск» Харитоном будут разговаривать. А когда дойдет до начальства Дмитрия, разговаривать будут уже и с Горынычем в том числе. На ином уровне.

Джуд тоже разместил публикацию, ничего не приписав. Зато вчера он подогрел аудиторию: вывесил селфи в грязной электричке, а под ним вместо традиционной демагогии о совести, смелости и взаимопонимании прицепил неожиданно цитату, горькую и дымную. Не свою.

---

* Организация, деятельность которой признана экстремистской на территории Российской Федерации.

— Волки на солнце? — Блеснули темные, навыкате немного глаза под тяжелыми и плавными дугами бровей. — А волки тем не дают покоя, кто правду ищет; немало их, так что, щенок, не бойся. Ослепительные волки... — Махно схватил палку, вывел ею злую дугу в воздухе, швырнул в костер, и тот зарычал, как подхлестнутый зверь. — Не пой мне о волках, знаю...

— Знаете? Вы, вы? — Не верилось, в горле шиповником разрослась эта правда. Одним они больны с безумным анархистом, перевешавшим уже его товарищей, а завтра собравшимся его вешать? Одним одержимы? Не с Царем. Не с Колчаком. Не с красными даже. С ним. С дикой этой силой гуляйпольской, словно бы и не к людскому роду принадлежащей.

— Знаю, вижу, слышу... — вздохнул атаман, глядя на пламя. Ласково и страшно улыбнулся ему и потянул навстречу плотные свои, иззябшие руки. — Да только кому сказать из хлопцев моих, не поверят. Они правду клинком добывают, пулей, тачанкой. А иначе иногда надо... иначе, даже если за то тебя как сарынь на кичку. Слушай своих волков, щенок, слушай. И гляди, куда бегут.

— Не услышу больше. — Александр скупо улыбнулся и потянул к огню руки с другой стороны: что не погреться в последний раз? — Другим будут выть...

— И тебе будут, — атаман бросил это как бы между прочим, случайно, а потом отвернулся и сплюнул, качнув раздраженно густой волнистой копной. Настроение у него переменилось, переменились и жесты — стали

еще более размашистыми, отрывистыми. Вынул из меш-
ка кусок черного хлеба с крупной солью. Подошел. Су-
нул в руку. — Ешь. Не повешу я тебя. Не смогу. Одни
у нас волки. А ну как и меня загрызут?

Дальше Женя написал, что мертвые тексты страшнее мертвых людей. Он упомянул Варю, сказал, что думает о ней
и скучает. Упомянул обратный отсчет из ее последней книги. Он устал. Похоже, он тоже ужасно устал. Теперь вспоминается: нервная его хватка на запястье, цепкий взгляд
ты-ж-психолога и «Не смей!». Мой вопрос жизни и смерти.

Мой вопрос, с которым мне некуда, да и незачем идти.

— Павел, — зовет Риночка.

— Да?..

Она хочет поменять тему, я вижу. И славно.

— Помните, ваша племянница Кристина недавно сказала,
что она «выросла» из моих книг? Причем так вот неожиданно выросла, зимой читала, а теперь уже не может?..

Опять она о своем «стала ли я писать повзрослее?». Что
ж, пусть лучше так.

— Помню. — Улыбаюсь как могу, даже нахожу своей
двадцатилетней уже красавице-лошади достойное оправда-
ние. — У нее, знаете, примерно как ветрянка, только увлечение интеллектуальной прозой, ну, со всеми вытекающими.
Ничего больше в руки сейчас не берет, но скоро, думаю, вернется и к вам, и ко всем. Вам было очень неприятно?

Легкая усмешка, блеск глаз. Поднимается уголок губ. Неприятно, но не признается даже себе, не то что мне, это ведь
будет слишком большой прыжок в длину.

— Что вы. Это стимул. Я не гений, я пока в поиске. В собственной талантливости меня не убедили ни тиражи, ни гонорары, ни даже письма читателей. — Жалостливо отвожу глаза, чтобы не видеть растерянную дрожь ее ресниц. — Не получается поверить в себя до конца, понимаете? Комплексы, наверное. Вечное мамино «Ты можешь лучше, человеческий детеныш», ну… она звала меня так, да. Мамы нет уже, а слова… они звучат. Даже жаль. Порой кажется: я такая самозванка. И найдется на меня свой Минин или Пожарский рано или поздно.

— Почему же самозванка? Вы очень хорошо пишете.

«…Многое смогли. И сможете лучше. Мама похвалила бы, не сомневаюсь». Но это слишком оголтело. Риночка смутится, отшутится или хуже — просто сбежит, сославшись на важные дела. Она это не любит — говорить о своей темноте. Она тоже из тех, кто черпает там силы. Не так ослепительно, как Варя. Не так громко и эпатажно, как Джуд. Темнота нужна Риночке, чтобы плести узоры — в том числе узор легенды о девочке-маугли, которая до самого конца бежит за матерью-призраком. Каждому из нас нужна легенда о себе, и пора признать: все мы ненадежные рассказчики, не любящие, чтобы нас переубеждали.

— Да потому что ваша Крис права. Из моих книг рано или поздно вырастают. Как вырастают из старых коньков, джинсов, мечты съесть пять мороженых или в минус двадцать пойти на улицу без шапки. Из моих книг вырастают. А вот из «Графа Монте-Кристо» не вырастают. Из «Дракулы» не вырастают. Даже из «Алых парусов», «Тени каравеллы» и «Маленьких женщин» не вырастают. Я вот так и не выросла, хотя уже мама…

Усмехается — а глядит грустно. Мама. Грустная девочка-мама, которая ходит в винный магазин только с паспортом, а потом бежит в садик за младшим сыном. Грустная девочка-мама, пишущая мрачную романтику и вдохновляющая заблудшие молодые души. Грустная девочка-мама, чей Прекрасный Принц работает в «Яндексе». Она сама все еще могла бы быть героиней янг-эдалта — в этом и проблема ее «невзрослых» текстов. Хотя, с моей точки зрения, проблемы нет. Это жизнь. Кто-то уже рождается старым и всезнающим, кто-то ищет себя почти до гроба, кто-то — посередине.

— Не надо так переживать. Дело же не в качестве ваших книг. Некоторые вырастают и из того, что вы назвали. У меня половина знакомых считает, что после двенадцати лет читать тех же «Трех мушкетеров» — глупость, а по мне так только после возраста гасконца и получится их понять, принять и полюбить вне дымки «великой дружбы». Дымка рассеется — книга останется.

— Может быть... — Девочка-мама медленно пропускает меж пальцев прядь. — Но даже если так, я хочу однажды написать то, из чего не «вырастают». Создать хоть что-то вечное. Гениальность — это безвозрастность. И вечность. Вдруг у меня получится?

Кто знает, Риночка, кто знает. Но даже в том, как мы тебя зовем, не по имени-отчеству, а уменьшительно-ласкательно от псевдонима, сквозит «питерпэнность». Твои героини всегда будут влюбляться стремительно и необдуманно, в темных, неприкаянных юношей и мужчин. Твои миры всегда будет спасать молодежь, а твой взгляд на тех, кто старше и мудрее, всегда будет таким: «Они не помогут, ты должен рассчитывать на себя, мир против тебя, а не рука об руку». Ты живешь с мироощущением нетаковости, Риночка. Нетаковости и непонятости. А кто, даже и не будучи одиноким в прямом смысле, ощущает себя более нетаковым и непонятым, чем подросток? Разве что застрявший на странных берегах Нетландии взрослый.

— Что ж. — Снова ищу для нее улыбку. — Пишите. Но мы будем любить вас любой.

Она улыбается. Сейчас все-таки как взрослая. Взрослые любят какую-никакую уверенность в завтрашнем дне, а клянущиеся в любви издатели ее дают.

Снова пищит телефон, и я нервно хватаюсь за него: Горыныч? Шуйская ментовка? Вообще какая-нибудь разъяренная прокуратура? Нет, из нонфик-редакции коллеги осторожно интересуются, пообедаем ли мы сегодня вместе пиццей. Не пообедаем: в горло не лезет кусок, ночь я не спал. Думал почему-то очень навязчиво о том, что Варя за все наше «вместе» ночевала у меня лишь четырежды, после корпоративов, а так — всегда заезжала ненадолго. У меня не осталось ни одной ее вещи, нет даже въевшегося в ее собственные стены запаха сигарет. Я не курю, и она у меня не курила, стеснялась, бегала на улицу. Ничего. И книжек нет, все стоят у рабочего места. Моя квартира выглядит так, будто Вари там никогда не было. Если разобраться, моя жизнь — тоже. А была ли Варя... вообще? Вдруг мы ее придумали?

Мир перед глазами весь идет красным маревом — но только на секунду. Варино «Сука малолетняя!», почему-то именно оно, отдается в ушах.

Была я, была, просто исчезла!

Меня отпускает. Я выдыхаю.

Пока я открещиваюсь от пиццы, Риночка отвлекается поковыряться в телефоне. Искоса наблюдаю: это всегда забавно — видеть, как стекленеет и болванится взгляд того, кто утыкается в перенасыщенную информацией красочную лопату. Петровское «окно» приобрело новые масштабы. Больше не нужны крестьяне и каторжники, не нужны осушенные топи, не нужны кости, уходящие в ил. Прорубить окно — хоть в Европу, хоть в Занзибар — может каждый, у кого есть несколько лишних тысяч или возможность оформить рассрочку. Вот и Риночка в окошко высунулась, смотрит, что там за час нашей беседы произошло.

— Ох...

Она дергается — нервная рябь по всему лицу. И вот глаза снова бегают, жадно что-то читают, неумолимо расширяются. Потом Риночка вертит головой, сталкивается взглядом с Динкой — а с той тоже что-то не то. Ее смартфон только что пискнул уведомлением, она его схватила, разблокировала, да так и замерла. Губы подрагивают, пальцы тоже. Риночка шумно выдыхает: будто уверилась, что ей что-то не померещилось или хотя бы померещилось не одной. А потом она медленно разворачивает экран смартфона и подносит ближе к моим глазам.

— Павел, это что? — шепот сдавленный. — Может... не надо было?

Обновление. В инстаграме* Вари. Знакомый уже фоторобот.

* Организация, деятельность которой признана экстремистской на территории Российской Федерации.

Дорогие, хорошие, любимые. Меня убили. Несколько дней назад меня убили и уже успели закопать в землю. За меня борются — чтобы мертвая я не осталась просто так, чтобы не безнаказанно, чтобы не «глухарь», — и у меня очень хороший, неравнодушный следователь. Вот только дело мое табак. Никто ничего не видел, никто ничего не знает. Вы тоже не видели, вы тоже не знаете, вы просто ждали мою новую книгу и не думали, что я умру.

Но я умерла. Ничего уже не сделать.

Эта девушка видела меня живой последняя. Эта девушка входила в мою квартиру. Этой девушке что-то известно о моей смерти. Пожалуйста, помогите ее найти. Если вы что-то о ней знаете или где-то ее недавно видели, звоните по номеру...

И снова они. Тревожные полицейские цифры.

— Кира, я тебе позже перезвоню.

Медленно опускаю трубку. В голове — снова она. Хи-ро-си-ма. Тысячи бумажных журавликов с обугленными крыльями шелестят на ветру.

«Помогите. Пожалуйста, помогите...»

— Чт-т-то-о это вообще? — Риночка заикается, облизывает губы.

Динка, вскочив и швырнув телефон, летит мимо нас.

— Павел...

— Не знаю. Ничего такого я не планировал.

Не знаю? Знаю, конечно. Джуд, кто еще. Молча беру собственный телефон, запускаю приложение, открываю пост — и смотрю на разбухающие, словно труп в воде, «сердечки».

«Сердечки», «сердечки», «сердечки». Лайки. Лайки жутко-красивому посланию с того света, лайки циничному вызову всему, чему можно, лайки эпатажу, хайпу и креативу, лайки... пост с хештегами #ВаниллаКалиостро, #ВниманиеРозыск, #ГражданскаяИнициатива, #Объявление, #РазыскиваетПолиция и, конечно же, попсовое #МирДолженЗнатьЧтоЯЧитаю будет в так называемом топе очень скоро. Или уже там.

— Сабина, вы извините, но у меня очень много важных дел. — Мой голос как старая запись.

— Да, я понимаю, — а в ее интонации вдруг сквозит испуганная Нюша из «Смешариков». — У меня тоже... дети... Я плов хотела делать сегодня...

— Сабина. — Я встаю первым, и ей не остается ничего другого. — Там Дина. Она, скорее всего, плачет в туалете. Ей в последние дни и так очень тяжело, сами понимаете, она восприимчивая у нас... А туалет женский. Вы не можете...

Потому что я не могу. Мне ее не утешить. Да мне себя не утешить, а еще я хочу убить Женю. Он не вправе говорить от *ее* имени, ее мертвыми губами, ее мертвыми пальцами по сенсорному экрану, он не... он и так взял к себе ее солнечных волков.

— Могу. Конечно. Я зайду. До свидания.

И, подхватив договор, нервно затолкав его в слишком узкую сумочку, забрав со стула короткую дымчатую шубку, Риночка — девочка-мама, Сабина Ясминская, наша звезда, светящая над Нетландией, — быстро выбегает из опенспейса. Ей неуютно. Стало с нами. Со мной. После поста. Я же знаю: Сабина только пишет мрачные книги. Настоящая тьма — не бархатная, не та, что похожа на мягкий клубочек вязальной шерсти, не та, за которую платят высокие гонорары и оставляют хорошие отзывы, — очень ее пугает.

— Женя! Какого хуя?!

Первые мои слова. Нет, ор. Первый ор после Хиросимы — и непременно она, матерщина, взрывающая все наше рабочее пространство, клубящаяся в нем, оседающая на чужих ушах токсичным пеплом. Первые слова после того, как читаю пост еще раз, как набираю номер, как понимаю, что телефон трясется в руках. Джуд смачно зевает:

— Чего-о?

— Запись, Женя. На ее странице! Откуда она...

— Пост? А-а-а, пост... Это психологический метод, Паш. Очень хороший, проверенный психологический метод. И психотерапевтический. И оперативно-розыскной. И...

Ему не стыдно. Да что я, стыдно ему не было сроду, даже когда после какого-то митинга не то против войны, не то в защиту лесов я — именно я, потому что он только мне дозвонился, — вытаскивал его из кутузки, в очередной раз зарекаясь интересоваться, чем там живут мои авторы за пределами книг. Пусть хоть призывают сатану.

— И что за метод?..

— Шок-терапия. Всего лишь. Ну согласись же, больше всего заинтересованных людей подписано именно на саму Варю. Кто-то мог не увидеть пост у меня, у тебя, у...

— Женя, такое могла выкинуть только полная тварь.

— Возможно. — Я точно знаю: не впечатлился, обижаться не будет. Ничем не возьмешь: ни ударами росгвардейских дубинок, ни вот таким вот. — Но я тварь с мозгом. И понимаю, что пресловутое «уважение к мертвым» и «нервные клетки не восстанавливаются» нам сейчас не актуально. А еще понимаю, что, если девица из Вариных подписчиков, она там, возможно, обосралась. И сама придет, если нервная, если убила случайно, если мало ли что. Очень скоро.

— Женя, это все равно скотски... — Просто не понимаю, как не понимает он. Вернее, почему понимает так спокойно. Как же честь альма-матер, бережность к людям, это всё?

— И неэмпатично, знаю. — Опять вворачивает любимое слово, потом не сдерживается и чуть повышает голос: — Но где убийство невинного человека и где эмпатия, а? Они что, и там должны в обнимку стоять?! Нам нужны быстрые результаты. Чтобы по уже не горячим, но хоть теплым следам. И, к слову, чтобы никто не получил по репе, ни ты, ни господин полицай. Чтобы...

— А если результатов не будет? — В этом я, если честно, уверен.

— А тогда в мире нет справедливости, — и говорит он это без паузы, без запинки. Верит.

Я бью кулаком по столу. Пара пестрых макетов обложек подпрыгивает.

— Ты что, не знал, что ее нет? — В голове не укладывается, что я задаю вопрос этому здоровому лбу. — Тебе лет-то...

— Хочу проверить. Вдруг целых двадцать девять я заблуждался?

Оба молчим: он опять зевает, а я пытаюсь восстановить дыхание. Я же вижу: пост распространяется. И я знаю: больше глаз — больше шансов. Бесконечные обезьяны начали работу, а на самой высокой ветке, угукая и потрясая одиноким бананом, восседает мой VIP-автор Джуд Джокер. Что в этом обезьяннике буду делать я — попытаюсь ли остановить орущее стадо разумных бандерлогов или уподоблюсь Каа, — нужно решать быстро. И я решаю.

— Откуда у тебя доступ к ее аккаунту?.. — спрашиваю мягче, тише и добавляю: — Извини. Перегнул. Просто это за гранью добра и зла, я староват для такого.

— Да Мара-ат, — с готовностью откликается Женя. — Наш с Варькой общий приятель-хакер, хахаль ее давней подружки. Инстаграмы* вообще ломаются легче легкого. У Варьки я и пароль примерно знал, мы самым простым методом его подобрали…

— Откуда ты мог его вынюхать?

Даже я не знал. Да мне и не было нужно, пароли для меня равны нижнему белью.

— Она упоминала, что ее пытались ломать какие-то хейтеры и она сменила пароль, когда работала над тем твоим хтоническим американским проектом. И я примерно догадывался, чье имя она использует… Ну помнишь же *хтонь*?

Хтонь… Конечно. Я не могу не помнить. Хтонь была тем еще опытом, если не сказать, простите, *экспириенсом*. Хорошо, что о ней мало кто знал. И новая — нынешняя — выходит, пришла по ее следам?

— Да. Конечно, помню.

— Ну во-от же. Я молодец!

---

* Организация, деятельность которой признана экстремистской на территории Российской Федерации.

— Нет. Имей, пожалуйста, в виду, что мне очень не нравится то, что ты сделал.

— Буду. Был готов. Только не пизди меня, все-таки я твой золотой гусь.

Вздыхаю. А он, паскуда, цинично ржет.

— А ты отключи комментарии. Если не заметил... там уже с десяток сумасшедших обращаются к Варе. Что-то у нее спрашивают. Какой-то идиот даже уточнил, закончит ли она «Волков». Остальные просто пишут, что скучают, и признаются в любви.

— Опа...

Джуд смеется, но теперь это не самодовольный, а нервный, надломленный смех. Хайпануть письмом с того света — одно. Получить на него ответы — другое, спросите одного из авторов «12 стульев». И представлять, какие эмоции от ложного «возвращения» были у тех, для кого Варина смерть — утрата почти личная, — наверное, тоже неприятно. Особенно специалисту по эмоциональному интеллекту.

— Пионер, что ты сегодня положил на свой диплом? — Я потираю лоб. Пусть не мне одному будет гадко и жутко.

— Да-да, видимо, то самое, нефритовое. Вот это я козел... — Он кашляет, голос глохнет. — Да, Паш. Конечно. Я их выключу.

— Хорошо. Пока.

Мы, кажется, отсоединяемся одновременно, и, откинувшись на спинку стула, я закрываю глаза. Мимо проходит Динка — прямая, спокойная, хвостик качается, глаза сухие. Садится. Начинает возиться с макетом: скреплять что-то. На меня не глядит, ни на кого не глядит.

— Риночка ушла, Диныч?

— Ушла. — Все же зыркает волчонком. Очень несчастным волчонком.

— Дина, это не я. Клянусь... — вижу странное, страшное это выражение, дикую, нелепую для взрослой девочки надежду и гашу ее, гашу скорее, как опасно упавший окурок каблуком. — Но и не Варя, разумеется. Это Женя Джинсов. Он считает, что так подстегнет поиски.

— Ясно. Удачи.

Дина опять опускает голову низко-низко. Я тоже делаю вид, что больше на нее не смотрю, но кошусь, кошусь то и дело, потому что все могу предсказать. «Ясно» — слово из четырех букв, но в четырех буквах много всего. И «я разочарована», и «мне больно», и «глаза бы мои вас не видели», и нескончаемые потоки проклятий, и «почему в мире все так?».

Ясно. Она еще и верующая: Иисус в медальоне на шее, Иисус на рабочем столе — каково ей?

Динка все-таки поворачивается к будто онемевшей, часа два уже ни слова не говорившей Дане. Та сосредоточенно читает верстку за корректором. Только и видно за немытыми волосами усталые глаза, узенькую линию недвижных губ. Даны не существует — для Динки, для меня, даже для самой Даны.

Динка попрощалась с детством, у Динки нет проблем с посылками и следствиями. Динка ничего не скажет, вот она уже и не смотрит, старательно уходит в дела, а вскоре — где-то час спустя — достает из ящика зефирки и всех начинает угощать. Но в ту секунду, пока мое ясное солнце смотрело на живую, болючую мою бледную луну, — обвинила. Во всех грехах.

В том, что Джуд — Данин автор, в том, что Джуд в принципе родился на свет, в том, что Джуд сделал то, что сделал, ни у кого не спросив и ни о ком не подумав. Но ведь он думал.

Он думал о Варе. Как и я, а может быть, больше, чем я. Их не связывала любовь, но связывали буквы, слишком много букв, а такие связи оставлять в прошлом особенно трудно.

— Диныч... — зову тихо. — Перерыв. Идем пить чай.

Мы успеваем только дойти до кухни. Поставить чайник. Засыпать в керамическое нутро его младшего брата лавандовые цветки. Нам звонят. Мне. Шухарин. «Дима».

— Посты можно удалять. Мы ее нашли. Спасибо.

Нескольких часов хватило. А сколько было шума и сколько вытекло гноя.

Внутри распускается лавандовыми цветками хтонь.

Однажды на ММКВЯ — Московской международной книжной выставке-ярмарке — мы случайно познакомились с американкой. Дама была приятная, умеренно молодая, обитала, как и все иностранцы, в гостевом зале и постоянно что-нибудь теряла. Впервые я нашел ее мобильник, во второй раз — документы, наконец — сынишку. В четвертый раз мы столкнулись в «едальной» зоне, где я мужественно уступил ей свою пиццу: спецгостем выставки была Италия, так что повара готовили потрясающую «Маргариту», и Дженнифер Сильвер чересчур проворно схватила очередной благоухающий базиликом заказ, хотя вообще-то он был мой. Видимо, очень проголодалась. Она меня узнала, мы посмеялись и пошутили по-английски, поели в итоге тоже вместе.

Все эти казусы случились в первый же, еще подготовительный день. В следующие мы уже ходили друг к другу в гости, преодолевали языковой барьер, делились едой и идеями. Дженни — кофейно-кудрявая афроамериканка — была очаровательна, демократична и дружелюбна. После ММКВЯ мы обменялись адресами, и она отчалила, но спустя пару дней нашлась на фейсбуке*.

Мы стали переписываться. И вот однажды Дженни предложила «Аргусу» в рамках международной культурной программы (звалась она вроде «Взгляни на меня») небольшой проектный обмен. За полгода мы должны были сделать по книге — на одну тему, одного объема, с произведениями одного жанра. Подумав, мы определились: у нас это будет сборник четырех художественных повестей о русских царях, а в издательстве моей новой подруги — такой же сборник, но о четырех американских президентах. Обе книги выйдут в обеих странах, правами обменяемся бесплатно. Плюс получим, если обратим на себя внимание, приличный грант от организаторов культурной программы, пиар и «высокие» рецензии.

Дело было за малым — выбрать способных авторов, которых такое может заинтересовать. Я нашел троих: двое как раз специализировались на исторической прозе, а один на мистике, зато писал так живо и так глубоко рыл информацию, что предложить ему проработать загадки жизни Петра I, связанные, например, с Яковом

---

* Организация, деятельность которой признана экстремистской на территории Российской Федерации.

Брюсом, показалось мне удачной мыслью. О четвертом авторе я подумал сразу: Варя. Ей я отдал на растерзание Ивана Грозного, зная: ей с ее триллерным мастерством будет интересно. Грозного она называла одной из любимых исторических личностей.

К дедлайну тексты были готовы. Последней повесть прислала Варя. Честно говоря, я умирал от любопытства и даже не обратил внимания на то, что «тело» ее письма было пустым, хотя обычно Варя сопровождала вложения забавным обращением, смайликом или еще чем-то. Тем не менее, бросив короткое «Ок, получили, спасибо!», я сразу сел за чтение и пропал. Вокруг были пестрые терема Александровской слободы, и кровавые реки на пыльных улицах, и песьи головы на луках седел, и посреди черной, ухмыляющейся скоморошьими масками вороньей стаи — он, высокий, но сутулый, в меховой мантии и золоченом уборе, с бесовски горящими — и полными страдания — глазами. Царь. Были его жены, монахи и бояре, дети, друзья и враги. Варя в большинстве трактовок образов — сам Иван IV, Басманов, Скуратов, Курбский, Филипп — осталась верна Толстому, Лунгину и Эйзенштейну, но то, какими красками она все выписала, оказалось восхитительно страшным. Я не сомневался: американские читатели оценят. Они не знают об этом периоде почти ничего, они, возможно, даже не подозревают, сколько страстей пережила страна, заросшая глупыми анекдотами о медведях и балалайках.

Грозный — со всем греховным величием — стал для меня живым и близким, как и многие Варины герои, хотя прежде я его особенно не любил, в отличие от трех других «выбранных» царей — Петра I, Екатерины II и Александра II. Текст был прекрасен. Где там моя звезда? Нужно поделиться впечатлениями. Авторы могут сколько угодно игнорировать отзывы, таких я знаю, Варя тоже с годами перешла в эту секту. Но мнение редактора авторам все-таки обычно приятно или как минимум любопытно. Да и часть бумаг пора было подписать.

Я набрал знакомый номер. Варя не брала трубку. Я решил, что она отправилась тратить на что-нибудь аванс, и оставил ее в покое. Но прошло три дня, а сотовый не отвечал. По почте тоже — тишина.

Когда надежды, что Варя просто уехала, испарились, я отправился по ее адресу — в знакомый уже Шуйский. Бетонный, каменный или черт знает какой богатырь Михаил Скопин тревожно зыркнул на меня с вокзальной площади: «Явился...» Не понравился мне этот взгляд, я даже вместо пешей прогулки предпочел прокуренное, бодро поющее о Мурке такси.

...Варя, открывшая дверь, была пьяна. Стоя на пороге, она мутно созерцала меня — веки опухли, глаза покраснели, волосы торчали, словно после пары ударов током. Вокруг плавали густые спирали сигаретного дыма. Кентервильское привидение. Фантом без намека на живую плоть: руки эти тонкие, халат серо-белый, напоминающий лохмотья... Еще бы ядро на ногу.

— Драсьте.

Я опешил. Не то чтобы я ни разу не видел своих авторов в каком-либо «угаре», творческом или не совсем, не то чтобы я не знал, как умеет пить Варя, но... Вместо планируемой гневной тирады на тему «Где вас носило?» я лишь неуверенно спросил:

— Заболели?

Варя поколебалась, будто задумалась: «А правда, я заболела или как?»

— Грозный, — наконец последовал короткий ответ.

Она пропустила меня в квартиру. Идя по коридору, я все не сводил взгляда с ее сутулой спины. Я боялся, что Варя обо что-нибудь споткнется и упадет, но упала она лишь на кухне — на жесткий стул. И вдруг заплакала, уронив голову на руки. Даже не так — завыла, странно, надсадно. Что-то мне это вдруг напомнило, что-то, чем и в помине не было, что же, что же... Плач был хриплый, надрывный, и, как и довольно часто, я при виде слез прирос к месту. Потом попытался подойти... но был остановлен рукой с поднятым средним пальцем.

Я промолчал. Чего обижаться? Варю я знал уже хорошо: недостаточно, чтобы понимать, но достаточно, чтобы прощать подобные вещи. Сирота. Слишком умная, слишком непустая, за все вечно борется. Гордая — настолько, что может уже жить на гонорары, а не живет, работает с этими своими логотипами, лендингами и буклетами. Всегда, во всем сама за себя, а главное — не принимает жалость. А еще я ее люблю. Это я тоже знал. Пусть показывает средний палец, пусть колется как еж — невелика беда, главное, живая. И я просто сел напротив. Попутно понял: вой этот — будто над трупом кого-то, кого запытали опричники. У Вари была в повести сцена такой казни, очень выразительная. Запомнилось.

Варя успокоилась. Выпрямилась. Поглядела на меня уже осмысленно, очень удивленно и наконец, заправив волосы за уши, заговорила:

— Извините меня... я дура. Переутомилась. Боялась опоздать с текстом.

— Он у вас прекрасный получился, — выдавил я, глядя на ее белое лицо. — Но что с вами? Вы не опаздывали. У вас еще неделя срока. И я, к слову, с запасом дал.

Она устало поморщилась.

— Ладно. Я немного вру: дело не в спешке. Это... бред, но во всем правда виноват Грозный. Я подпустила его слишком близко. А он из тех, кого не стоит подпускать. Вот...

— Это видно, что подпустили. Замечательно! — воскликнул я и даже собирался озвучить запомнившуюся мне цитату, что-то о Падающей башне в Казани и якобы пытавшейся сброситься с последнего ее яруса царице Сююмбике. Противостояние этой мятежницы и царя — полулегендарное, но как описанное! — было одной из ветвей Вариного повествования. Царица ведь напророчила ему страшную смерть...

— Нет... не очень, если честно. — Она потрясла головой и тут же болезненно за нее схватилась. — У вас акт сдачи-приемки? Да? Я... попозже, хорошо? Сейчас читать не могу...

Я кивнул и уверил ее, что никуда не спешу и вообще акт — дело десятое. Мы просидели в тишине, кажется, почти минуту. Наконец Варя подала признаки жизни: зашевелилась, закурила. Дышала она поверхностно, затягивалась тоже, дым быстро вылетал изо рта.

— Это было... — Она решила хоть что-то мне объяснить. — ...не замечательно. Понимаете, я прожила его жизнь сама, я была им, я судила, убивала, калечила и прощала, но последнее — редко, совсем-совсем редко.

— Вы знали, за чью биографию беретесь. — Я ощутил спонтанную вину за то, что не предусмотрел столь глубокое душевное потрясение, потому и сказал такое. Ох, эти авторы...

— Да. Знала. И он тоже знал. Он со мной говорил, говорил, просил о нем не врать, не врать, не врать... он тяжелый, Павел. Очень страшный. И очень несчастный. Я все время слышала, как он стучит по полу посохом ночью, когда приходит, чтобы возле меня сесть.

У меня глаза на лоб полезли. М-да... Все мое скудоумие от отсутствия творческой жилки. И от марксизма-ленинизма. А к людям вон цари шастают, да еще по ночам...

— Сесть?..

— А на навершии посоха у него — мертвая голова. Лик белый, волосы черные, серьги-месяцы, глаза светятся. Я знаю, чья она, знаю, я...

Она снова, кажется, хотела плакать. Но вместо этого сделала жадную, теперь уже глубокую затяжку — будто надеялась, что дым что-то исцелит у нее внутри.

Вообще-то Варя — как, кстати, и Джуд, и еще кое-кто из печатающихся у нас, — всегда странновато воспринимала свои книжки. Не совсем как большинство. Для Вари все ею написанное... существовало, не в голове, а во плоти, просто где-то далеко, в далекой, как говорится, галактике. Пару раз я даже слышал, что она вполголоса болтает с героями. Да и мне она говорила о них так, будто все они — ее соседи, коллеги, однокурсники, родственники. Что-нибудь вроде «Вы не представляете, как эта парочка (цыган и мент из авантюрного романа) выносит мне мозг советами, где лучше держать накопления. Ржут еще так мерзко...». Советами? Персонажи? Первое время у меня волосы вставали дыбом. Потом привык. А вот Харитон, когда мы устраиваем авторские интервью, пугается до сих пор. Он еще более классическое, чем я, made in USSR. Варина убежденность его уже не смешит, спорить он не лезет. Не лезу и я. Может, так и нужно, может, это даже правда: концепцию множественных вселенных никто не отменял. И все же...

Грозный. В этой квартире. Хочет, чтобы про него дописали повесть. Это уже не модное «я в творческом потоке», это, судя по истощенному и больному Варькиному виду, скорее сюжет для фильма ужасов. Черт ведь знает, что этот царь с ней делал, если вдруг... то есть правда, выглядит она ужасно. Скорее всего, несколько дней не ела. Спала хоть? Но, окончательно заблудившись в мыслях, я этого не спросил.

— «Я ломал всех, кто был мне ровней...» — прошептала Варя. Она цитировала последнюю главу своей повести. — Это он сказал.

Я вздрогнул. Она вдруг встала.

— Пойдемте.

Она провела меня обратно в коридор, а потом в единственную комнату. Ни там, ни там не было ковра, только допотопный паркет, такой же made in USSR, как Харитон. Весь путь до дивана Варя показывала мне на пол — точнее, на какие-то выбоины, округлые такие, аккуратные щербины на почти одинаковом, в ширину шага примерно расстоянии друг от друга. Их не было в прошлый раз. Я хоть одну бы заметил. И такие...

...Такие действительно могли бы появиться, если бы кто-то со всей дури стучал крепким посохом по хлипкому паркету. Раз за разом. Ночь за ночью. Сколько она писала? Сколько слышала стук?..

Варя села на диван, продолжая курить. Я опустился рядом.

— А еще теперь... — сглотнув, она прижала к горлу руки. — Я боюсь. Боюсь читать, что пишут о нем другие. Ужасные однобокие вещи, будто он кровавое чудовище и ничего больше, а ведь он не просто чудовище, он государь, он делал все, что делал, не только в угоду каким-то страстям, он каждое решение принимал потому, что оно было неизбежно так или иначе. Даже опричнина эта, из-под его руки вырвавшаяся, она ведь действительно могла соединить раздробленное, могла стать «новым монашим орденом», могла... — Она запнулась. — И Федька, Павел Викторович. Басманов. Тот самый верный опричник, юноша, который под Рязанью в каждом бою впереди, всегда в крови и — живой, будто заговоренный... Он... он мне так и сказал, что не смог его потом убить, не смог действительно единственного из всей своры, не смог, но и верить больше не смог и просто сослал прочь, далеко, чтобы вон, вон из сердца и с глаз. Потому и в списках убитых нет, и никто не помнит, чтоб со всеми казнили, ведь не убивали, не убивали, даже тронуть не дали, Толстой соврал... И этот Федька любил его, до осточертения любил, так любил, что потом...

Губы у нее побелели.

— Да. Эти отношения вы тоже прописали хорошо. Не хуже Толстого. Неоднозначно.

Я не знал, что еще сказать, и невольно скрестил руки на груди, заслоняясь, защищаясь. Пожалуй... сейчас, в душной квартире, среди выбоин на полу, утопая в дыму, я понимал Варю. Но вот как бороться с тем, что она испытывала, я не имел представления. Я не писатель. У меня только моя собственная душа, с чужими книжными я не соприкасаюсь. Варя, видимо, набравшись мужества, продолжила, слегка вдруг улыбнувшись, отчего-то смутившись:

— А еще простите меня, Павел... но я страшно боюсь найти его историю рассказанной лучше, чем это смогла сделать я. Это уже совсем чушь.

И она замолчала окончательно. Погасшая, мертвая, заледенелая моя девчонка... Я знал, что это уже не жалость, — если обниму за плечи. И обнял.

— Нет, — я ответил шепотом. — Никогда. Лучше вас эту историю уже никто не расскажет — просто расскажут по-другому. Потому что это ваш Грозный.

Она вскинула взгляд. Снова в нем было хоть что-то живое, и я облегченно вздохнул. Варя упрямо помотала головой:

— Не мой. А исторический! Я не использовала ничего, кроме фактов, воспоминаний и совсем немного... видимо, психоза? Разговоры эти ночные... галлюцинации ведь, да?

Хорошо, если так. Сейчас я думаю: хорошо, если так. Но больше не уверен. Все чаще, слушая поэтичные рассуждения о том, что писатели танцуют в девственных рощах с музами или летают верхом на Пегасе, я представляю совсем другое: как они погружаются в темный штормящий океан, полный огромных белых акул.

— Исторический, — послушно повторил я и, подумав, добавил: — Но история все-таки ваша. Одна из тысяч вселенных, в которых этот человек жил и правил. А дальше... мелочи.

Я отпустил ее плечи и зачем-то начал расправлять ладонями лежавшую на журнальном столике газету месячной давности. Оставшийся на ней пепел тут же прилип к пальцам, и их противно засаднило. Но я не обратил на это внимания и, не поднимая глаз, продолжил:

— Варь, людей невозможно переубедить. Каждую историю они будут воспринимать не так, как она есть, а так, как им угодно. По амбициям, пристрастиям или, — тут я усмехнулся, — красивости. Думаете, почему так много беллетризованных биографий? Эти издания удовлетворяют взыскательный вкус к исторической неправде. Ваша история прекрасна: она и пугающая, и в меру мистифицированная, и в то же время особо к фактам не подкопаешься, и взгляд у вас разносторонний... но некоторым будет нравиться видеть в Грозном просто безумного тирана. Некоторым наоборот — обелять его до предела, уверяя весь свет, что «нынешняя сильная Россия — его заслуга». Середина — человек с победами и поражениями, грехами и милостями, чувствами и страстями — понравится не всем. И именно поэтому... — Я понизил голос. — ...Грозный ваш. И точно станет «своим» для многих.

Варя нервно улыбнулась.

— Если потом им не попадется что-то, что ляжет в чужую картину мира лучше?

Она видела правду и требовала ее вслух. И я покорился.

— Именно так. Неспроста же многие верят в святого Моцарта, отравленного злобным Сальери, и только единицы — в двух друзей-коллег, уважавших друг друга без всяких мессианских девиаций. И сколько ни кричат историки, что Пушкин по своим эстетическим причинам наврал и в наше время попал бы под суд... черно-белое деление на гениев и посредственностей, или, как в вашем случае, на тиранов и гуманистов слишком удобно. Но это ведь не уничтожит ваш текст и тем более вашу веру. И мою тоже. Ведь я поверил именно вам.

Варя приободрилась, оживилась, даже принялась расспрашивать о бедняге Сальери. Удачно я ее отвлек. Книгу мы вскоре выпустили; она была довольно успешной для своего сегмента, а в Штатах даже получила медаль. Грант мы тоже взяли. Проект выстрелил. Но я не могу забыть чувство... нет, скорее ощущение... которое заразило меня во время того дикого разговора. Уже не страх, не непонимание, не досада оттого, что кто-то из моих авторов нуждается в помощи психиатра, так как болеет парафренией. Нет. Это было что-то другое, и очень долго я не мог, да и не хотел подбирать этому названия.

А сегодня, спустя N лет, Джуд его нашел. Нашел легко, мимоходом произнес, а я сразу же понял, о чем речь.

Хтонь.

Джуд назвал случившееся во время американского проекта хтонью. Древней ирреальной силой, прущей из темных каких-то, невидимых глазу брешей, куда писатели так легко суют свои неосторожные носы. И это действительно была именно она, Варь, хтонь. Выбоины те, которые с паркета вскоре пропали... шаги в ночи.

Я ведь спросил тебя, когда мы уже снова были на кухне, когда ты успокоилась, перестала дымить и сварила кофе, когда залила туда щедро коньяк...

— Чья голова была на посохе у этого вашего призрачного Грозного?..

Ты не обернулась.

— Федора Басманова. Даже после смерти он вернулся к своему царю. Не только душой, но и костями.

А ты ко мне не вернешься, Варь.

Четыре.

Три...

8. BURNING BRIGHT

Что за зверь такой — идеальный читатель? С другими авторами мы много об этом болтаем, но пока не сошлись. Для кого-то это тот, кто просто принимает все как есть, льет на текст чистый восторг и не доебывается в духе «я хотел другой финал». Для кого-то — творческая братия, которая на каждый чих сочиняет фанфики и рисует картинки. Кто-то прям король: идеальный читатель должен и на одном уровне умственного развития с ним быть, и супервнимательным, и всех тараканов из авторской головы выловить, классифицировать и рассадить в рядок. Ну хоть бо́льшую часть. Я понимаю, особенно если тараканов реально много — это обычно у тех, кто пишет «то, что сам хотел бы читать». Другой вопрос, что в таком случае, сколько бы простых благодарных читателей эти книги ни собирали, идеальных будет по пальцам. Ну, главное, чтоб не вообще один — сам автор.

Моя позиция проще: мой идеальный читатель — верный читатель. Почему?

У каждого бывают моменты, когда мы особенно остро ощущаем себя... *невечными*. Частью шести миллиардов одноразовых существ, которые сегодня есть, а завтра сгинули. Обычно на эту мысль наводят глубина и высота, и тут уже неважно, куда мы смотрим — в бесконечное небо, на стелющееся до горизонта море или в огромное помойное ведро. Ублюдочное чувство... но наши собственные мозги защищают нас: стоит отвернуться, переключиться — и мы про это забываем. Наша одноразовость фоновая — изредка проступающий, не излечимый ни йогой, ни религией внешне-внутренний раздражитель, страх смерти и забвения. Если вдуматься... внутренний или все-таки внешний? Откуда это идет?

Одноразовость вообще триггер — и на таком вот глобальном уровне, и если уровень снизить. Не знаю, как у вас, но у меня, и у @sabrina_dark_creator, и у многих еще, кого я знаю, — тоже, и мы признаём это.

Одноразовость — если речь, конечно, не о гондоне и не об экологичном стаканчике кофе, с которым можно прогуляться, а потом отправить безвредно гнить (кстати, не, ни фига они не экологичны, там внутри полипропиленовая пленка, так что носите лучше термос), — страшна. Мерзка. А еще настырна, как жвачка, липнущая к ноге. И хорошо если к ноге... вчера вот из-за какого-то козла изгадил себе джинсы на остановке!

Так вот. Одноразовость постепенно пожирает наш мир. Одноразовая посуда, одноразовая оппозиция (что чревато при СЛИШКОМ многоразовых президентах), одноразовые фильмы, песни и отношения. Разве раньше ее было столько? Разве дома строили не на века, партнеров выбирали не на годы, горшки лепили не на пару поколений?

Впрочем, кое-что одноразовое было, как ни странно, и тогда. Слава.

Не пожелаю никому быть, что называется, автором одной книги. Неважно, какая это будет история, первая, последняя или написанная в абстрактном «расцвете творчества». Автором одной книги — при условии, что ты написал больше, чем одну, — быть ужасно. Даже если за эту одну тебя сажают на трон и осыпают золотом. Если по ней сняли фильм, получивший «Оскар». Если в ее героев играют твои и чужие дети. Нет. Это клеймо: у тебя, как говорится, низкий заряд. Ты пишешь, пишешь, но такого отклика уже нет. И можно сколько угодно утешаться тем, что «по крайней мере ОДНА удалась», но рано или поздно утешение перестанет работать. Особенно если сам-то ты понимаешь, что это не успешная история такая замечательная, а просто что-то так повернулось в большом вселенском механизме. Ты поймал волну. Тебе повезло. О тебе кто-то очень много болтал. Да мало ли что.

Авторов одной книги много. Что вы знаете у Льюиса, кроме «Нарнии» (он космолетчиков любил!)? А у Шелли, кроме «Франкенштейна» (ребят, она еще написала постап, почитайте!), у Стокера, кроме «Дракулы» (у него сперли сюжет «Мумии» с Фрейзером!)? Ну а сколько произведений Сэлинджера, кроме «Над пропастью во ржи», назовет человек, к которому вы подойдете на улице, если это не литературовед (у него есть классный цикл о семействе гениальных детей!)? Были ли эти авторы одноразовыми по таланту? О нет. Просто так вышло. Вышло давно, свечку никто не держал. А маркетинга особо не было.

Как так получается? Некоторых действительно хватает только на одну стоящую историю. Взять того же Дойла... его книжки не про Шерлока и впрямь унылые. Но воу, это мое мнение. Короче, я отказался от спорной позиции «Все зависит лишь от тебя и виноват ты тоже всегда сам» и подумал: а может, дело и в читателях? Это и возвращает нас к верным.

Отношение к авторскому творчеству немного похоже на выбор невесты. Девушек на вашей улице живет много, но женитесь вы на одной. Полюбили единственную книгу, очень сильно. Здорово, но на других вы теперь будете смотреть менее воодушевленно. А может, и не заметите вовсе? @ereti4ka_vanilla как-то меня вразумила: «Ну нет. Некоторые читатели многоженцы, разве нет?» О да. И многоженцы — лучшие на свете читатели.

Я знаю, вас у меня тут много, маленькие и большие полигамные создания!

Этот пост — не посыл к вам больше меня любить. Автора вообще НЕ делают читатели — с этим я никогда не соглашусь, не стройте оскорбленные мордочки. Автора делает прежде всего автор, потому что без книги читателя нет, а вот книг, которые пока не нашли читателей, полно. Миры рождаются вне зависимости от того, есть ли желающие туда заглянуть. Во время Большого взрыва никого тоже особо не спрашивали. Deal with it.

И все же... кое-что очень-очень важно. Только в ваших силах не делать нас одноразовыми, господа. И если смотреть глобально... не только писателей это касается. Поддерживайте всех, кого любите и кем восхищаетесь. Говорите об их успехах, ободряйте после неудач и не отворачивайтесь от их новых начинаний. Храните память, если вдруг они умирают. И рассказывайте, рассказывайте о них как можно чаще, всему свету. Пусть одноразовыми останутся только гондоны, для нашего же блага. Ну и жвачка, которую, надеюсь, однажды запретят законом.

Еще один пост из старых. Так и крутится в голове, пока машина летит вперед.

А ведь забавно: сегодня сработала как раз *одноразовость* — одноразовый психоз Джинсова. Запись со страницы издательства начала разлетаться после восьми, запись у самой убитой — Ваниллы-Варвары-Вари — появилась в 10:15. Позвонили в 10:45. Девчонка. Диана Крылацкая. Она оказалась именно подписчиком авторского аккаунта.

— Я вам кое-что отправлю на почту, — сказала она после нечленораздельного бормотания о том, что звонит по объявлению. — А вы решите... может, я не права?

В «не права» звучала надежда. Или не звучала? В таких случаях обычно уже не надеются: статистика слишком громко сообщает о редкости оправдательных приговоров. Казалось бы, при чем вообще тут приговор? Страшного ничего в посте не было, ни «обвиняется», ни даже «подозревается», корректная формулировка «выяснение обстоятельств», просто... Ах да.

Было же еще «Меня убили». Собака страшная.

Прилетело несколько фотоснимков с корпоратива крупной медийной компании Burning Bright. Производитель игр, на слуху как минимум несколько последних шутеров и бродилок, обожаемых Лешкой. Большой коллектив, сотрудники улыбчивые, ухоженные, нарядные. Много разновозрастных мужчин. Мало девушек — почти по пальцам, поэтому каждая выделялась. И *она*, конечно, — остролицая брюнетка в лиловом платье, склонившая к плечу голову, обрамленная двумя похожими блондинками в голубом. *Она* неуверенно прижимала к груди пеструю коробку с бантом, а за спиной нависала громадная футуристическая елка, по которой гирляндой вились логотип и название организации. Ничего такого, глаза никакие не «шныр-шныр», живые, умные. Дорогой фотограф. Видимо, на корпоративе был дорогой и очень талантливый фотограф.

Хорошо снимает убийц.

Так. Стоп, Шухарин.

— Сотрудник? Как ее зовут?.. — Голос получился ровный, формальный, даже скучающий. Какой надо. Еще бы зевнуть, чтобы точно не перепугалась.

— Стрельцова. Алиса Леонидовна. Она участвует в разработке и тестировании наших игр.

Алиса. Почему все Алисы любят падать в кроличьи норы и топтать маленькие сады?..

— Товарищ милиц... — девчонка сорвалась все-таки, заблеяла, почуяла что-то плохое на том конце провода, — капи... не знаю, как к вам... Дмитрий... Так это она?..

Алиса. Алиса. Алиса. Задумчивый, незлой, немного усталый взгляд «наконец-то я отдыхаю». Такой иногда, если повезет выспаться, встречает из зеркала.

— Она, скажите мне? Убила?..

Переживала. Ох, Диана, Диана. Как бы не оказалась близкой подругой или сестрой, как бы не побежала прямо сейчас, едва услышав «да», спасать, прятать, жертвовать собой. Она такая — любовь. От нее чего только не сделаешь. Закон — вообще последнее, с чем дружит любовь, а херово работающий закон, укоренивший в гражданах веру, что «забрали — значит, точно посадят», — не друг любви от слова совсем.

— Дмитрий!

— Вы что же думаете? — нужно было выученно засмеяться, и получилось. — Что, даже будь совпадение стопроцентным, я голословно стал бы обвинять вашу... коллегу, верно? Без очных ставок со свидетелями, без бесед, без всего? Скрутил, унес и начал бить, чтоб подписала чистосердечное? Вы о работе правоохранителей вообще хоть что-то...

— Коллегу, да, мы в одном отделе! — На другие вопросы не ответила. — Она наш сотрудник года, она очень хорошая, добрая, творческая. Поверьте, пожалуйста, просто...

Загремела чем-то. Кнопками клавиатуры? Или зубы застучали? «Вы что же думаете?..» Думает. Еще как, особенно если смотрит телевизор и одновременно читает независимые СМИ.

— Диана. Не паникуйте. Не надо. Я даже не уверен, что это она. К тому же обстоятельства еще выясняются, мы будем ждать и другую информацию. Так или иначе, спасибо за попытку помочь. Оставите ваши контакты?

— В письме, это корпоративный адрес. Звоните, конечно.

Выдохнула. Поверила?

— Ну вот и отлично. Возможно, я с вами еще свяжусь. Или с вашей...

— Алиса сейчас не на работе! И вообще с ней пока проблематично связаться!

Истерика в тоне. Поверила или не поверила — а страховалась. Врала. Наверняка.

— Хорошо. Тогда с вами. До свидания.

Отсоединился. Распечатал снимки. Двадцать минут — рвануть до дома убитой, десять — показать фотографии консьержке, пять — выслушать «Ну та была не в платье, а в белой такой рубашке, а так да», «Ой, лицо-то какое злющее» и «Ох, что делается такое?!» Еще пятнадцать минут — вернуться к зданию и на подъезде позвонить Лешке. «Едем в Москву. Сергей? Нахер, половина работы сделана за него — значит, доделаем. Ему и так хватит, у него по другим делам поручения сегодня». Алиса, Алиса, Алиса... В зеркале заднего вида мелькнула какая-то чокнутая белобрысая девица с ярко-красной помадой и очень вовремя убежала в дальний двор, шарахнувшись от гудка.

...Теперь — дорога, дорога, дорога, грязно-мартовская, серо-зеленая и унылая. Вдоль леса белеют плевки снега, на полосе поразительная пустота. В машине — тишина, но уже не такая, как вчера после возвращения с приснопамятного задержания. Лешка глядит в окно, радуясь передышке. На скуле здоровенный синяк, костяшки правой руки сбиты.

Накануне так и не поговорили: после «Граблей» кабинет встретил обиженным безмолвием. Лешка сначала мотался на экспертизу, потом повез документы в суд, где застрял, потом его долго прессовали чьи-то адвокаты, а потом он не стал возвращаться, мстительно похоронив товарищей в завале. Номинально имел право, немало переработал и так. А на следующее утро получил и «Пикник на обочине», и рекомендованные Джинсовым чертовы пирожки, причем даже теплыми: подогретыми в микроволновке. Оглядывая небрежно кинутый на стол пакет, Лешка удивленно сказал:

— Я думал, ты мне такое разве что в глотку теперь затолкаешь...

Нерешительно улыбнулся. Пришлось уверить:

— Ты мне живым нужен. Очень. Извини. — И осторожно положить на стол мягкую коричневую пачку шоколадного «Captain Black», последний аргумент в свою защиту.

«Извини» — это не за то, что нужен, а за вчерашнее, хотя как посмотреть. Но, наверное, Лешка понял, раз молча поделился пирожками. С ним всегда удавалось легко мириться: он ведь ценит поступки больше, чем треп. Снычкал сигареты, забрал книжку, пролистал, не забыв предварительно вытереть руки, и пробормотал: «Написано-то как классно...» Сложно сказать, много ли он в этом понимает, но хорошо, что оценил.

Сейчас Лешка наконец поворачивается — задумчиво так.

— Ствол-то взял?

Опять двадцать пять.

— Мы не будем за ней гоняться. И тем более по ней палить. — Нельзя не подколоть. — Сегодня блеснуть не удастся, на жопе посидишь с умным видом.

— А что будем делать-то? — Лешка послушно начинает репетировать умный вид: выудив из закутка меж кресел томик Стругацких, раскрывает его и утыкает нос в текст.

— Поговорим. Выясним обстоятельства.

Все ли Алисы опасны?.. Алиса, Алиса... только бы не сбежала.

— Но ты ведь думаешь, это она, та чувиха, да?..

— С чего ты взял?

Всего на секунду Лешка поднимает от книги взгляд, но умещает там очень много.

— По глазам вижу, Дим.

Слева — грязная заправка в желто-рыжих мерзотных тонах. Справа — автобусная остановка с проломанной лавкой и кровавым граффити «Жить стало лучше, жить стало веселее». В зеркале — собственные прищуренные глаза, но ничего нехорошего там нет. Ведь нет?..

— Вот из-за такого «по глазам» у нас и сажают кого не надо и люди нам не доверяют.

Шутить об этом — такая себе радость. Радостнее только о высокой статистике раскрываемости. Может, не раскрываемости, а все-таки закрываемости? Потому что цифры. Потому что скорее бы. Потому что хоть бы кого-нибудь, хоть бы как-нибудь, а если дело «без лица» — давайте вообще прикинемся, что ничего не случилось. Но здесь так не будет.

— Дим. Не злись. Я просто проблем не хочу.

— Да я не злюсь...

Снова мелькает в поле зрения рассеченная ссадинами рука, лезет за свеженькой пачкой — «Капитаном». Шуршит слишком хлипкая для такой дорогой марки бумага.

— Слушай, Лех.

— Да?.. — Роется. Всегда придирчиво выбирает сигарету, будто чем-то они там отличаются.

— Тебе можно бы туда. В опера. Это больше твое, ты же воешь от всех этих официальных бумаг и судов. Некоторые спокойно переходят. Я не держу. Могу поспособствовать.

Лешка опасливо, настороженно молчит, поглядывая исподлобья.

— Тебе недолго еще считаться «молодым сотрудником на подхвате». У нас уже меньше общих дел, ты давно не под крылом, я постепенно перестаю за тебя отвечать. И я, наверное, должен был раньше все понять, заметить твои склонности и...

...Отпустить. Перестать трястись, черт возьми. Трястись как за родного брата. Нет у тебя, Шухарин, братьев, очнись. Единственный ребенок в семье, да и не ребенок вовсе. Вы оба не дети. В топку всю эту крапивинскую дружбу, она «вне зоны действия сети» после двадцати, а то и раньше. Даже если Лешка... Лешку... когда-то...

— ...И дать такой совет. Не думаю, что в главке будут против. У нас же...

— 0,88 опера? — Лешка наконец закуривает, звонко чиркнув зажигалкой.

— 0,88.

Лешка улыбается. Сигарета нагло вспыхивает огненным глазом.

— А со мной-то сколько будет, если место тут найдут?

— Ну, чуть больше.

— То есть я буду твоей практически полноценной единицей? — Лешка затягивается. Выдыхает дым в окно.

— Может, и до единицы дотянем. Жаль только, что не единолично моей.

Взгляд — на дорогу. Мысли все — о давно переломанных Лешкиных ребрах. О вчерашних зверских рожах. О пулевом в живот, пока еще чужом, не Лешке доставшемся. Но Джинсов все-таки прав: то, что случилось на задержании, — точнее, то, как это отозвалось в мозгах и как выплеснулось, — неправильно. Непрофессионально, не по-товарищески, да не особо и по-братски. Коллег — и друзей, и братьев — нужно уважать. Не менее нужно, чем любить.

— Будешь?.. — Как-то быстро он, одной затяжки хватило.

— Ну давай.

Дмитрий тоже затягивается, взяв сигарету. Глубоко вдыхает крепкий, экзотично крепкий дым из-за океана. Собственные глаза в зеркале говорят: «Видишь, как просто было?», а еще там неприкрытое такое облегчение: ему не крикнули «Да!». Но вот сейчас крикнут. Сейчас. И...

— Стать единицей бюрократически — хорошо, чувак. Но мы и так единицы. Вполне себе живые и настоящие.

...А может, и вправду мозгов у него намного больше, чем иногда кажется? Как серьезно смотрит. Как на идиота. И тон — как когда «Езжай домой». И почему-то от тона этого — или от дыма сладкого, терпкого, густого — внутри становится все теплее.

— Дим. Это правда. Может, в масштабах системы мы с ними — с операми — заточены под разное. Но тогда скажи, какого фига мы куда-то сейчас премся? Что изменится, если я перейду? Может, где-нибудь в Москве или Питере, где все по полкам. Но я здесь. Бегать мы будем все равно. И ебучие бумаги, и судьи, и адвокаты, и купленные твари, которые сегодня пизды́т одно, завтра другое, — тоже будут. И все будет. И вчера… — запинается.

— Что — вчера?

— Вчера ты ведь тоже ломанулся в погоню.

— За тобой.

— А так бы не?.. Дал бы уйти? Пустил бы по звезде месяц работы, чтоб те упыри в другом районе еще кого-нибудь убили?

В глазах Лешки — никакого тебе страха или хоть благоразумия. И никакого, черт возьми, уважения к старшему по званию. Сплошное «Я прав». Как у Джинсова. Нет. Другое. Мягче. «Я ж тебя знаю». Занятный он все-таки — Лешка. Они — те редкие *не-волчата*, кого даже в детдоме не били и кто при этом сам не бил, — все занятные. Вроде все как на ладони, а вроде — раз! — и на ладони ты сам. Вспомнилось, как Лешка пришел в отдел впервые — чуть более круглолицый и лохматый, более шумный. Как в первый же день сломал дверную ручку, которая Хрущева помнила, а в первую неделю полил сладким чаем пакет документов в прокуратуру. Как во вторую разнюхал о сложном деле, где закрыть собирались кого удобно, а не кого нужно; как влез, они вдвоем развели тайную деятельность и вытащили тренера по боксу, уже готового сесть за необходимую самооборону: тот девушку свою в клубе неудачно защитил. Обвиняемым таки пошел сынок прокурора, пусть и отделался условкой. Лешка тогда сказал: «Заметил, что сильные — они все время в дерьме? Ну, в плане, закон под них не заточен. В Штатах круче». Поначалу показалось: чушь подростковая. Потом слова обрели смысл. Закон защищает тех, кто громче визжит. Добру с кулаками с законом уживаться трудно: можно и в зло загреметь. Тогда и закралась впервые мысль: а с напарником-то повезло.

— Ну? — бодро напирает Лешка. — Так бы и не включился? Чувак...

— Нет, конечно. Нет...

Потому что некому больше. И разделение это формальность, и цифры — чушь. 0,88. 0,88 разумного существа, на которое не всегда можно рассчитывать. Лучше и вправду быть единицей самому. Со всем бумагомарательством, переработками и пиздюлями за нарушения.

— Ну вот видишь? Куда я от тебя? Только мозг больше не сношай!

Лешка вроде как развеселился, теперь поглядывает лукаво, подначивая: «Дим, хрен тебе, а не субординация, уж извини». Ждет, постукивая пальцами по лежащей на коленях книге.

— Ладно. Не буду. Хочешь — подыхай в неравном бою.

— Не хочу подыхать! Хочу в генералы!

— И на том спасибо. — Очередная глубокая затяжка. По губам и правда уже расползся шоколадный вкус, только вот фильтр противно нагрелся в пальцах.

— А то вообще в дознаватели уйду... к девчонкам! — Вот это правда серьезная угроза. — Они хоть кормят.

— А я что, нет?

— Один раз вчера. И сам половину сожрал.

— Да тебе и этого много. И для дознавателя у тебя стаж уже великоват.

Лешка жизнерадостно сопит. Вроде бы ни к чему не пришли, а вроде бы сделали десять шагов вперед. И голова больше так не ноет, и в глазах собственных — снова откуда-то облегчение. А вообще, может, самому… к девчонкам? В соседний кабинет, на мелкие дела, по которым не ебут. Лешка прав: там хоть кормят. И чайник у них стоит… Ах да. Стаж же.

— Будешь? Правда, они необычные. — Дмитрий пытается вернуть сигарету, но Лешка неожиданно мотает головой.

— Не, как-нибудь потом.

Он опять берет книгу. Прячется за ней. Судя по поджатым губам и нахмуренным бровям, продолжает репетировать умный вид.

Москва все ближе. Плевки снега растаяли, лысый лес сменился неприветливыми ТЦ с аляповатыми вывесками. Дальше ехать мало: офис Burning Bright — чистенькая высотка, будто из кино — расположился в районе Выхино. Компания солидная, «дочка» какого-то провайдера, громоздящегося по соседству, так что не составляет труда ее найти. Внушительные буквы названия и вовсе пляшут над крышей, в стилизованных языках пламени — ночью наверняка еще и светятся не хуже ока Саурона.

На ресепшене — два стеклянных столика и футуристические, похожие на раздраконенные кубики стулья, синие и белые. У трех секретарей — одинаковые манекенные улыбки и строгие пучки. Но Лешку не проведешь: он подходит к той, у которой из-за уха выбивается русая прядь, улыбается, фамильярно навалившись на стойку, и, хотя получает от более прилизанных дам колкие взгляды, своего добивается. Мария — куколка барби с незачесанным локоном — звонит наверх. Алису Стрельцову она позвать не может, зато Диана Крылацкая вылетает из лифта уже спустя пару минут.

Диана похожа на свой слабый голос — невысокая, рыжая и в прямоугольных очках. Быстро соображает: сразу безнадежно, тоскливо машет рукой на удостоверение.

— Так и знала. Чувствовала, что приедете. Что все так, как есть. Бедная Алиска...

Бедная. Ввинчивается в висок это слово, несвоевременное, болезненное и неправдивое. Лешка зачем-то быстро кладет на локоть руку. Как в машине? «По глазам вижу»?

— Идемте. — Девушка-то ничего не замечает, она в своем горе. Кивает не на футуристические стулья, а на выход. Шепчет: — При грымзах не будем. И так уже слухи...

Запахивает малиновое пальто, приподнимает подбородок, идет на улицу первой. «Грымзы» сияют на ресепшене приветливой готовностью помочь. Лешка фыркает, ну совсем как дворняга, которую дразнят развалившиеся на подоконнике тощие, длинные, синеглазые сиамские кошки.

Март тошнит ветрами и промозглой моросью, хорошо хоть, что сегодня нет проливного дождя. Можно пристроиться под козырьком за углом, в курилке. Крылацкая достает тонкие яблочные Kiss. При ней, чтобы не смущать, лучше выудить из своей пачки не одну, а две сигареты. Неумолимо пустеющий «Парламент», «Капитана» Лешка оставил в салоне. «Парламент» сегодня даже ощущается иначе, будто гаже. Или воздух столичный так протравлен выхлопами? Или раковый шоколадный дым из-за океана был слишком хорош?

Лешка, спросив разрешения, включает диктофон. Диана кивает с таким отчужденным видом, будто вовсе ничего не услышала. Рыжесть и малиновый драп не делают ее ярче, вся она жухло-осенняя и печальная — но, судя по осанке, больше не боится.

— Алисы правда нет, — тихо начинает Диана, решив, видимо, не ждать вопросов. Она даже читает мысль, выпавшую мутным осадком после звонка, и уточняет: — Я ее, если что, не прячу. Алиса в психиатрической больнице. Была. Потом выписали. А теперь вот снова там...

Крылацкая курит как школьница: не взатяг, сигарета меж самыми кончиками пальцев, и всюду расползается кислая яблочная вонь. Кажется, будто вони больше, чем дыма, она въедается в мозги и заставляет болезненно поморщиться. Скрывая это, приходится и самому затянуться, посильнее. Какая горькая дрянь, махорка как есть. Надо бросать.

— То есть как в дурке? — выпаливает Лешка. — Она что, ненормальная у вас?

Диана с грустью на него смотрит. С выразительной такой грустью, с той самой, с которой желают собеседнику тоже отдохнуть в названных местах с мягкими стенами. Потом она оборачивается на офис, выкидывает не докуренную и наполовину сигарету и опять быстро, сбивчиво говорит. Говорит, говорит, говорит, иногда крича. У Дианы Крылацкой математический склад ума, это видно, а точнее, слышно. Она мастер коротких историй, все ею сказанное умещается меньше чем в двадцать минут. В пять-шесть формул. В пару «вечных сюжетов» по Борхесу.

Алиса Стрельцова — замечательная девчонка, на хорошем счету в компании, пять лет стажа. В начале года работала над проектом компьютерной игры, замешанной на наполовину пиратской, наполовину сказочной истории.

В игре были локации, смутно напоминающие средневековую Венецию. Интересные герои, небанальные сюжетные ходы, много альтернативных веток. Алиса безумно любила эту игру, хотя прежде к проектам относилась максимально отстраненно: их ведь было много, 80 % похожие, некоторые откровенно проходные, цитируя ее же: «эльфы, ебля и стрельба». В эту же игру она буквально вросла. Сроки горели. Видимо, это и сказалось.

— Алиса должна была сделать последние тесты, — медленно, неохотно продолжает Диана. — И надолго с ними пропала. Дедлайн она не завалила только чудом, данные все, конечно, предоставила, все успели пофиксить, вот только... она почти сразу, как мы все выдохнули, начала болтать какую-то чушь. О том, что игра... как бы сказать... *затянула* ее. Якобы Алиса побывала в том самом мире, познакомилась с теми самыми героями. А потом они, эти герои, помогли ей вернуться домой. Домой, то есть... к нам. Поначалу все ржали. Потом заткнулись, когда она стала реагировать на ржач агрессивно. Увидев, что Алиса в упадочном состоянии, наши эйчары ее к психологу направили, и он подтвердил легкий нервный срыв, это, ну... выгорание. «Отдохните, травки попейте, на фитнес походите», — грустно кривятся Дианины губы, пока она перечисляет нехитрые лекарства от современной чумы. — Это поначалу помогло. А потом на корпоративе по случаю как раз старта продаж один из наших маркетологов... Глеб, он мудак... понес про то, как вообще здорово это — навариваться на малолетних задротах, у которых ни своих впечатлений нет, ни целей, ни друзей. Что вообще это самая благодарная аудитория — непонятые и недотраханные. Что сунь им красивые картинки, заманушные аннотации — и они твои. Такая себе речь, в его духе, у нас многие по-другому, конечно, относятся, я например, но мы молчим обычно... Алиска начала спорить. Говорит, кое-что из вот этого вот, некоторые придумки — настоящие, живые. А даже если нет, любить это надо, а не только продавать. Глеб, конечно, заржал, мол, она сама из задроченных, мужика нет, детей нет, ипотеки нет, как появится — по-другому будет думать и все такое, а она...

Диана вздрагивает — будто ветер пролез ей под пальто, под шарф, начал там елозить и щипаться. А может, ей просто нужно подобрать слова. Наконец потирает покрасневшие маленькие руки и... нерешительно вдруг тянется к пачке, которая у Лешки торчит из кармана. Хочет что-то покрепче, чем яблочная конфета с крошками толченой заварки? Да ради бога. Тащит «Парламент», прикуривает, жадно, теперь уже глубоко затягиваясь, дымит напропалую. Ищет фразы — слепо шарит по стене в поисках выключателя. Чтобы выключить «а потом всё стало совсем-совсем плохо».

— Алиска... — Диана глядит на кончик сигареты, будто в глаз циклопа, — она его ударила, понимаете? И не чем попало, а длинной такой саблей, с рукояткой под старину, в точности как у одного персонажа нашей игры. Бог знает откуда взяла. По ноге, конечно, а потом спохватилась: бросила эту штуку и кинулась с кулаками. Ее быстро оттащили, но начался шум. Заминали всеми правдами и неправдами, мусор... — неловкий кашель, — полицию... не вызывали. Руководство боялось, что начнутся всякие проверки, по ТК и так далее, это же как цепная реакция, у нас сор из избы не очень выносят... Алиску сдали. Хотя она сама попросилась. Она тоже испугалась, не понимала уже, кому, чему верить, верить ли себе. Да и я не понимаю. — Последнее звучит почти беспомощно. — Лечение ей оплатили из страховки, она прошла курс, даже не как буйная, сравнительно по-легкому... Около недели назад ее выписали. Я в тот же день ей позвонила, но она не стала особо разговаривать, вроде была в электричке, ехала «по делам». Договорились в кофейне на неделе посидеть, но... вскоре она сама уже вернулась в психушку. Попросила таблеток. И сейчас она там. Можете съездить.

Прокуренная мартовская морось замерзает молчанием, но есть чувство: Крылацкая не договорила. Точно. Тяжело сглотнув, уцепившись глазами за Лешку — более доброе из двух наличествующих лиц закона, — Диана тихо добавляет:

— Я тоже хочу поехать, но боюсь. Я же виновата. Я Алисина подруга, а не помогла, не вытащила, не удержала. У нее, наверное, депрессия... настоящая. А ведь когда в том году меня увезли в больницу после переработок, Алиса со мной возилась. Понимаете? Я боюсь...

Понимает? Пожалуй. Сигарету Диана невероятно быстро скурила, теперь бесцельно мусолит окурок об стену. Отведя глаза от Лешки, глядит вниз, на замшевые свои сапоги.

— Алиса убила Ваниллу Калиостро, да? Из-за обострения? Не долечилась? Словила какую-то навязчивую идею про мистическое вмешательство? У Калиостро в последней книге...

— Девушка попадает в компьютерную игру. Да. Я знаю.

— Читали? — Рот трогательно приоткрывается. Еще одна из породы «А я думала, менты не читают».

— Читал. И подписан.

Лицо Крылацкой предсказуемо светлеет, что-то там появляется почти восторженное.

— Поэтому и ищете... — Она вскидывает голову, мотнув рыжей копной.

— Не поэтому.

— Извините... — сразу сникает. — Нервничаю, вот и дурю.

Догадалась о чем-то? Или просто истолковала как «Ищу, потому что у меня такая работа»? А самому-то как толковать? Диана глядит пытливо, любопытно. Пора заканчивать. Получив кивок, Лешка выключает диктофон.

— Диана, спасибо большое. — После колебания, по наитию, все же срывается с языка: — А эта сабля, которой ваша Алиса дралась... где она сейчас?

— У охраны. — Диана понижает голос. — Опять же, руководство не велело... ну...

— Ясно. И все молчат.

Какой же у этой сорокаэтажной стеклобетонной избы основательный подход к хранению сора, а? Интересно, много в Москве таких изб? А по всей матушке-России? И сколько в соре человеческих черепов? Название-то какое говорящее у конторы. Идеальное место, чтобы ярко вспыхнуть и быстро превратиться в ни на что уже не способный пепел. Или в опасный пепел.

— Для чего вы спрашиваете?

Нужно все же рискнуть. Может получиться.

— Ее мы бы забрали. Если поможете организовать это на неофициальном уровне, без постановления, будет славно. Чтобы оно было, придется разбираться и с этим офисным конфликтом, а я к вашим краям отношения не имею. Только через местные органы.

Только бы не *местные* — зажратые, поганые, упертые. В Шуйском без бумажек выпросить экспертизу — или просто найти спеца по холодному оружию — в разы проще. С расстояния в сто километров и после истории одного виртуального безумия кажется, будто в Шуйском проще все.

— Попробую. — Диана соглашается легко. — Руководство только радо будет, если все это поскорее замнется; если их имена не будут особо нигде фигурировать. Но зачем она вам? Эта штука? Наверное, Алиса ее где-то заказала, может, по такому образцу потом будут делать наш игровой мерч — ну, тематическую одежду, аксессуары для фестов...

Алиса. Алиса... Почему все Алисы так любят *по нарастающей*: падать в кроличьи норы, пить сомнительные чаи, ломать маленькие домики, топтать чужие сады и топить, топить всех в морях своих слез?..

— Нет, правда, зачем?

А вот Лешка понял и хмурится. Спасибо хоть, не крутит пока пальцем у виска, покрутит только в машине. Хоть что-то про субординацию усвоил.

— Чтобы кое-что проверить, Диана. Это очень важно.

...Понять, все ли Алисы действительно сходят с ума или некоторым просто попадаются очень плохие белые кролики.

Вскоре, по пути назад в Шуйский, Лешка задумчиво вертит в руках оружие — офисные избавились от него действительно с готовностью, как от опасной улики, еще спасибо сказали. Хотя куда такую улику деть, к чему прикрепить и стоит ли — большой вопрос. Сабля похожа на европейский музейный экспонат: длинный клинок, золочение, перламутр и эмаль. На рукояти лев и морская змея сплелись в таком экстазе, что детям лучше не видеть. А ну как сейчас еще и кража всплывет, примешается к дурдому...

— Ух, красота. С такой бы на ролевку! — курлычет Лешка под сонное завывание «Сплина».

— В капусту ты всех покрошишь на ролевках. Клинок-то боевой. Диана не права, это не, как она назвала, «мерч». За такой мерч без разрешения вставят тебе по самое...

— Законы знаю и сам, чувак. И все-таки богатая штука! Лешка разве что на металл слюнями не капает.

— Богатая. Откуда только она ее взяла? Особенно если из работы месяцами не вылезала, в офисе и дома с этими тестами ночевала?

Начальник корпоративной службы безопасности — да и Диана — говорили, будто Алисе Стрельцовой, по собственным ее утверждениям, саблю подарили. Кто подарил? «Тот парень из мира игры». Имя у него еще странное... Даймонд. В духе бульварных романов. От разговоров этих уже голова кругом, от мыслей — того хуже. Лешка любуется саблей, потом наконец убирает ее в выданную охраной коробку. А ведь оставить захочет, скотина, начнет комбинацию проворачивать, как только дело сольется. Своего не упустит. Это нутром чуется.

— Да и когда ты в последний раз на ролевках-то был?..

Вопрос нужен, просто чтобы отвлечься, перестать строить предположения, которые без показаний Стрельцовой — бред. Впрочем, с показаниями тоже будет бред, вероятно. Но до больницы все равно предстоит добраться. Все-таки цифры — они цифры. Невменяемый фигурант по делу лучше, чем никакого. И что, если этот не выметенный вовремя сор — правда... правда... Более, чем просто правда?

Машина пролетает мимо рекламного плаката — там платиновая красногубая блондинка тискает ушастого зайчонка и улыбается на фоне чистеньких таунхаусов.

«ЖК "Белый кролик". Ваша дорога в Страну Чудес (от 3,5 млн)».

Белый кролик... Издевательство над детерминизмом какое-то. Алиса, Алиса, какой же белый кролик заставил тебя позвонить в квартиру Ваниллы-Варвары-Вари?.. Что он сказал тебе, что ты вытолкнула ее из окна? Ты же, по словам Дианы, не читала ее книг, да и с ума сошла раньше, чем вышла последняя. «Всего лишь игра». Игра разума или игра судьбы, игра, заканчивающаяся нервными срывами, смирительными рубашками и оружием, которое — можно уже предугадать — эксперт не сможет идентифицировать; не сможет даже определить временной отрезок, в который ковался клинок; засыплет вопросами без ответов. Выпадающий из гладкой, удобоваримой для следственных действий схемы чужого безумия вещдок останется выпадающим. А потом Лешка заберет его себе, а дело забудет как рядовое. Забудет...

— В апреле опять пойдем. — Голос из реальности будто пальцами за шиворот. То, что нужно прямо сейчас. — В леса! Давай со мной, а?..

Это не первый год. И не впервые это заставляет только криво усмехнуться, глядя в глаза собственному отражению. Нет уж. Никакого «Несет меня лиса, да с саблею в леса...».

— Не староват ты для эльфов, Лех?

— У эльфов, чувак, нет возраста. А еще Толкина любишь, эх. — Досадливо ерзает, будто правда расстроился из-за отказа. — Ладно, давай меняться, что ли...

— Что?

— Ну, я поведу, а ты потуканишь. А то сюда вел, обратно...

Аттракцион невиданной щедрости вовремя: ощущение после игровой корпорации такое, будто хорошо побился головой об стену. Или упал с нее, как Шалтай-Болтай.

Они съезжают на обочину, открывают двери. С царским видом забравшись на водительское место, Лешка даже музыку не переключает, оставляет «Сплин»: может, тоже башка гудит?.. Взгляд — вперед, на убегающий мартовский лес. Весенней зелени в этом взгляде куда больше, чем в разлапистых неуклюжих ветках. Сейчас пошутит. Ляпнет что-нибудь жизнеутверждающее. Заворчит на «тлен». Или...

— Все-таки это треш какой-то, — звучит после некоторого молчания. Тяжело звучит, глухо.

— Что?.. — Впрочем, догадаться не сложно.

— Ну... чувиха. — Лешка все не трогается с места, посматривает искоса. — Вот так просто пришла к Перовой и типа убила ее за то, что та... написала похожую историю? В которой кто-то реально попал в игру? Решила, что Калиостро ее... заколдовала? Сделала с ней это? А как вообще узнала, если даже не фанатела от этого автора?

— Получается, что так. Звучит сюжет действительно очень похоже. Как узнала? Ну, может, случайно нашла книжку, а Диана просто не в курсе?

— Все равно дичь же.

— Дичь... но знаешь, когда сумасшедшие убивают, они логикой не заморачиваются.

Они не заморачиваются вообще ничем. Как не заморачивался мир, когда ломал их. Ставил дедлайны; топил в таких потоках информации, что не переварит ни один суперкомпьютер; сталкивал лоб в лоб с... как там сказала Крылацкая? «Это Глеб, он мудак». Да. С мудаками. Хотя, если подумать, слова того Глеба про недопонятых и недотраханных — девиз нынешней развлекательной индустрии, что книжной, что киношной, что игровой. Напялить на человека очки, но не розовые, а 3D. Чтобы побольше напирающих образов, звуков и ощущений. Чтобы не-жить, не-здесь, не-так. Чтобы легально свалить куда-то в иллюзию, раз уж с наркотиками борются. Свалить, а потом, возможно, сойти там с ума, потому что иллюзию от реальности будет уже не отодрать: слиплись намертво, как ткань брюк с разбитой в мясо коленкой.

— Мне очень жаль, Дим.

— Что?..

Лешка опять глядит вдаль, а недвижная машина тихо, успокаивающе урчит.

— Ты ведь уже воображаешь, как все будет, правда?..

Получается только кивнуть, сжав зубы. Невменяемость — вердикт скользкий. Если что-то удастся доказать, если назначат лечение в соответствующем заведении... то на сколько? Кто-то так пожизненно и остается: от лекарств и терапии становится овощем. Кого-то доводят до суицида крики по ночам или внезапное раскаяние. А вот кто-то через пару годков — все, на учет и на волю, а там твори что хочешь. Что ждет Алису? И... что делать самому?

— Ты только не психуй, хорошо? — Лешка опасливо втягивает носом воздух, будто чуя запах гнева. — Это того не стоит. Во-первых, найдем, как ее упаковать получше, в законодательстве же есть кое-какие варианты. А во-вторых... нужно дальше жить. Жалко такую даровитую чувиху, как твоя Варвара. Но...

— Постараюсь. — Только на это хватает голоса да на смешок из-за «даровитой чувихи». Даже про «варианты» уточнять сейчас не хочется, сил нет. — Спасибо, Лех. Не...

— Ты мне поверь, со всем можно жить дальше. Сложно, но можно.

Вздыхают почти хором, будто без году старики, и от этой синхронности неловко хмыкают, тоже вместе — ну прямо ситком, еще бы за кадром кто-нибудь заржал. Замолкают. Было бы это так легко — дальше жить, не было бы несправедливости, злобы... холодного жжения внутри, будто азотом по бородавке. Впрочем, последнее-то можно прогнать. Надежный способ есть, утром помог.

— Покурим не на ходу, а? — Рука уже вылавливает из бардачка приветливо шуршащего «Капитана». — Есть минут пять лишних. Передохнем.

— Ну давай... — Лешка наблюдает за каждым движением, нервно как-то. Неужели ждет срыва? Какого, интересно? Мата? Битья головой о предметы? Жалоб, а то и угроз в пустоту?

Зажигалка с рыжей чертовкой чиркает, фантомный шоколад сластит губы, раковый дым с готовностью согревает нутро и расслабляет мозги. Прав Лешка, прав... Не стоит даже думать о жести. Не потому, что по-своему жалко всех этих юных гражданских мышат, не видевших в жизни ни одного расчлененного трупа, но все равно мнящих себя великому-ченниками эпохи. Не потому, что закон есть закон. И даже не потому, что, если поймают на этой самой «жести», весь отдел, и Лешка, и мама не отмоются. Просто... нет смысла. Исчезла Ванилла, Варвара, Варя. Замолчали солнечные волки. Написать бы — будь хоть какой литературный дар — самому книгу, странный и злой роман о мире, в котором с убийством убийцы жертвы его бы воскресали. Жизнь за смерть. Да, хорошее было бы название, «Жизнь за смерть». Надо Лешке рассказать. Забавно же и, как бы сказал Джинсов, терапевтично. Но пока это просто книга, даже не существующая, а реальность другая. И нет в ней смысла плодить мертвецов.

— Лех, держи... — После трех затяжек Дмитрий, спохватившись, протягивает ему сигарету. — Тут фильтр мразотный какой-то, накаляется быстро и плющится.

Лешка, продолжая напряженно как-то, едва ли не обреченно смотреть, бормочет: «Спасибо». Протягивает руку. Берет сигарету, вставляет меж губ, но движения все то ли сонные, то ли...

— Лех?..

Еще до первой затяжки его сотрясает, блеснувшие глаза жмурятся. Судорожное это движение головы и плеч откуда-то знакомо, но вспоминается не сразу. Всплывает догадка лишь через несколько раскаленных добела душных секунд — когда сигарета падает, когда прожигает кресло, когда сам Лешка, зажав рукой рот, вылетает из машины.

«Не трогайте, не смейте ко мне лезть, не...»

Из окна видно, как Лешка сгибается, уперев руки в колени. Волосы падают на лицо и закрывают почти всё. Честнее отвернуться, поскорее. Подождать, опять перебравшись на водительское место и прислонившись в трупном изнеможении лбом к рулю. Вдох. Выдох. Счет до десяти. Все нормально, просто Лешка слишком хорошо знал, о чем говорит.

«Ты мне поверь, со всем можно жить дальше. Сложно, но можно».

До десяти. И снова. И еще. Сколько прошло? Минута или две. Хватит.

— Лех... — Он выбирается из машины медленно, навстречу вдоль трасы идет осторожно. Лешка сидит на корточках на тонкой границе между мартовской размерзшейся землей и асфальтом, сгорбился, лицо закрывает руками. — Что... с пирогами что-то не так было?

Там, где заканчивались уголовные дела и начиналось личное, всегда это казалось важным: дать возможность соврать, если кто-то не хочет говорить неудобно-стыдную правду. Лешка сам вот всегда давал — когда звал к себе и слышал: «Дела остались» или «Мамке нужно помочь». Ничего не уточнял. Ни на чем не настаивал. Время отдавать долги, а может, время что-то менять — в зависимости от того, что Лешка, никак не распрямляющийся, скажет. Но пока он молчит, окликать приходится самому:

— Эй. Чувак. Я тут.

Страшно, подойдя, услышать что-то... безутешное. С чем не справиться самому, не справиться без кого-нибудь добродушного и жалостливого вроде Людки, ведь ее поблизости нет. Но Лешка сидит в гулкой тишине. Его точно растили на этом «мужики не плачут». Он даже не трясется, просто окаменел где-то в чертогах своей памяти.

— Я сейчас. — Не голос, а шум ветра. — Извини. Нехорошо, Дим...

— Значит, с сигаретами. — Дмитрий подбрасывает на ладони пачку, сдавливает в кулаке, а потом швыряет под ноги. Сжимает губы, пытаясь прогнать приторный привкус. Не получается. Надолго останется, не шоколад уже, а блевотина. — Вы ими не просто разживались. Вас ими... кто-то *угощал*. То-то я подумал, знакомо, хотя сам только вишневого «Блэка» курил пару раз.

И табачный запах этот крепкий, и флер, принятый несколько лет назад за специфичный одеколон. Так от одного из фигурантов дела давнего пахло, когда пороги обивал с адвокатом своим. Кажется, от того самого, с двумя сыновьями и острым желанием купить Людке дачу.

Лешка поднимает глаза, сухие, красные и пустые. Не кивает, но слабо усмехается.

— Думал, это все далеко позади. Думал проверить. Думал, ничего такого, Дим...

— Думал, не накроет? — Он делает последний разделяющий шаг, опускается рядом. Нужно заглянуть в глаза. Нужно не потупить свои от этой плещущейся ведьминской боли. — Лех... ты уже другие проверки на прочность прошел. Дохера. И выдержал. Зачем тебе эта?

Памятные вещи, запахи, вкусы и звуки бьют иногда больнее самих воспоминаний. Что-нибудь такое, наверное, сказал бы Евгений Джинсов, будь он тут, — а впрочем, он наболтал бы много разного другого, пиздливый умник. И не нужны никому эти его слова, а еще менее нужны вопросы: «Почему, кто, когда?..» По крайней мере, не сейчас.

Лешка опять усмехается, уже расслабленнее, и пожимает плечами. Сам не знает зачем. Может, затем, что с такой работой бреши свои нужно постоянно латать. А может, потому что равнялся всегда на старшего по званию, слишком сильно, трещин и щербин не видя. Ну теперь-то увидел?

— Я... — Лешка запинается. И не отдергивается, когда пальцы осторожно убирают волосы со взмокшего лба. — В общем... забьем, ладно? А с пирожками все было нормас. Погнали.

Погнали — значит, погнали. Они встают, возвращаются в салон и выуживают последнюю сигарету из пачки «Парламента». Курят ее молча, молча же трогаются с места и долго едут все в той же тишине. «Сплин» бубнит едва слышно о черной «Волге». Даже слов почти не разобрать.

Лешка ведет сосредоточенно, руки не дрожат, взгляд похож сейчас на бутылочное стекло. А вот на щеках по-прежнему нервные красные пятна: ждет. Весь настороже. Крутит-вертит в голове какие-то незаданные вопросы. Может, о деле, но скорее совсем о другом. Пока держится. Слишком хорошо держится.

— Мы не будем это обсуждать, Лех, — наконец получается произнести это максимально ровно. — Ты поверь... все давно догадывались. Но никто не шептался. И не будет.

Догадывались, конечно. Людка — особенно, и ей это покоя не давало, потому что у нее тоже сынишка был возраста первого маленького потерпевшего. Когда резонанс с делом педофильским только пошел, затащила Дмитрия в кабинет, строго и доверительно посмотрела в глаза и произнесла: «Ну да, конечно, он у тебя такой красивый мальчик...» Не то просьба, не то соболезнование, не то вопрос, не то приказ. Красивый. Детских фотографий не видел никто, но представляется легко. Потерпевший тоже был ангел, кудри эти буйные, глаза в пол-лица...

— Спасибо. — Лешка кивает, слово едва отделимо от слабого выдоха.

— Они и о том, почему я в проходное убийство вцепился и в работу оперов лезу, думаю, догадываются... как и ты с твоим «тебе бы кого-нибудь нормального»? Гений сыска...

Даже получается небрежно хохотнуть: правда за правду. Лешкины глаза все так же не отрываются от дороги. Наконец он опять кивает и повторяет то, что уже говорил:

— Мне очень жаль, Дим.

— Мне тоже.

Ее. И тебя. И себя. И Людку, и Черкасова, и Диану, и вообще трудно найти вокруг хоть кого-то, кого не за что пожалеть. Такова, наверное, жизнь, этим и отличается от компьютерных игр, где есть «режим бога». Даже Евгению Джинсову, судя по острому взгляду, тяжелому похмелью и подтексту записей, «режим бога» в реальном времени недоступен. И ничего не поделать, только и остается... как там... слушать своих волков, бегущих по солнцу. А может, нужно даже бежать за ними. Так что Дмитрий слабо улыбается, медлит и все же произносит:

— Я тут вдруг идею придумал для книги. Не знаю, что нашло.

Удивить удалось: Лешка едва опять на обочину не съезжает. Округляет просветлевшие глаза, потом скашивает их вбок.

— Вроде ж... Перова не успела тебя укусить. Вы вообще не виделись, чувак!

А стукнуть-то хочется иногда. Остряк-самоучка.

— Ну... и какую? Такую же клевую, как у твоего «Пикника»?

Он немного успел прочитать по пути к корпорации, успел и проникнуться. Теперь вот поглядывает подозрительно, выжидательно, будто в уме рассчитывая вероятности: может ли тот, кто всучил ему столь крутую книгу, сам написать хоть что-то стоящее?

— Слушай... — это как щелчок, язык сильно опережает мозг, ну и не важно. — Может, вечером, как с делами разберемся, по пиву? Расскажу. Я писать не собираюсь, но вдруг сбагрим тому, кто умеет?

Напряженно спрашивает, осторожно: столько держал дистанцию, сбегая поскорее от желтоглазой многоэтажки. Корни эти, корни смущали и тревожили, вгоняли в ступор, а тут?.. Лешка медлит, поглядывает украдкой, не отвлекаясь от пустой трассы. Думает? Хочется вдруг извиниться: может, простит? За все, начиная от вечного «Еще дела» и заканчивая сигаретами. Сейчас это — чувствовать себя неправым перед ним, вообще чувствовать себя неправым — удивительно легко. Легче, чем дышать мартовским ветром.

— Вау, чувак. — Лешка медленно поворачивается. Наконец он улыбается по-настоящему: не ободряя и не превозмогая. — Я только за. Пошли. Слушай, а давай еще объяву вывесим на доске? Типа «Разыскивается чувак, умеющий писать книжки»?

На губах в зеркале проступает слабая ответная улыбка. Машина прибавляет скорости.

Игра окончена. Пора в реальность. В ней убийство Вари все же не стало «глухарем», в ней еще дела, которые нужно склепать по материалам оперов в ближайшие дни, в ней вечер, в который все равно ничего больше не успеется, разве что можно договориться с больницей о посещении Стрельцовой. Эта реальность не самая приятная, понятная и простая. Зато в ней достаточно смысла. Справедливости. Равновесия. Непрочитанные книги. Лешка. И весна.

— Отлично. Вывесим. А вечером я даже знаю, куда тебя затащить.

Да, пора в реальность. Почему бы не начать с «Граблей»? А где «Грабли», там и посты Джуда Джокера.

Привет, детка. Парень ты или девчонка, младше меня или старше — неважно. Все мы чьи-то детки. Кто-то говорит, что Боженьки, кто-то — что обезьян, кто-то — что цивилизации, обитающей через три галактики. Даже атеистам надо быть чьими-то детками, хоть все тех же обезьян... Ну неважно. Естественно не хотеть быть просто выкидышами небытия. Искать корни. Цепляться. Корни держат над пропастью и поят водой, даже если вода глубоко, а над твоей головой давно не было дождя.

Хреновый день, да? У меня вот хреновый, я сказал бы даже «херовый», хотя с Нового года вроде давал себе обещание поменьше материться: взрослый все-таки человек, доктор наук, психолог, да еще и писатель (блядь). Но вот не могу. И все больше склоняюсь к тому, что приписывание определенных выражений людям определенного возраста и статуса — та еще дичь. Я говорю «херовый», чтобы эта «херовость» не копилась внутри раком или язвой. Я говорю «херовый», чтобы «херовость» выходила буквами. Хотя бы буквами, не криком, хотя правильнее, конечно, кричать.

Помнишь «Босиком по мостовой»? Популярное немецкое кино с актером, похожим чем-то на меня. Нам, психологам, показывают его, чтобы объяснить, насколько ужасно отсутствие социализации, а обычным людям — чтобы напомнить, как прекрасна любовь. Если честно, и с образовательной точки зрения, и с любовной кино — шлак, у меня к нему уйма вопросов. Но есть там один или даже два момента, за которые я его очень ценю. Это сцены, где героиня — и герой тоже — кричат. Кричат, когда мир в целом, и людская масса в частности, и дополняющий ее винегрет эмоций начинают слишком на них давить. Вот просто — кричат. На одной ноте истошно орут, не думая ни о том, как на них смотрят, ни о том, сколько лопнет хрустальных бокальчиков. Орут, чтобы не сойти с ума. И в целом это правильно. Когда задрало, задолбало, МОЖНО истошно орать. Орать до срыва голосовых связок, в лесу или, может, на берегу реки. Орать. Города под это не заточены: их специально строят для того, чтобы вокруг всегда были люди, люди, люди и стены, стены, стены. Чтобы кричать, не напугав никого до усрачки, было невозможно. Чтобы крик, даже если вырвется, дробился о стены и терялся. Чтобы все — в себе. В себя. А потом раз — и не в себе.

Я не кричу, как в том фильме. Я пишу и, как я вижу, многие начинают переходить именно на такой режим. Кто-то просто и открыто: «Хочется водки и на ручки». Кто-то иносказательно: «И никто не знает, как плачет по ночам тот, кто идет по жизни смеясь» — и прочее. Кто-то вообще — целыми книгами. Мы кричим. Все кричим буквами. И ты тоже кричи. Как можешь. Хотя бы черно-белой фоткой своего окна. Парой грустных смайлов в переписке, где изо всех сил делаешь хорошую мину. Цитатой из Ремарка, даже если ты на хрен не знаешь, кто есть Ремарк и какого этот автор пола.

Вот строчу я это, а во мне говорит Самозванец — да-да, он у меня тоже есть. Отпетый любитель вышитых кафтанов, медвежьих боев и печальных царевен. Он цокает языком, посмеивается и советует все стереть, написать что-то понейтральнее и поосознаннее про РП* и необходимость «проживать эмоции». Ведь на деле его единственная пленная царевна — не Ксения Годунова, а я. Возможно, он и прав; психолог из меня так себе, и я не зря пишу книги и преподаю теорию больше, чем практикую: ну куда мне в этот Орден Феникса, ну разве можем мы что-то такое выплескивать за пределы спасительной супервизии? Мы же должны подавать пример, нетоксично ступать на цыпочках и избегать категоричности, претензий, ярлыков. Мы должны выглядеть спокойными берегами, куда может пристать поврежденный корабль. Но правда зла: берега тоже бьет буря. Бухты крошатся от времени. Сюда выносит мертвых рыб и медуз. И не всю растущую здесь сорную траву так просто выкорчевать раз и навсегда.

---

* Радикальное принятие.

Хотя я не об этом. Вообще не об этом. В одном Самозванец прав: это все только мои косяки. И вряд ли всё прям так плохо, раз все вы еще от меня не отписались... детки.

А день действительно херовый, да? И самое тупое, чем можно попытаться его скрасить, — обещание, что завтра будет лучше. Если не будет, станет еще херовее. А гарантировать, что будет, никто не может. У меня тоже херовый день, да, я говорил. У меня, знаешь, убили подругу недавно, и я переживаю. А у тебя, может, тоже? А может, посмотрел косо начальник или препод? Накричал друг? Или кончилась еда? Нет, детка. Я не буду говорить, что «в сравнении со смертью все ерунда». Я вообще не сторонник этих «а дети в Африке голодают!». Голодают, да. И я пошлю денег в гуманитарные фонды. У меня ежемесячный автоплатеж. Но мне не становится менее херово. И тебе не будет от того, что у тебя все живы, а у меня нет. Так не бывает. Это эмоции. Не рациональность. И масштаб беды — в моем понимании — на самом деле пропорционален не реальности, а тому, насколько эта беда тебя потрепала, выбила из колеи. Сколько добрых дел ты не совершил, скольким людям не улыбнулся, сколько красивых облаков, людей, котов и голубей не заметил, пока беда сидела у тебя на спине.

И все-таки стряхни свою беду. Стряхни, потому что я верю в тебя, как и в себя. Завтра не будет лучше — по крайней мере, я не обещаю. Но обязательно будет что-то новенькое.

Доброй ночи. Не грузись. Сегодня ты проделал очередной виток пути и что-то нашел. Возможно, дал жизнь новому интересному проекту. Стал чьим-то героем. Принес миру немного справедливости. А возможно, просто купил маме любимое пирожное или не звезданул локтем по роже вон того гада, который впечатал тебя в поручень в метро. Постарайся вспомнить и сохранить. А остальное просто выброси к чертовой матери, если оно портит тебе настроение. А если этого все же будет мало... кричи. Как можешь — кричи.

Бережно относись ко всем своим ранам. Ищи свой берег.

Я с тобой, детка. Пойду писать книгу.

9. ФЛАМЕНКО
НА БУЛАВОЧНОЙ ГОЛОВКЕ

Варька спросила однажды: «Жень, а когда ты понял, что ты — это ты?» Женя завис. В тот период жизни — первых бестселлеров, прорывов в преподавании, жадных глотков бытового дзена в нормальной, уже не похожей на клоповник съемной квартире с новеньким унитазом — он прихворнул махровой иллюзией, будто чувствовал себя собой и был на своем месте всегда-всегда-всегда.

И когда жил в нахохленной россыпи спичечных коробков Твери, города на Вонючке (никто этой вони почему-то не замечал, а вот Женя запах Волги не выносил).

И когда мелкая Юлька с первого дня, нет, с первого крика из материнской утробы стала в семье «жемчужинкой», «котеночком» и «принцессой».

И когда в пятом классе мама, прочтя дурацкую Женину зарисовку, сказала: «На Тургенева похоже, только слабее, иди лучше во дворе поиграй».

И когда в десятом папа, заглянув в браузер через плечо, фыркнул: «В психологический поступать? В мозгоправы? Да ты б лучше в рэкетиры подался, они хоть открыто деньги отжимают» (у папы были и малый бизнес, и, что называется, негативный опыт в девяностые, так что все его шутки к 2004-му так и остались — про рэкетиров).

И когда впервые понравилась не девочка. И когда снова девочка.

И когда бабушкино наследство делили: «Жек, и что, что она все накопления тебе отписала? С какого бобра? Какая съемная хата на первое время? Давай машину на эти деньги вторую купим, а?»

И когда деньги отдали, но с ними — почти все вещи, кроме компьютера, смартфона и вентилятора: «Это мы Юльке, а ты теперь сам, раз такой большой».

И когда снова понравилась не девочка. Не просто «не девочка». Даже не физрук.

Женя и по другим замечал: когда после всего дерьма приходишь наконец хоть к какому-то успеху, особенно к немаленькому... дерьмо приобретает другую окраску и пахнуть тоже начинает иначе. Оно перестает восприниматься как дерьмо и становится «важным, закаляющим жизненным опытом». Удобная формулировка для автобиографии, вообще идеальная — для интервью и вполне себе комфортная — чтобы жить новую жизнь и видеть меньше плохих снов о старой. У Жени Джинсова — Джуда Джокера — тоже так сложилось. Он колебался, относить ли подобные смены восприятия к когнитивным искажениям или к защитным реакциям, и не стал заморачиваться. Что было — прошло. За хорошее, что осталось, — спасибо. И тут Варька со своим «А когда ты впервые понял, что ты — это ты?». Варька вообще была такая, все время доставала из людей мысли. Крючьями. Из Жени тоже достала, хотя в тот вечер они даже не пили.

И он ей рассказал. И заодно — себе.

...Первая встреча с *ним* ознаменовалась ударом по носу — и случилась на лекции, на старших курсах. *Он* выбивался из потока уютно-невзрачных приглаженных преподавательниц — высокий и сухой, в неизменно блеклых, но столь же неизменно брендовых осенних свитерах, джинсах и футболках. В первый день — ясный, рыже-сентябрьский — поверх футболки была еще кожанка, это зацепило. Для Жениного вуза, одного из лучших в Москве, но, по сути, такого же пресного, как другие, кожанка была экзотикой. И не длинные, не короткие вьющиеся волосы с легкой сединой. И шрам через лоб. А еще фамилия, не иностранная, не говорящая — но сильная. Звучала она прошлым. Пахла чеченской пылью, девяностыми, шалфеем и оружейным маслом. Женя уже потихоньку пытался писать, хотя издаваться не думал. Так что фамилии — и многие слова и словосочетания — для него не только звучали, но и пахли.

Новый профессор читал безобидный предмет — теорию эмоционального интеллекта, хотя, как оказалось позже, специализировался на ожидаемо другом. Но то другое в вузе еще не преподавалось, кафедру открыли только несколько лет спустя.

Всю пару Женя, прячась на галерке, залипал. Глаз не сводил, ловил каждое слово, тем более что тема оказалась годная. Об ЭИ говорили и раньше, понемногу, но под такую теоретическую базу еще не подводили. Профессор шарил.

А еще говорил очень емко. А почти все приводимые им примеры были связаны с насилием, манипулированием толпой или войной. Срыв офицера там, суд Линча здесь, некорректность с потерпевшими тут. Женя видел, как многие поеживаются. И старательно записывал каждое слово.

В конце пары настало время коронного развлечения — проверки нового препода на вшивость. Когда народ начал расползаться, Женя поднял руку, прокашлялся и произнес:

— У меня вопрос. — Он включил нарочито придурковатый тон. — Мо-о-ожно?

Его глаза впервые встретились с темными глазами профессора — ненадолго. Тот удивился яркому пятну, зашарил взглядом по наглой морде, белобрысому шухеру и красной рубашке. В этом он был простым смертным: растерялся, когда его сбили с мысли. Ха.

— Вопрос? — наконец медленно переспросил профессор и потер лоб. Будто в реальность вернулся. — Можно, конечно. Как вас зовут?..

— Евгений Джинсов.

Народ слинял, но некоторые остались погреть уши. На потоке любили Женины пикировки с преподами: получались иногда такие перлы, что впору записывать и выкладывать на ютуб ну или в паблик «Типичный М…У». Это подзадоривало и было приятной заменой дружбе. Дружба там, куда все пришли учиться ковырянию в душах, клеилась неважно. Чем больше приобреталось знаний, тем хуже они применялись в близком общении.

Женя сделал глубокий вдох, как перед прыжком в воду, и величественно взошел на помост. Профессор оставался за кафедрой, задумчиво разглядывал листы со списками студентов. Перекличку, кстати, не провел — симптом адекватности. Что вообще за бред — на лекциях отмечать?

— Итак?..

Оказалось, что у него усталый вид, а у его шрама — рваные края. И что его взгляд тоже имеет звучание — рокот танков в душной ночи. И запах — шафран в крови. Но отступать было уже глупо.

— Правильно я понимаю, что учение об эмоциональном интеллекте в каком-то смысле о том, как дурить голову? Или, умнее говоря, о психологической манипуляции?

«...А ты, нехороший дядя, учишь нас плохому на своем предмете?» — добавил кто-то маленький и вредный, невидимый в душной аудитории, но достаточно громкий, чтобы профессор его услышал. На то ведь был и расчет. Внизу хмыкнули и едва не заржали. Хорошо, что не заржали: так интереснее.

Профессор молчал, склонив по-шиллеровски посаженную, крутолобую голову. Он разглядывал Женины руки, хозяйски упирающиеся в кафедру. Неужели не любит смотреть в глаза с близкого расстояния? Стесняется? Или еще хлеще, оказался в замешательстве от настолько простого, из ничего высосанного подкола?.. Позже, в одну из лучших ночей своей жизни, Женя узнал то, чего не знал больше двадцати лет: «У тебя красивые пальцы...» А тогда, у кафедры, в рыжей реальности сентября, восторжествовал, услышав предельно корректное: «Я вас не совсем понимаю...» — и пустился в объяснения:

— По Гарднеру — это основная терминологическая модель, если не ошибаюсь? — в понятие ЭИ входит способность человека распознавать эмоции, понимать намерения, мотивацию и желания других и свои собственные, а также управлять своими эмоциями и… эмоциями других для достижения каких-либо целей. Так?

— Так.

— А разве целенаправленное управление чужими эмоциями — это не психологическая манипуляция? Звучит красивее, но смысл-то не меняется…

Оставалось только торжествующе щелкнуть пальцами. Что он и сделал.

Размышляя, профессор взял со стола ручку — добротную, металлическую, с какой-то голубой эмблемой в рыжей кайме. Позже Женя узнал: не «какой-то», далеко не какой-то — а тогда даже не стал вчитываться в мелкую надпись. Просто наблюдал — нет, опять залипал на движения. Чужие пальцы были широкими, выразительными, со шрамами и парой сорванных ногтей. Они тоже звучали — чеканными щелчками затворов. А пахли всего лишь кофе и старой бумагой. Чтобы не прилипать взглядом к этим пальцам, Женя стал смотреть на ручку: как она пляшет в воздухе, как переливается на сентябрьском солнце эмблема…

А потом ручка стукнула его по носу — легонько, насмешливо, как ни в чем не бывало. И пока Женя моргал, давя недоуменное «Чего за нафиг?», профессор в последний раз прострелил его взглядом, склонился к листам с фамилиями и нацелил ручку на табличные графы. Вид у него стал самый деловой.

— Вот смотрите, — ровно заговорил он. — Есть ручка.

— Есть, — эхом ответил Женя. Ну и голос, когда вот так — мягко, доверительно…

— Ею я могу, например, выбить вам глаз. Могу?..

— Не надо! — Женя невольно отшатнулся и тут же сам над собой заржал.

— А могу... — стержень задумчиво побежал по списку студентов, — поставить плюс. Рядом с вашей фамилией. Чтобы вспомнить об этом плюсе на зачете или что там у нас? На экзамене? Тем более. Вам это пригодится, если вдруг вы будете тонуть. И пожалуй... так я сегодня и сделаю. Довольно хороший вопрос, спасибо.

А потом профессор просто взял и улыбнулся. У него оказалась человеческая улыбка, совсем не такая неординарная, как внешность, и не такая, как примеры. Обычная улыбка. Знать бы, как скоро ее обычность станет если не наркотиком, то антидепрессантом точно.

— Если смотреть широко и оперировать вашей терминологией, Женя, — продолжил профессор, и снова до печенок пробрал его взгляд, — то практически любая работа с чужими эмоциями — это манипуляция. Вы манипулируете, когда мотивируете однокурсников получше сделать общий проект; манипулируете, поднимая настроение расстроенной маме; манипулируете, пытаясь привлечь внимание понравившейся личности...

— Например, ваше. — И откуда это вырвалось?

— Ну раз вы сами называете это так... Вы, кстати, преуспели.

Во рту стало сухо, а вообще — как-то жарко. Женя подумал о минералке или чае и о том, как отреагируют на его эпичный соскок с помоста и побег через лекционные ряды. Наверное, неважно. Да он и не мог бежать: голос просто пригвоздил к месту.

— А вообще в слове «манипуляция», Жень, нет ничего такого. Оно «некрасивое» только применительно к нынешнему буму индивидуализма, когда у каждого установка «не трогай меня, я сам». По сути, манипуляция лишь действие. Будет ли оно позитивным или деструктивным, зависит от нас. Учение об эмоциональном интеллекте очень важно, так как иногда эмоциями просто необходимо управлять. В том числе чужими. Особенно если...

Профессор помедлил. Показалось — мучительно. Он отложил ручку, опять потер шрам, потом — все лицо. Под качнувшимися волосами мелькнуло ухо: хрящ оказался разорван и будто смят. Но Женино внимание не на этой детали задержалось, а на шее. Там не было ни одной родинки, кожа напоминала пустынный песок. Наверняка приятно теплый, как в несколько часов между раскаленным днем и ледяной ночью. Редкие, неуловимые часы.

— ...Особенно если человека они могут покалечить. Или толкнуть на плохие поступки. Вам придется что-то с этим сделать. Это часть вашей профессии. В мире много страшных оружий, но эмоции — страшнейшее.

Казалось бы, «спасибо, капитан Очевидность, я для этого здесь и учусь». Но почему-то именно после того, как слова произнес этот голос, в жизни стало вставать на места даже то, что раньше шаталось. Именно тогда понимание и пришло.

«Я — это я. И мне это нравится. А однажды я стану еще лучше».

* * *

Он читает курсовую одной из своих студенток, а думает о Павле и том самом «...могут покалечить». Нужно что-то решать, решать срочно и действовать. И миндальный капучино горчит, и теплые тезисы четверокурсницы Умы, исследующей влияние янг-эдалта на ЭИ подростков, кажутся до сырости наивными, и нежный желтоватый свет абажуров в ближней к вузу «Французской пекарне» режет глаза. Все хорошо. В Багдаде спокойно. Почему же тогда все так бесит и триггерит? Откуда бесконечное желание написать г-ну Черкасову и... и что? «Паш, ты случайно не...» Нельзя. Неэтично. Глупо. Что, если он все же ошибается? Так или иначе, отлично, что на выхи Павел вроде собрался к сестре, с обоями помогать. Такое не пропустит ни ради чего. Сестра и хата священны.

Днем Дмитрий Шухарин отписался Жене о следственных успехах — наверное, первому, — а потом вдруг взял и зафолловил его аккаунт в инсте* да еще поставил несколько лайков старым постам. Женю это умилило до усрачки, но переться в личку и комментировать происходящее он не стал. Вообще не хотелось лезть господину полицаю в голову: творился там, наверное, сущий ад, да еще все бесы при табельном. Это Варька — и как автор, и как человек — любила тонкое праздное копание в сложных душах; Женя же в целом предпочитал сложные души только спасать, а в ближнее окружение допускать те, что попроще. Ну за одним-единственным... одним-единственным...

— Джуд Джокер? Это вы! Ой, а можно книжку подписать?!

Ебать-копать. Опять-раз-пять. Он аж вздрагивает. А еще откуда-то озноб по спине.

---

* Организация, деятельность которой признана экстремистской на территории Российской Федерации.

Его узнают на улице не с такой частотой, с какой, наверное, узнают Баскова и Киркорова, но все-таки случается. И всегда вот это «Ой!». Несколько раз ловили в ашанах, в метро, в кинотеатрах и в книжных магазинах, разумеется. А вот тут — еще никогда.

Первой в поле зрения попадает не книжка — пилотный томик «Позовите Дворецкого», — а жратва. Круглая песочная корзиночка с клубникой и йогуртовым кремом, в заведении фирменная. Кровавые ягоды на снежной белизне. Взгляд цепляется за них, и в голове — премерзкая зыбкая ассоциация не пойми с чем, но она мешает улыбнуться. Женя сглатывает. Машинально отодвигает подальше от чужого десерта курсач и собственную чашку. Только после этого берет книгу, открывает на титульнике и поднимает глаза.

— Привет, конечно, как вас...

Снова красное и белое. Губы и волосы. Книга падает из рук, но ни стука, ни шелеста обиженных страниц не слышно. Что-то уже происходит — воздуха между ним и ей, автором и явно-не-читателем, становится все меньше. Пора хватать его по-рыбьи разинутым ртом. Вдох. Выдох.

— Во-о-оу... Ну привет, Натали. То-то показалось, голос узнал.

Это точно она — тонкая, подтянутая, со струящимися по плечам водопадами чистой платины и грозным личиком тайной дочки Клода Фролло. В ее высоком стакане для латте — двойной, тройной, а может, и четверной эспрессо, цветом — самая грешная земля. Натали не идут эти приподнятые брови, так же как не идет ложь:

— Мы что, знакомы?

Надеялась, что обильные возлияния стирают из памяти подобные встречи? Или делает как студент — проверяет на вшивость? Женя усмехается. Это больно: будто когтистая рука тянет углы рта в стороны — возможно, рука Фредди Крюгера, стоящего за спиной. Наклонившись, Женя подбирает свою книгу, и та мгновенно превращается в Варину «Всего лишь игру», а потом — в горстку пепла или праха, так или иначе, чего-то, от чего поскорее хочется отряхнуться. Зачем Натали здесь? Зачем это все? Ну что за булгаковщина?

— Ночь, Пушкин, клуб, вискарь и трахен. — Он медлит, взвешивая «за» и «против», но все же уточняет: — Хотя насчет последнего что-то мне подсказывает, что это скорее ты трахаешь всех нас каким-то хитрым образом. С этим твоим «Мироздание решает...», с твоей... — вспоминается кое-что, о чем в сегодняшнем разговоре обмолвился Шухарин, и на затылке буквально шевелятся волосы, — ...фоточкой у Вариного окошка, это ведь твоя, да? На тигров охотишься, значит? Давно этим балуешься?

Ответная усмешка — кровавая рана, но, когда Натали отпивает кофе, на прозрачном стекле не остается алого помадного следа. И пирожное она откусывает так идеально, будто просто отпилила кусок: ни сыплющихся крошек, ни крема на носу. Глотает, как пиранья, — не жуя. И охотно меняет пластинку, превращая настороженное вальсовое кружение во фламенко на булавочной головке.

— М-м-м... ну ок, зачет, пить ты тоже умеешь. Давно ли балуюсь? Столько не живут.

В пекарне они уже одни. Даже бариста, кассир и уборщица куда-то запропали. В желтом режущем свете сиротливо темнеют пустые столешницы; на окнах переми-гиваются гирлянды; в дальнем углу пестрит зазывным созвездием витрина с восемнадцатью видами пирожных и пирогов. Но на созвездие никто не идет. Может, при-дут еще?.. Точно придут, если у него, доктора Джинсова, просто глюки; если он переутомился или что похуже; если сейчас пырится в пустоту и вдохновенно болтает сам с со-бой на два разных голоса...

Иногда быть психически нездоровым безопаснее, чем в здравом уме.

— Какой умница. — Прохладная ладонь касается его щеки через стол и заставляет снова посмотреть прямо. — И какой неудобный. Но все-таки не как она.

— Чем?..

Жалкое слово. Жалкое, потому что прикосновение слиш-ком 3D.

— Чем? — повторяет он громче. — Чем, кому была не-удобна Варька? За что ее?..

Может, таки глюки? Стресс? «Переживание травмы» и все такое? Иначе почему в разговорах Варя, Варя и...

Нет. Нет, не глюки. Хватка собственного мозга на горле железная: на листе курсовой, прямо поверх библиографиче-ской ссылки, крупно проступает вдруг бесконечно сериаль-ная, бесконечно знакомая и не оставляющая ни шанса над-пись маркером, от руки: *If you read this you are not dreaming**. Иллюзионист Гарри стучит со дна гроба.

---

* Если вы прочитаете это, значит, вы не спите (*англ.*). Фраза была кодовой для разграничения сна и яви в сериале «Гудини и Дойл».

Натали убирает руку и смеется — звенят чашки, падают страницы, а по витрине пробегает трещина. Натали смеется долго и с удовольствием, запрокинув голову, тряся волосами и помахивая пирожным. Натали смеется... как девчонка. Вот только ни хера. Вдруг представляется: раз — и шкура великолепной Джадис* сползет. Выпрыгнет Чужой, скользкий, сутулый и свирепый, откусит башку. Но Чужой остается сидеть внутри. Ну конечно. Ему, поди, тоже страшно с ней и в ней.

Еще один бесследный глоток эспрессо. Еще одна кровавая рана.

— Мир устроен так, — Натали ощутимо морщится, — что все ваши вопли и визги в адрес Вселенной долетают до нас с опозданием, преобразуются и только потом превращаются в нечто, что вы зовете ответом. Те, кто работает с вами, пашут как лошади, придумывают сюжеты, исправляют, согласовывают, горят, переживают...

— Как мило.

Напоминает издание книг. И их написание. Мысль колет, но окутанный сюрреальностью мозг не может пока понять почему. Впрочем, кажется, Натали сейчас доступно, может даже на районном жаргоне, это пояснит. И Натали поясняет. Жаргон не совсем районный, но и не высокий слог Гилеада**:

— Твоя бумажная принцесса охуела. Нам не нужны ваши сочинители, за которыми потом исправлять и исправлять.

---

* Джадис или Белая Колдунья — персонаж «Хроник Нарнии», одна из главных антагонистов серии.

** Высокий слог — язык, упоминаемый в цикле «Темная Башня» Стивена Кинга. На нем было разрешено разговаривать только знати. Каждый символ выглядел как рисунок растения, каждое слово имело несколько тайных значений.

У нас там своих хватает. — Она щурится. — Вы — персонажи. А персонажей убивают не только когда они завершают путь, но и когда они начинают мешать авторам. У тебя простенькая проза, хиханьки-хаханьки, тебе не понять, но...

Она тянется за чашкой, чтобы сделать третий бесцветный глоток кофе. Ее рука — паук, хозяйски движущийся по столу, а лицо уже не дочки Фролло, но самого его. И это невыносимо, невыносимее только желтая пустота кафе, и тоскливое созвездие несъеденных пирожных, и проведенная почти без сна ночь, и воспоминание: раньше проверять курсовые часто помогала Варька...

— Персонажи, говоришь? Мешают они вам? Тогда хреновые у вас авторы!

Женя не понимает, когда схватил металлическую ручку с рыже-голубой эмблемой. Не понимает, когда со всей дури вонзил белому пауку в спину: острый стерженек — в шелково-нежную кожу. Зато он прекрасно понимает, что уже кинематографично, в замедленной съемке, летит через пустой зал, что врезается спиной в стальной каркас витрины, что в ушах теперь звон стекла и само стекло, невесть сколько маленьких осколков. Вкус клубничных ягод, смешанных с собственной кровью, отвратителен.

— Персонажи. — Натали даже не встала. Она только чуть развернулась на плетеном стуле, закинула одну голую ногу на другую, покачивает красными сапожками... нет, башмачками, настоящими красными башмачками, теми самыми, в каблучках которых всегда что-то прячется. — Кстати, ты очень интересный персонаж. Страшно меня бесишь, но этим и хорош.

— Поль...щен. — Воздух идет в легкие мерзкими свистящими рывками.

— И все-таки ты симпатичнее, когда молчишь.

Он пытается встать, но в спине теперь чего-то не хватает, в ребрах тоже. От нового поднятия бровей Натали тихонько и угрожающе позвякивают остатки стекла в витрине: кажется, поют осанну, причем голосами труппы Ллойда Вебера. Женя облизывает губы и перестает дергаться. Правая половина лица — вся в останках раскрошившейся, размазавшейся клубничной корзиночки; левая — в крови. О количестве картошек под затылком, эклеров под задницей, разбросанных «шварцвальдов» на полу и пиздеца вокруг лучше не думать. Он прикрывает глаза. Послание от Гарри Гудини все еще перед ними.

You are not dreaming. И не надейся. Просто вызывай экзорциста, если он, конечно, не на ее стороне.

— Хочешь, расскажу тебе, как ты умрешь? — Снова прикасается к его лицу прохладная ладонь. Натали рядом. Когда успела? — Нет... хочешь, расскажу, как умрет какой-нибудь другой интересный герой твоей истории? Нет. Нет, не тот самый...

Стеклом поранило веко: открывается теперь только один глаз. Но его достаточно, чтобы увидеть бледное веселое лицо, чтобы подметить во второй руке все тот же стакан для латте, наполненный эспрессо... мерзкая извращенка. Даже забавно: насколько, судя по Шухарину, на земле много неплохих правоохранителей и насколько ушибленные на голову они... где там? На небе? В аду? Откуда вылезла эта бешеная киса?

— Не хочу.

Она не удивлена.

— Какое внезапно правильное решение. Да. Никогда не смотри на солнечных волков.

А ему почему-то неймется. В ее глазах он, наверное, злобный пудель, которого придавили грудой кирпичей, а он и оттуда потявкивает:

— Ты и не можешь ничего такого, не гони. Ты ж какой-то рядовой опер?..

Оп. Попал. Клод Фролло снова становится своей обиженной дочерью.

— У нас нет рядовых. — Натали даже губы на миг поджимает. — Каждый важен.

— Но никакой ты не автор. Максимум — литературный раб.

Пришла в себя. Кровавая рана улыбки становится чуть ближе.

— Умница... А я ведь знаю в кого. Не позовешь его на помощь? Такие мне тоже по вкусу. Даже жаль, что он тебе достался, хотя у нас профессиональной этикой запрещена нетерпимость, сразу штрафуют... у нас там одни моралфаги-толерасты. Так у вас говорят?

Женя зажмуривается. Она ведь права. За ним обещали сегодня зайти, с ним обещали выпить кофе, хотя вообще-то «Сладкое — это костыль для мозга, ешь фрукты». Ему вообще много чего обещают в последнее время хорошего, важного. Просто чтобы сделать его новую жизнь чуть лучше. И если сейчас еще и...

— Иди к черту.

Только бы *он* не пришел сейчас. С персонажами в этой сцене явно не церемонятся. Женя снова ворочается в стекле и пирожных, режет ладонь об осколки у каркаса витрины — но ноги не слушаются, вообще как неродные. И неожиданно, вспомнив все последние дни гребаной беготни и маеты, он ловит себя на мысли, что это даже хорошо. Внутренний ресурс уже почти всё, так откуда возьмется внешний?

— Ладно. — Точеные пальчики, паучьи лапки, тянутся к нему, снимают со щеки прилипшую половинку клубничной ягоды. — Тогда коротко и ясно. Я не хотела такого шума, не хотела хода дела, не хотела, чтобы *ее* имя звучало так часто, на такие разные голоса. — Миг, и клубника исчезает во рту. Натали морщится: то ли ей невкусно, то ли досадно. — Хотела как с Робертсоном. Но я должна была это предугадать: действие, противодействие, с Райского сада ничего не поменялось, кроме количества СМИ... Ты меня сделал. Зачем? Почему? Ее же не вернуть. А тебе до нас и не допрыгнуть.

Натали слегка пожимает плечиками — все прежнее презрение и мрачную веселость как рукой сняло. Чужой ушел, пришел задумчивый наблюдатель, делающий выводы, — и в этой перемене жути больше, чем в полете через несколько столов, случившемся по ленивому щелчку пальцев. Женя вглядывается в глаза Натали... или как ее на самом деле?.. Постоянно меняющие цвет, сейчас они — терракотовые колодцы.

— Потому что, представь себе, персонажам не нравится, когда их сливают. Выкидывают из окон, отправляют одних в бой против армии орков, награждают с бухты-барахты смертельными недугами или, — это не должно слететь с языка, но слетает, — распинают? Или это уже четвертая сте...

Удар в лицо снова встречает нежный стеклянный звон, а с ним и хруст. Желтый свет «Французской пекарни» начинает тревожно мерцать красными и черными вспышками. Или это мигает в голове? Там явно что-то взорвалось.

— Умница, — повторяет Натали в третий раз, теперь нежно, будто только что не челюсть вывихнула, а поцеловала. — Но давай-ка на этом остановимся. Не говори таких вещей. Никому и никогда. Ты даже не понимаешь, с какими большими мальчиками и девочками игра...

Ха-ха. Почему-то важно вспомнить, «Дисней» это или DreamWorks. Второе. Точно.

— Где она?.. — губы слушаются плохо, да и вопрос пустой. — Где... Варька?

Мир мигает все сильнее. Лицо напротив начинает расплываться.

— В лучшем из доступных ей мест, — неожиданно покладисто отзывается Натали. — Тебе и не снилось. И никогда не приснится. Тема закрыта. Не нарывайся больше, ладно? На самом деле это все, что мне велели тебе сказать.

Женя бы ответил, но не может: язык не шевелится, распухает, как труп в воде.

— О. — Натали задумчиво смотрит на свои кулаки и будто спохватывается. — Я должна была еще добавить, что тебя очень любят... но боюсь, ты уже не поверишь.

На этот раз губы размыкаются, хотя и с трудом.

— Почему же? «Бьет — значит, любит». В браке это так себе принцип, а вот в отношениях со Вселенной... в нем иногда есть смысл. — Главное не считать, на сколько сколотых зубов уже наткнулся язык. — Но все-таки иди на хуй, а? Вы, господа, никогда не будете творить с людьми херню безнаказанно. Мы всё запомним. И расскажем.

— Ну-ну.

Натали опять негромко смеется, а потом... вытянув руку, просто опрокидывает стакан эспрессо ему на голову. И кофе точно не местный. Горячий, как из самого ада.

— Вдохновения, как говорится. Проснись и пой, Джуд Джокер. Проснись и пой...

Черная вспышка. Все исчезает. Красная вспышка. Все наоборот: окровавленная Натали скорчилась в ошметках пирожных, а Женя нависает над ней и сжимает кулаки. Черная вспышка. Во рту солоно, спину ломит, и где-то, то ли на улице, то ли прямо в висках, подвывают сирены полиции и скорой помощи. Красная вспышка. Ровный голос повторяет: «...По сути, манипуляция лишь действие. А вот будет ли оно позитивным или деструктивным, зависит от нас». А потом щелкает где-то выключатель. Кровавая рана рта в последний раз шепчет в самое ухо: «Проснись и пой». Мгновение — и уже совсем другой голос, жалобный, почти детский, зато абсолютно земной окончательно выдергивает в реальность:

— ОЙ! Молодой человек, что вы делаете? У вас кровь!

«У вас кровь?» Скромная реакция на развороченную витрину, цена которой минимум тридцать кусков — и это без содержимого. Нужно извиниться, встать, отряхнуть жопу от крема. Нужно. Но пока нет сил даже открыть глаза, просто увидеть весь этот треш и...

— Женя. — Его хлопают шершавой ладонью по щеке, потом начинают отнимать что-то. Что? Неважно, он цепляется крепче. — Женя, отдай. Сейчас же. — И еще кому-то: — Нет, нет, ничего страшного. Сессия, нервы, перегрузки... Принесите, пожалуйста, спиртовые салфетки и пластырь. Студент?.. Нет, нет, не студент. Преподаватель.

Девушка — что за девушка? — сконфуженно хихикает, и рядом тоже раскатисто, мирно посмеиваются. Да чего они веселятся? Приходится открыть глаза и влезть:

— Ни хера не смеш... — Слова застревают в горле. — Стоп.

В помещении горит уютно-абажурный желтый свет, все столы заняты, витрина цела и ломится от сластей. А он, Евгений Джинсов, сидит на космически-синем диване с чашкой холодного миндального капучино и недоеденным захером, тяжело дышит, трясется как в припадке и заливает кровью чужую курсовую. Уже не один. Теплая тень закрывает от любопытных глаз и шепотков, от тычущих пальчиками детей и вопроса «Баб, дяде плохо?». От всего закрывает, и все, чего хочется, — ткнуться ей в плечо и, наверное, завыть.

— Ну? — И где учат обнимать одной интонацией?.. — И куда тебя сдавать?

Спрашивают вкрадчиво, встревоженно. Наконец отбирают ручку, которую Женя — похоже, со всей дури — всадил сам себе в левую руку, рядом с большим пальцем. Кровь не фонтаном, но титульный уже замарала; несколько капель угваздали содержание. Чужие руки — со шрамами и сорванными ногтями — торопливо спасают остальное, скинув страницы на диван. А там и официантка возвращается с аптечкой. Молоденькая совсем. Кажется, в их вузе учится, а тут просто подрабатывает. Хорошо, что первый курс ЭИ еще не проходит.

«Проснись и пой, Джуд Джокер».

Осмотревшись, он не видит ничего необычного. Люди как сидели, так и сидят; как лопали, так и лопают; перемена одна — вот эти темно-серые глаза, вот эти пальцы, обрабатывающие рану, вот это терпеливое молчание, которое пора нарушить и что-то объяснить хотя бы себе.

— Кажется, крышаком еду, но это нормально. Заработался. Ну и... про Варьку думал.

Ему кивают, руку отпускают, налепив пластырь, а потом начинают аккуратно вытирать салфеткой кровь со стола. Официантка подбегает снова, с тряпкой и антисептиком, и принимается помогать, потряхивая каштановыми кудряшками и нервно косясь на Женю.

— Жив, жив Курилка, — сообщает он, догадываясь, что она не поймет. Так и есть: моргает несколько раз, переваривая последнее слово, и наконец несмело предлагает:

— Может, вам кофейку еще? От заведения. Или скорую все-таки вызвать?

Хорошая все-таки девочка. Женя ограничивается первым, да и тут просит не новую порцию, а подогреть первый кофе в микроволновке. Крупный татуированный бариста из своих владений косится на него, как на богохульника.

Через десять минут в голове — все та же вязкая муть, но вокруг уже спокойнее. Все отвлеклись, а на столе рядом дымятся гретый миндальный капучино и латте — обычный, в обычном стакане. Сладкого нет: кажется, не только себе Женя отбил аппетит. Даже огрызок захера отправился не в коробку «на потом», как обычно, а в мусор.

— Извините, — получается глухо. Всегда проблема — извиниться перед *ним*; всегда кажется, что слов мало, надо бы еще что-то... Потому что худшее, что можно делать таким людям, — портить им вечера.

— Ты точно в порядке?

— Да точно, точно. И у меня даже есть... ну, хорошие новости.

Женя рассказывает про Шухарина и результаты расследования — медленно, полусонно и сбивчиво. Слышит удивленное, ожидаемое: «Даже не думал, что это сработает», и неожиданное: «А вообще ты просто молодец, что сделал это». Кисть болит, ноет просто невыносимо. Немного болит и спина: непонятно, затекла от долгого чтения или...

— Женя. — Под защитой дальнего угла, стола и дивана; под защитой всеобщей увлеченности десертами чужая рука ненадолго, ровно на три секунды, приобнимает, и боль в пояснице сворачивается умиротворенным кошачьим комком. — Ты очень неважно выглядишь. Случилось что-то еще? Я могу тебе помочь?

За соседним столом молодая мелированная мама взяла рыжему сыну клубничную корзиночку. Пацан приступил к делу обстоятельно: ухватил пирожное двумя руками, как огромный бургер; хрустнул песочной основой; довольно разрезал ледоколом «Нос» крем и ягоды; зажмурился... теперь вот кусает пирожное уже в третий раз, осыпая все вокруг крошками и возбужденно ерзая. Мама снимает его для инстаграмной* сториз. В Женином горле — склизкая тошнота. Но с этим можно жить.

— Не-а. Уже ничего. Или пока ничего. Как посмотреть.

---

* Организация, деятельность которой признана экстремистской на территории Российской Федерации.

Уже, потому что светопреставление с полетами и витринами — морок, просто морок, как и неслучившаяся клубная интрижка, приправленная Пушкиным. Почему-то крутится в голове, как он в ту ночь танцевал. По ощущениям напоминало то ли поединок, то ли попытку призвать Великого Ворона, или кто там указывает путь ленапе, яна и чероки? Что-то внутри ведь кипело так, будто вот-вот разорвет грудь, будто вот-вот превратится и в крик, уже вполне настоящий... И тут, дыша туманами, выруливает Натали. Бр-р.

Пока, потому что она спросила: «...хочешь, расскажу, как умрет какой-нибудь другой интересный герой твоей истории? Нет. Нет, не тот самый...» Не тот самый — значит, интуиция не подвела и просто так все не решится. Нужно готовиться. Но не сейчас. Время точно еще есть. Обои и сестра, обои и сестра, благослови вас Бог.

Женя делает глоток кофе; его движение повторяют. Видеть в стакане для латте латте — оказывается, здорово. Когда он улыбается, ему слабо улыбаются в ответ, и транквилизатор наконец действует. Женя опять смотрит на уплетающего мерзостный десерт ребенка и уже без ощущения пытки подмигивает его маме. В ответ — неловкий, согревающий, живой смех. Все нормально. Мир снова нормален. А вот изображать нормальность самому уже необязательно. Отвернувшись от немадонны с немладенцем, Женя понижает голос:

— Может, поедем к вам? Можно и на все выходные... — И, помедлив, решившись, он добавляет. Пора: — Я больше не могу так. Не могу, понимаете? И не хочу.

«Не хочу как Варя, которую разница в возрасте тоже ничуть не испугала. И тем более не хочу как все эти сраные борцы с собой и своей сутью... Мы-то тут при чем? Нас не суть волнует, а только окружающая реальность».

— Не хочу, чтобы в итоге оказалось, что у нас очень, очень мало времени.

Под защитой угла, стола и созвездия десертов сжать чужую руку можно, никого не смутив. И ответное пожатие крепкое до судороги.

— Хочешь отдать мне все свое?..

— Хочу.

«И знаю: это будет равнозначный обмен».

Евгений Джинсов однажды, еще на первом курсе, твердо решил, что таблетки — не для него, слишком грозные букеты побочных эффектов. Он много думает, поэтому ему нельзя. Он много пишет, поэтому ему нельзя. Он решает много проблем, своих и чужих, для которых голова нужна чистая во всех смыслах, поэтому ему нельзя. И он достаточно разобрался с собой, понял, что он — это он, и понял, что это значит. Вот поэтому ему и не нужно.

Но некоторые транквилизаторы нужны всем. Те, которые люди.

* * *

...Они говорили часто, о разном — как будто ничего особенного, выбивающегося, лишнего. Жене так и казалось: когда он снова и снова выдумывал заковыристые вопросы; когда профессор подцепил простуду и он принес ему кофе прямо на лекцию; когда через несколько дней заехал домой и, помимо бумаг из деканата, завез коньяк с кумкватами, на которые спустил последние остатки стипендии... Когда впервые задержался в этой квартире из-за внезапного сильного ливня; когда они ужинали вместе — странным сочетанием пельменей и чая с этим самым коньяком. И говорили-то вроде о ерунде: о том, есть ли у профессора забавные прозвища на потоке; о котах; совсем немного — о более сложном, о семье и книгах. А будто ходили по оголенным проводам.

— Они меня не переваривают. — Это о родителях. — Не ненавидят, именно *не переваривают*, иногда кажется, что это даже хуже.

— Что вы имеете в виду?..

— Да просто любое мое действие, выбор — хрен знает, с какого возраста, лет с десяти, наверное, — люто их бесит. Вот прям неважно, что это: школьный дневник, штаны, тема для сочинения, институт, хобби... Ничего. Никогда. Не. Сейчас отстали, сеструху воспитывают, у нее самые цветочки, пятнадцать лет. Но по мне тоже пройтись успели. С друзьями, с профессией, с мечтой...

А ведь это был первый человек, ради шага к которому Женя на этот провод ступил. Зажмурился даже, ждал удара током через всё тело. Не случилось. Стало наоборот легко, тепло, пьяно оттого, что не заявили: «Это у вас подростковый бунт», а тихо спросили: «Что за мечта?»

«Ничего особенного», — говорил он себе на следующий день и бесконечное число раз потом. И не сразу признался, чего хотел бы на самом деле. Проблемой ведь был не пол, скорее статус. Свои-то вкусы он принял еще в школе. Ему не нравились просто мальчики и не нравились просто девочки. Ему нравились неординарные люди. А это куда сложнее.

Он узнавал все больше и не мог остановиться. Для других профессор тоже так и не влился в ряды, остался независимой величиной, чье поведение постоянно обсуждалось, а лекционные монологи цитировались. Всем очень понравился, например, тот, который «Каких элементов ЭИ не хватает современным политикам и почему». И в котором разбирались с точки зрения модели Гарднера персонажи «Властелина колец». Любимая трилогия профессора. Он даже для потока придумал забавное прозвище... «Студенческий народец».

Женя узнал это случайно, из разговора профессора с другой преподавательницей, и никогда не давал понять, что в курсе. Вслух слова не звучали. Забавно... Так он, что ли, ощущал себя? Странником среди хоббитов?

Иногда профессор уезжал: его дергали в горячие точки, регионального, правда, значения. Возвращался он серым и осунувшимся, несколько раз — пораненным, но пары вел с прежней бодростью. Женя не удивлялся. Он давно спер ту самую ручку, прочел надпись на эмблеме, использовал гугл — да и к разговорам стал прислушиваться. Оказалось, у него преподает легенда. Он и не сомневался. И как-то жил с этим. Разве что боялся: теперь еще и боялся совершенно приземленных вещей. Однажды, когда в одной дмитровской школе случился шутинг, профессор пропал на несколько дней. СМИ быстро заткнули до момента, пока ситуация не решится, возможности что-то узнать не было. Женя смотрел, как плачут на нервах девочки с потока, утешал их и думал о том, что по врачам и миротворцам тоже стреляют. Людям, которые уже взяли оружие, особенно если это подростки, не до конца понимающие, для чего вообще это начали, — сложно опустить его. Тогда обошлось. Профессор вернулся и услышал почти те самые слова. «Мы очень за вас боялись. Мы к вам привязались. Мы чуть не сошли с ума. Вы нам нужны». Женя озвучил их за всех и молился, чтобы подтекст не поняли.

Все начало стремительно хероветь к Новому году. «Я — это я» трещало по швам, потому что «я» теперь кое-кого не хватало. Стискивая зубы, Женя писал книгу про умного обаятельного вампира-дворецкого и бестолкового эльфа-аристократа. Иногда он жалел, что вовремя не выбрал другой жанр: к тому, о чем неумолимо стали напоминать образы, больше подходил университетский, чем плутовской роман. Счастье, что в той редакции книга так и не попалась на глаза никому, тем более Павлу! Женя ведь не сразу смог дать себе по рукам и вспомнить, что персонажи — это персонажи, у них свои жизни, и относятся они друг к другу как Дживс и Вустер, а не... Тьфу, блин. В общем, позже, когда голова включилась, пришлось жестко переписывать, выискивая в убогих последних главах славный эпикурейско-британский дух первых. Меньше соплей, больше иронии. И, конечно же, украденных чайников и молочников, непривлекательных невест-оборотней, тритонов и противных тетушек-волшебниц. И смеха на грани фола. А не вот это все томное, анимешное «Yes, my lord...»*.

А тогда — под Новый год — Женя решил, что с этим, черт возьми, пора кончать. У него никогда так не было, он никогда так не тормозил. Хотя он почти и не влюблялся в кого-то

---

* Популярная фраза из аниме «Темный дворецкий».

настолько недоступного и непонятного. А если влюблялся, вовремя сваливал.

На экзамене по ЭИ, конечно, поставили автомат. Получать его он пришел под вечер. Накануне он основательно себя накрутил, осознав, что еще семестр вот так — профессор должен был вести новый предмет — не выдержит. Во что превратится его психика? Его жизнь? Его книга, которую профессор, кстати, попросил почитать и все еще ждет? Так нельзя. Нужно либо переводиться, либо...

Он чуть не дорефлексировался до неявки в ведомости, ввалился в кабинет за пять минут до официального окончания экзамена. Никого из сокурсников уже не было, профессор сидел один. Неужели ждал? Судя по облегченному приветствию и нескольким вопросам о самочувствии — правда ждал. Это было как удар под колено. Вселяло ложные надежды. Ну ждал и ждал. Конечно. На хер ему неявки?

Они немного поговорили — Женя блеял и идиотски шутил, кажется, про шпоры на бедрах девочек. На него поглядывали с тревогой, явно не узнавая, и он тоже не узнавал — а еще ненавидел — себя. Наконец у него взяли зачетку, чтобы поставить оценку, а пока попросили собрать со стола билеты.

Женя сгреб внушительный веер, а потом, разумеется, уронил на пол: руки тряслись, как с очень большого бодуна. Он полез под стол. Профессор продолжил писать в зачетке, но через полминуты все-таки вздохнул, опустился напротив и терпеливо стал помогать. Билеты разлетелись далеко. Казалось, их не сорок, а сотня.

— Женя, что с вами такое? — прозвучало очень тихо.

— В смысле?.. — слабая попытка выпутаться даже самого бы не убедила.

— Да вы не в себе сегодня.

Женя старался сосредоточиться только на бумажках. Поднять еще две... и все. Две — и можно отодвинуться; две — и можно сбежать; две — и можно жить дальше, превращаясь в недочеловека, ходящего за чужими сапогами влюбленным Артемоном. Есть плюс: точно не пнут. Есть минус: хочется вскрыться — от этого постоянного «рядом», от участливых вопросов и интереса к книге, от кофе вдвоем.

— Не в себе? — пробормотал он. — Ну... пожалуй. Но у меня это по жизни.

На него продолжали пристально смотреть. Он прирос к месту.

— Не замечал. — Спокойно, задумчиво.

Пальцы соприкоснулись над очередным белым прямоугольником. У профессора была теплая рука. Черт, да за что весь этот бред? Женя схватил билет первым и отстранился. Его бросило в озноб. Потом в жар. Он не знал, куда деться от этих глаз, и уткнулся взглядом в ключицы под серым свитером. Мысленно обрисовал себе их. Там наверняка тоже нет родинок. Как на шее.

— Серьезно, давно. — Говорил не он, другой. — Но это нормально.

«Нормально»? Забавно, вопрос в билете, который он взял первым, начинался со слов «Критерии нормы и патологии в...». Женя не особо повторял материал. Он представления не имел, есть ли в билете что-то о том, как жить, когда весь ты одна сплошная патология.

— Насколько давно, можно узнать? — раздалось рядом. Мир дрогнул. — И в чем это...

Темнота, стол, пыль. Эти глаза совсем близко и невозможность думать. Женя попытался уцепиться мыслями за какую-нибудь сцену из книги, или за планы на вечер, или за планы на всю жизнь, которая прямо сейчас сосредоточилась в другом человеке. Женя проиграл. И сдался.

— Да примерно с первой лекции. Вашей.

А потом он подался навстречу и поцеловал тонкие, строгие губы — неловко, будто не то что сроду не целовался, но даже в кино поцелуев не видел. Тут же — осознав, что сделал, — отшатнулся, хотел вскочить и рвануть из кабинета, но не рассчитал. Олени могут путаться рогами в деревьях. А он, поднимаясь, раскроил себе череп об угол стола. Крови было куда больше, чем сегодня от безобидной ручки. Целое море.

Тогда, поднявшись и поймав его за предплечье, профессор ничего не сказал — вообще ничего. Тогда Женя заведенно повторял «Простите» и лихорадочно ощупывал взглядом чужое лицо, пока чужие руки, притянув ближе, аккуратно изучали рану. Тогда — он решил, что от шока, болевого и обычного, — ему показалось, будто в касаниях пальцев есть что-то... что-то. Но он не разрешил себе об этом думать и только ждал, когда услышит что-нибудь понятное и предсказуемое. На «п». Ждал и, пользуясь возможностью стоять так близко, льнул к покрытым шрамами пальцам. В полном молчании.

Оно было нежным, но он тогда этого не понял.

Он смог произнести то, что грызло его весь семестр, только позже, когда они пошли на кафедру за аптечкой. Когда снова стоял совсем близко, снова во власти рук, пахнущих уже не кофе и бумагой, а медицинским спиртом. Когда заставлял себя не опускать глаза, потому что от него взгляда не отводили. Лицо, казалось, ничего не выражало, кроме усталой жалости. Ничего. И в какой-то момент, понимая, что больше момента не будет, он произнес — а может, почти и прокричал, не помнит:

— Я знаю, что так нельзя, — в глазах защипало, от спирта, наверное. — Знаю, что так не бывает. Что есть куча херни, с которой надо считаться, а на просторах нашей-то необъятной родины точно. Я... — Он схватил ртом воздух. Его слушали. — Я знаю, что вы нормальный. Ну, у вас все традиционно. Это я вечно западаю... на душу, наверное, так сейчас модно говорить? А что там за ней, какие причиндалы, это...

Он никогда ни до, ни после не чувствовал себя таким грязным и убогим. Он догадывался: дальше будет совет обратиться к специалисту и уверение, что подобное лечится. Все внутри сжалось даже не в пружину — в маленькую вселенную, готовую взорваться, прихватив с собой все неосмотрительно загоревшиеся звезды. Он уже попрощался с профессором, с вузом, с репутацией, с собой и с последней ниточкой к семье — Юлькой, которой точно не дадут общаться с *таким* братом. Он попрощался со всем. А его вдруг притянули к себе, крепко обняли и поцеловали в губы, так, будто никого не целовали уже лет десять. И ему понравилось. Зверски. Что-то подобное он и воображал. В первые секунды даже не осознал происходящего, стиснул зубы от испуга, но вскоре мир растаял, поплыл, а поцелуй стал нежнее; теперь в нем сквозило «Прости, я почти забыл, как это делается». Пальцы зарылись в окровавленные волосы, почти забрали всю боль, а с ней смолк и внутренний крик: «Убери от него руки и мысли, ничтожество. Убери и найди кого-то попроще».

— Вы перечислили мне столько всего, что знаете... — услышал Женя, когда смог дышать. — А на самом деле кое-чего не хватает. Вы нормальны. Более чем. Мы все нормальны, пока, «запав», как вы говорите, «на душу», не хватаем ее обладателя и не тащим в подвал.

Профессор не очень любил классику. Но в современных романах разбирался.

Жене тогда совершенно сорвало крышу, и чужую он тоже раскачал. В тот вечер был еще чокнутый секс на этой самой кафедре. В тот вечер снова были чужая квартира и коты — потрясающие голубые мейн-куны, две штуки. В тот вечер снова было осознание: «Я — это я», теперь окончательное. Ты окончательно становишься собой, только когда принимаешь факт: есть люди, без которых тебя не может быть.

«Я — это я» не оставляет Джуда Джокера уже пятый год. Стало еще немного полнее после обретения издательской семьи, мучительно покачнулось, когда сестренка из этой семьи, ставшая роднее родной, умерла, но устояло.

«Натали, Натали, отвали. Я — это я.

И больше в моей семье никто не умрет».

* * *

1:20. Понедельник. Лежать и прислушиваться к глухому дыханию рядом; ощущать под боком теплые меховые тела мейн-кунов хорошо.

Но пора вставать.

Нужно успеть на ближайшую электричку до Шуйского.

10. ЛЕНТА МЕБИУСА

Из интервью Павла Черкасова, шеф-редактора направления «Художественная литература» издательства «Аргус Паноптес». Диктофонная запись от 29.03.2017

— Калиостро? Ха. Ха-ха. Ну что вы. Неужели правда думали, что все романы, вышедшие под этим псевдонимом, написаны одним человеком? Милая, не бывает таких… м-м-м… многогранных авторов. Это ведь какие нужно иметь знания! А навык писательский, чтобы так жонглировать стилями? Да и в конце концов, это просто неудобно для начинающего автора. Неудобно с точки зрения перспектив. Кто бы в здравом уме с молодежного триллера — да сразу на христианскую космооперу перескочил? А на исторические дебри? Многогранность можно себе позволить, только когда у тебя уже аудитория слоновьего размера или мощная маркетинговая поддержка. Мы, собственно, так и сделали: из мухи — слона… Точнее, из множества симпатичных мух большого красивого слона. Слониху! Ха…

— А можно чуть поподробнее? О Калиостро много спорят даже сейчас. Ведь эти книги, несмотря на жанровую многогранность, имеют какое-то неуловимое родство. Чувствуется эта мифическая общность... манеры? Плюс они на хорошем уровне с точки зрения языка... Форма каждого соответствует содержанию.

— А вот тут вы умница. Филолог? На лице написано: фи-ло-лог. Но нет никакой манеры. Нет. Есть профессионализм, и тут не мифической писательницы заслуга, а наша, редколлегии.

— Я вас немного не понимаю.

— Ан нет! Совсем, а не немного. Но я вам скажу на пальцах. Нет, ничего не потеряю: уже нечего, шут с ней, с конфиденциальностью, проект закрыт, он изжил себя. Мы с читателем честны, а особенно теперь... В общем, есть — была — группа молодых авторов-экспериментаторов, которые абсолютно добровольно держали имена в секрете. Они близкие друзья, большие скромники и не хотят шума. Да и раскручивать их всех по отдельности нам было бы сложно и затратно. Сами подумайте: литература раздувается аки гордый Абаж, писателей уже куда больше, чем читателей, караул какой-то. Вот так и решили поставить маркетинговый эксперимент. Писали книги ребята вместе, а самая красивая девчонка на обложку фотографировалась, соцсеть потом завела. И они придумали общий псевдоним. Прикол такой, ха. Как Козьма Прутков, слышали?

— Слышала, конечно. Павел, м-м-м... а вы не шутите надо мной? Вы правда считаете возможным такое рассказывать, пока не распроданы тиражи?

— Теперь уже правда. Хм, в конце концов, многие и так понимают. И нечего тут трусить, не над чем шутить, главное ведь не поменялось: нашу девочку — и тех, кто под ее маской прятался, — любят люди. И фантастику любят, и фэнтези, и триллеры. Любят за буквы. Не за лицо. В этом суть того, как называется ваш журнал. Суть книжного бизнеса. Понимаете? Почти всем плевать, кто написал; важно, что написано, а эти разговоры про «личный бренд»… Так, плач по успеху. Проходную книжку хороший личный бренд не спасет, а бомбу плохой не похоронит. Возможно, звучит жестоко; возможно, у кого-то опыт другой, но в моей редакции… увы, есть авторы, которые из штанов выпрыгивают, и мы с ними — а не получается каменный цветок. А есть люди, у которых и соцсетей-то нет, а тираж за месяц уже сметен. Даниила Данькина знаете? Да, японолюб, хм, очень стыдно, но не выговорю псевдоним. Вот он все время, которое не пишет, только медитирует и палкой в своем кендо-центре машет. Ничего, зараза, не хочет делать для продвижения, на презентации и то калачом не заманишь. Поругаться раньше очень любил с авторами негативных отзывов — пока не подрос и дзен этот свой постигать не начал. Ну любил написать отзыв на отзыв, что называется. А между тем продано-то уже больше шестидесяти тысяч экземпляров.

— Понимаю. Не знаю, согласна ли, но тут есть над чем подумать. А можно задать вам вопрос по поводу еще одного… бизнеса?

— Задавайте, хоть я в другом и не специалист, но чем могу…

— Я о бизнесе криминальном. Как вы объясните, что многие события, описанные в книгах этого... коллектива авторов, рано или поздно сбываются? Это совпадение?

(*Молчание.*)

— К-хм... Нет, эти вопросы мы обсуждаем только с представителями органов. Да, они идут по следу неких сумасшедших, которые зачем-то повторяют описанные моими авторами необычные события. И правоохранители определенно не считают это совпадением. Вот, даже то школьное дело из архивов извлекли...

— А вы не опасаетесь за жизни ваших авторов? Кто-то из пострадавших людей ведь может о чем-то догадаться.

(*Пауза.*)

— Да. Очень опасаюсь. Особенно теперь, когда одной из них правда нет.

— И не зря. Однажды реальность просто сотрет их. Сотрет всех. Если они и дальше будут так шуметь. Шуметь. Шуметь. Шум...

(*В диктофоне — какие-то помехи. Сквозь них...*)

— Пусть они умирают. Пусть. Призраки уже...

Призраки уже не поют.

(*И снова — помехи.*)

* * *

...Помехи в голове, помехи перед глазами. Я лежу и смотрю вверх, пытаясь понять, кто сдавил мое и так-то еле трепыхающееся сердце в потной лапе. Никого. Никого в черной пустоте. Белизна потолка — повисшее в ночной невесомости заснеженное поле, а посередине темнеет одинокое дерево люстры. Часы светятся желтым. 3:45. Спать бы еще, спать...

Не могу.

Каждое слово из сна въелось в память, процарапалось там раскаленными гвоздями. Я много смеюсь и хмыкаю, я всегда смеюсь и хмыкаю, когда лгу, но девушка-журналист об этом не подозревает. У моего интервьюера платиновые волосы, красная помада, короткая юбка и подживающая рана на запястье: похоже на укол шилом или еще чем-то. Девушка записывает беседу с большим удовольствием, ведь я делаю именно то, что и нужно, почему-то — нужно, кому-то — нужно.

Я отрицаю Варьку.

Я отрицаю ее существование; я стираю ее; я снисходительно умиляюсь тому, что кто-то вообще мог поверить в такую девочку. Девочку-миры, девочку-образы, девочку-хтонь с неряшливым белым каре. Девочку, написавшую столько непохожих книг. Девочку, что-то делавшую с пространством и временем, заставлявшую и то и другое ей уступать. Нет-нет. Не было такой. Была стайка талантливой молодежи без честолюбия и где-то отдельно от стайки — безумный злодей. Это логично. Нормально в нашей глобальной ненормальности. Это...

Электронный будильник моргает кислотной зеленью цифр. Они, эти цифры, вечно меняют цвета — как глаза, чьи-то глаза...

4:00. Час самоубийц.

Час самоубийц — и я действительно убиваю себя. Убиваю, отрицая Варю, хотя мои перегруженные мозги, скорее всего, рассчитывали совсем на другое: что, дав ненастоящее интервью несуществующей девице, я себя спасу. Переступлю что-то. Закрою наконец тот самый вопрос жизни и смерти, ведь некому больше его закрывать.

Что мне делать без Вари? Мне не к тридцати, как ей и Джуду; мне к пятидесяти. За спиной ни несчастливого брака, ни заброшенных детей, о которых я мог бы вспомнить. За спиной — только книги, книги, книги, авторы, авторы, авторы и годы, годы, годы. Сокровищница. Бесконечное море золота и самоцветов, на которых я спал, как дракон в пещере. А потом привязавшаяся к дракону принцесса — пленная ли, сбежавшая, неважно, — умерла, потому что ее убила какая-то сумасшедшая Алиса из Страны Чудес. И сверкающая груда сокровищ вдруг задрожала. Поднялась живой лавиной. И похоронила дракона. Но древняя животина достаточно живуча. Какое-то время она еще будет дышать под завалом.

Варь, этого не случится, слышишь? Никаких интервью, никогда и ни за что, никаких мистификаций. Ты не сотрешься. Ты была и останешься со мной. Помнишь? Лента Мебиуса. Перекрученное бумажное кольцо, которое, если его разрезать, не разорвется, а только превратится в два, накрепко соединенных. Мы — лента Мебиуса.

4:20. Я добираюсь до ноутбука. Я должен вспомнить что-то важное и пронзительное о тебе, обо мне, о нас. Но вспоминаю почему-то смешное. Бытовое. Заурядное.

4:25. Я снова пишу.

* * *

— Варвара Петровна, — однажды обратился к ней один из авторов нонфик-редакции. Слава Тихонов, лохматый как Эйнштейн, убежденный математик, математик во всем. — А каковы, в сущности, ваши взгляды на жизнь?

Шла очередная ярмарка в ЦДХ, высоком и просторном, но душном и бестолковом. Мы втроем тянули чай в закутке стенда, сидя по-вокзальному: на вещах и в окружении вещей. Людей сегодня набилось множество, как коллег, так и авторов, а места было мало. Всюду грудились куртки, коробки с книгами, пакеты с книгами и просто книги в связках. Еще одно гнездовище сплошь состояло из дамских сумок, ну а кто-то из выступавших сегодня фантастов прибыл прямо из байдарочного похода: приволок и царски бросил на наше попечение 100-литровый рюкзак с гордо прикрученным к нему спальным мешком. Среди сумочек этот рюкзак выглядел большим пингвином-папой в пестрой толкучке Лоло и Пепе.

Варя, державшая в руках дешевый пластиковый стаканчик, посмотрела на Славу с интересом. Вопрос ее явно удивил, меня тоже: какой-то очень размытый, как хочешь, так и понимай, учитывая широту понятия "жизнь". Варя подумала, но наконец ответила:

— Я... пожалуй, я в целом сторонник материалистической концепции.

С Грозным она уже познакомилась. Общительные персонажи от нее тоже не отставали, как раз недавно пришла очередная колоритная парочка: купидон и купидонша, самые что ни на есть настоящие, с луками и стрелами, разве что не пупсы-карапузы, а вполне себе обычные ребята-подростки. Эти двое пожелали, чтоб Варя написала романтически-юморное фэнтези о том, как они по долгу службы свели двух мировых диктаторов и предотвратили масштабную войну. В общем, я не совсем поверил ушам: Варя и материализм? Слава тоже скептично фыркнул, но по другой причине.

— Да? А на шее-то у вас крестик!

— Вы не поняли! — Варя рассмеялась. — С Богом у нас прекрасные отношения: мы верим друг в друга. Но материализм все же бытует.

— То есть как? — все-таки вмешался и я тоже. — Вы термин точно не путаете?

Варя отпила чая и закусила его квадратиком ломкого сырного печенья. Задумчиво посмотрела на просыпавшиеся крошки, собрала их в аккуратный холмик и наконец объяснила:

— Мы все — материал друг для друга. Точнее, где-то глубоко внутри так друг друга воспринимаем. Богатые — материал для бедных: чтобы пытаться с ними сравняться и держать нос по ветру. Бедные — для богатых: становятся, например, их рабочей силой. Гуру — материал для новичков, чтобы тянуться к вершинам, ну а новички — вполне себе материал для гуру: чтобы чувствовать свою... ценность, что ли? А для кого-то и чтобы самоутверждаться. Суть в том, что каждый что-то дает другому, хочет он того или нет. И каждый что-то забирает. Так можно объяснять до бесконечности. А закончить тем, что наши косточки — материал для вечного круга жизни. Про него, кстати, есть в «Короле Льве».

Это был один из ее любимых мультфильмов, она поминала то Муфасу, то Рафики, то Тимона и Пумбу довольно часто. Слава, судя по вытянувшейся физиономии, сагу про львиные игры престолов не видел, да и в целом от речи выпал в осадок. Он насупился и смотрел на прихлебывающую чай Варю с некоторым, как мне казалось, даже страхом. Так его пугали только ошибки в задачах.

— По-вашему получается, что животные с их пищевыми цепочками куда честнее нас. — Он снял очки и начал протирать их болотно-зеленой салфеткой.

Варя неколебимо кивнула:

— Лев ест антилопу, но антилопа не ест в отместку льва. Вся цепочка фактически работает в одну сторону. А у нас — какой-то уроборос. Знаете, что такое уроборос? Заглатывающая саму себя змея. Ну или две змеи, взаимно пожирающие друг друга, хотя эта трактовка спорная.

Я рассмеялся, покосился на смущенного Славу и осторожно погладил Варю по руке.

— Очень метко. Но все-таки не нужно представлять людей такими сволочами. Среди них есть неплохие экземпляры.

Она приподняла брови. Может, я ее не так понял?

— Сволочами? — переспросила Варя, все-таки улыбаясь. — Я не вижу ничего ужасного в поедании львом антилопы или, например, в желании кого-то пролезть из грязи в князи. Это естественно. Мы с вами, — она особенно внимательно, неповторимым взглядом, от которого я давно уже плыл, на меня посмотрела, — тоже материал друг для друга.

Мир сузился. Притих. Я и не думал, что слово «материал» может окрашиваться при некоторых интонациях вот таким смыслом. Тем самым.

— Вы помогаете мне подняться… — мягко продолжала Варя, а зигзаги пара вились от ее стакана и, возможно, из моих ушей. — Во всех смыслах: и издаете, давая определенную социальную роль, и просто поддерживаете. Ну а я приношу вам деньги и, надеюсь, не только.

— Не только, — механически кивнул я.

Деньги она назвала первыми, и я поскорее уверил себя, что не задет. Что еще она могла назвать, если коллеги, да и я непрерывно промывали ей мозги словом «продажи». Продажи, продажи, продажи. Мы осыпали ее цифрами — как в отчетах, так и в сообщениях о денежных переводах. Горыныч, Харитон, даже замученная Динка — они порой будто забывали все остальные слова. Я не помню, когда в последний раз Варя, подписывая договор, слышала, например, словосочетание «талантливая книга», а не «точно будет бестселлер!». Или деньрожденное пожелание «Здоровья и сил!», а не «Больших тиражей!». Это касалось не только ее, это стало тенденцией, и, в принципе, авторы терпят, не обижаются. Только некоторые, вроде Риночки, порой напрашиваются на похвалы, требуют разговоров «про литературу, не про бизнес». Варя — нет. И вот так приходится платить за ее понимание. Мое «Не только» бессодержательно повисло в воздухе, а в глаза мне, чтобы что-то там прочесть, она больше не смотрела. Наливая себе еще чая из термоса, только добавила:

— И, пожалуй, вы тот материал, с которым мне приятно работать. Надеюсь, что вам так же приятно работать со мной.

— Более чем. — На меня точно напал демон односложности.

Я подставил стакан; она плеснула чая и мне тоже. Заодно подлила и Славе, который про свой стакан вообще забыл, и болтающиеся на дне остатки заварки остыли.

— А какое место я занимаю в вашей цепочке? — вклинился он.

Варя зыркнула на него дружелюбно, но бегло.

— В моей? Думаю, никакое. Мы с вами из разных. Но можете выстроить ее с вашим шефом редакции и… не знаю… рецензентами? Учениками? Вы ведь вроде бы преподаете.

— А-а, коварная! То есть с ним вы в одной цепочке, а со мной не хотите. — Слава якобы обиделся, но, конечно, притворялся, ржал в седые усы, тыкая в меня мясистым пальцем. — Ну-ну, все с вами обоими ясно, молодо-зелено…

Варя вдруг покраснела, а я подавился: это меня-то назвали молодым?

До нашего «вместе» оставалась пара месяцев. Близился новогодний корпоратив.

* * *

7:00. Я слушаю холодную пустоту и комкаю очередной лист ежедневника — быстро, раздраженно. Сегодня я самый ранний птиц в офисе и трачу внеплановое рабочее время на разбор текстов. Все так же много безжизненно-халтурного, а последнее письмо — вообще тихий ужас, статья «Разжигание межнациональной розни». Черным по белому написано: «По газовым бы камерам весь этот Запад, заполонивший наш рынок развратом». И это написал автор, который прекрасно знает, что, если попадет в одну из наших серий, вынужден будет взять иностранный псевдоним. Концепция такая.

Не ново. Я все это помню, помню 90-е — время, когда к нам начала просачиваться «тлетворная зараза»: западные книги, фильмы, мультфильмы, якобы злые и глупые. С ней сразу начали бороться. Главным полем битвы стали, конечно же, дети и молодежь. Черкасовы позорно дезертировали. Мои племянники смотрели разные мультики, в том числе диснеевские, например, и про супергероев. И растут хорошими, адекватными людьми. Света с братом, моим тезкой, вообще хотят работать в МЧС, а вдохновили их на это... всего-то бурундуки Чип и Дейл. Но кому и что докажет пример пары конкретных детей, когда речь о судьбах тысяч детей абстрактных?

Запад есть Запад, Восток есть Восток. «Мы» и «они» всегда будем отличаться, но в одном похожи: мы люди. И детей мы все стараемся учить светлому — чтобы умели дружить, помогать, заботиться, защищать. Да, учим немного по-разному. Но с любовью. Пусть наши смотрят и про Бэтмена тоже: Бэтмен, по крайней мере, напоминает о том, что, даже если ты очень богат, ты можешь — и должен! — оставаться человеком. Пусть читают об иностранцах так же, как о соотечественниках, учатся понимать и, главное, сосуществовать. Если не научить, многие ли потом, харкая кровью в пыли ядерной зимы, скажут спасибо? Мы и так еле выбрались из холодной войны. Как бы снова не увязнуть в чем похуже.

Я листаю, листаю, листаю письма, но больше их не открываю. Хватит, пусть младшие лопатят. Зато я натыкаюсь на не попавшее почему-то в Варину папку старое послание о том, что «Всего лишь игра» вышла. Подцепляю его. Убираю, а оно — точнее, радостные ответные смайлики — высвечиваются случайно на экране. Закрываю. А потом закрываю и глаза, прислоняясь к спинке кресла.

Дмитрий приезжал перед выходными: забрал обещанный экземпляр из Вариных авторских и все рассказал. О некой психически неуравновешенной гражданке Алисе Стрельцовой — она сейчас в соответствующем заведении. О том, что девушка призналась в убийстве, но ничего адекватно не сказала, кроме: «Хочу назад, хочу в игру, хочу к нему...» О том, что ее могут отправить на лечение и, скорее всего, будут правы: несет она лютейший бред. С другой стороны, экспертиза может сделать вывод, что психическое расстройство наступило уже после совершения преступления или что это расстройство не исключает вменяемости. Статистика раскрываемости, как ни парадоксально, любит по-настоящему «закрытых». Близкие Стрельцовой пока настолько шокированы, что даже вопрос с адвокатом висит в неопределенности. Да у них и денег нет. И все же, если они сейчас возьмут себя в руки, на невменяемость шанс есть. Тогда Стрельцова не сядет. А ведь она, кажется, даже не раскаивается... Подписывая признание, она об одном сожалела — что Варя чего-то для нее не сделала, чем-то ей не помогла, но чего, чем... бесповоротная фантасмагория.

Дмитрий говорил со мной долго; говорил, сцепив на краю стола бледные руки, и я чувствовал в его взгляде что-то напряженное, неследовательское, личное. Я не знал, что это, но тихо спросил:

— Смертная казнь сейчас запрещена даже в таких случаях, да?

— К сожалению, да.

«К сожалению», и пальцы хрустнули. Значит, я был прав.

— Павел, я же могу рассчитывать на отсутствие глупостей? — устало спросил он и добавил то, чем, похоже, утешал и себя: — Ее ведь все равно...

— Не вернешь, — отозвался я, и он, понизив голос, вдруг начал пересказывать пришедший ему в голову книжный сюжет. Тоже очень личный.

Динка и Дана каким-то макаром услышали, навострили уши, замерли настороженными сусликами у Дмитрия за спиной. Тот смущенно оглянулся.

— Приносите! — выпалили девицы почти вместе. — Издадим!

— Я не буду его писать, — уверил он. — Ну только если кто-то другой...

Я внимательно смотрел на него — на мента со вполне человеческим лицом, с офицерскими глазами. Думал о том, что должен сказать ему спасибо, — и сказал. Добавил:

— Я думал, она все-таки пишет о вас неправду, обеляет.

Шухарин понял, впервые улыбнулся.

— Где-то, может, и обеляла. Даже у нас в Шуйском и мудаки есть, и нормальные, и не угадаешь, кто, например, придет. Все люди разные: кто-то правоохранитель, а кто-то — вполне себе мусор.

Я вручил ему еще пару детективов и книгу Джуда. И мы вскоре попрощались.

...Звенит прилетевшее письмо — в папку «Три девицы». Валька, сегодня редакторский день у нее, работает из дома. Пишет о «Тщетности» Моргана Робертсона, довольно громком, но слегка, по ее словам, ходульном романе. Шлет фото автора и первую оригинальную обложку. Пересказывает незамысловато-трагичный сюжет, чем-то действительно напоминающий ту самую реальную историю, а чем-то — известный фильм с Ди Каприо. Приводит — есть у нее такая привычка — несколько зацепивших цитат. Валя из моей троицы самая въедливая, похожа немного на киношную Мымру, в хорошем смысле, конечно. И считает, что, если уж я не планирую читать очередную выпускаемую книгу, цитатами меня обложить надо. И я честно пробегаю их глазами.

«Если кто-то и создал мир, то не Господь, а если и Господь, то не добрый сострадатель. И хотя многое в мироздании непостижимо для нашего ума, бесспорно одно. Милосердие, доброта, справедливость — пустые звуки. Они исключены из плана Высших Сил»*.

Исключены. Пожалуй. Мироздание куда больше ценит равновесие, и, если кто-то это равновесие нарушает, его... стирают, ведь так? Так, черно-белый мертвец с тяжелым взглядом, предсказавший или накликавший трагедию, кото-

---

* «Тщетность, или Крушение "Титана"». М. Робертсон, 1898. Цитируется в переводе Е. Звонцовой.

рая не выцвела даже после мировых войн и ядерных бомбардировок? Так, бывший моряк, найденный мертвым в пустом номере и похороненный с мутным, ни о чем не говорящим экспертным заключением? Так. Знай, твоя история не единственная. Если постараюсь, я найду их много.

Варь, ты его видела на той стороне жизни? Ты его уже знаешь? Вы пьете виски и смеетесь над тем, что вы как Кэт и Штирлиц, разведчики смертного человечества, которых ликвидировали шпионы высших сил? Или глушите водку, не чокаясь и не понимая: а может, это вы, вы — источники чужих бед? Ты разрушила то островное государство и убила тот класс? Он утопил тот корабль, заставил уйти на дно под музыку погибающего оркестра?

«Сколь долго продержится он на честолюбии и любви к своему делу? Сколь долго после того, как встретит, обретет и потеряет любовь всей жизни? Почему одно-единственное любимое существо из миллионов может затмить для нас все блага мира? Почему потеря одного человека так просто, так быстро лишает нас воли и низвергает в ад?»* Почему? Правда, почему?.. Почему драконы задыхаются без принцесс, даже под золотом?

Я отвечаю на письмо: «Валя, замечательно, ищи переводчика и думай над обложкой. С этим кошмаром выпускать нельзя». Я перечитываю последнюю цитату еще раз и поднимаюсь с места. Хватит. Достаточно. Следующее письмо — короткое «Меня не будет», — я набираю и рассылаю по всем редакционным контактам стоя.

---

* Там же.

На выходе я сталкиваюсь с Динкой — она буквально влетает в меня, шарахается со ступенек и взвизгивает, когда ловлю. Маленькая. Светленькая. Чуть отоспавшаяся, повеселевшая. Динке стало спокойнее после приезда Шухарина, я сразу заметил: на нее хорошо действуют правда и возмездие. За выходные, пока я клеил обои и избегал сестринского взгляда, Динка, наверное, что-то себе сказала, к чему-то пришла, что-то в себе починила. Хорошая девочка. Не будет больше пить со мной лавандовый чай.

— Павел Викторович...

— Диныч, пока.

Вопрос жизни и смерти решен. В моем «Меня не будет» и не должно быть «сегодня».

* * *

— А знаешь, какую единственную вещь я поняла с тех пор, как стала популярным автором? — спросила Варя.

— Она что же, правда всего одна?

Мы раскинулись. Полупьяные. После того самого корпоратива. На каком-то диване, в какой-то комнате отдыха, в россыпи золотого конфетти. На полу — стаканы с растаявшим льдом из-под виски и руины сырного царства на тарелке. В воздухе — запах духов и, кажется, резины и смазки. Чем на этом диване занимались до нас? Кто?

Варина голова лежала на моей груди. У нее уже тогда был нимб, но светлый — из белых рваных прядей. Прокуренный, налаченный, пестрящий блестками нимб.

Варя затянулась сигаретой и кивнула, глядя на меня одним глазом — второй был закрыт.

— Правда... Так вот. Самое кошмарное, что может с тобой случиться, — если ты в чем-то станешь первым.

Кто-то грохнул дальней дверью и матернулся, потом, похоже, упал и не поднялся. Я подумал о том, что надо бы ехать домой, пока весь клуб не превратился в большую братскую могилу пьяных тел. Ехать. С Варей. Но, не двигаясь, я спросил:

— Что же в этом плохого? Варь, ты что, боишься зазвездиться?

Она усмехнулась и открыла второй глаз.

— Слава Богу... я не первая, ни в чем. Я говорю в общем. Когда ты первый, рано или поздно начинаешь бояться. Что кто-то подойдет к тебе слишком близко, будет наступать на пятки и дышать в шею. Ведь быть первым всегда невозможно, если, конечно, ты не Бог... хотя даже у него растет Сын.

Как парадоксально. Я невольно усмехнулся. И все же я не был согласен.

— Не обязательно думать об этом. Всему свое время. Пальма первенства — гибкая штука... один слез, другой забрался.

Варя опять затянулась и нежно засмеялась.

— Но не всем хочется слезать, Паш...

Она впервые так меня назвала. Впервые — и ее нимб, пахнущий лаком, шевельнулся: она перевернулась, положила острый подбородок мне на ключицы.

— Даже если раньше ты и не думал, — продолжила она, — что вообще полезешь на эту, как ты выразился, пальму. Вот ты главред... но среди твоих младших наверняка есть кто-то способный и рьяный. Не один. Сыплют проектами, облизываются, считают, что ты беззубый бронтозавр, потерявший нюх. Уступишь им кресло?

«Беззубый бронтозавр...» — сильно. Я отвел глаза. Слишком далеко она загадывала.

— Знаешь, пока никто особо не претендует. Руление книжным бизнесом — это же... только звучит культурно и выглядит красиво, а на деле геенна огненная. Все пинают тебя, чего-то требуют, а потом еще недовольны. Все хотят делать «большое литературное дело», но киснут, стоит попросить о маленьком: сдать текст пораньше, сэкономить на бумаге, поучаствовать в выставке... Это кофемолка для твоих нервов, Варь. И девицы у меня молодые, но всё понимают. — Я передохнул после пространно-философского, слегка бессвязного монолога, а потом подмигнул: — Зато, кажется, на тонны грязи, обрушиваемые творческой стезей, претендентов куда больше. Судя по количеству рукописей. Хотя это и стезей-то не назовешь, скорее большой такой междусобойчик в психушке...

Она фыркнула и бросила сигарету в пепельницу. Сравнение ей явно понравилось, но, скрывая это, она принялась ворчливо заступаться:

— Неправда, у нас много хорошего, просто... суетно. И некоторым нравится не быть как солнце, а брызгаться грязью. На грязи проще вырасти, ну или сохранить молодость кожи, кому что. Отсюда и лезут всякие скандалы... — Варя сморщила нос. — А вот я не люблю, порой оторопь берет. Но ты все же не утрируй, Паш, не так их — скандалистов — много. Солнышек вроде Жени больше. Я завидую таким, как не знаю что. Они такие… интересные. А я только притворяться могу. — Она свесила руку к полу, выловила кусочек пармезана из сырных руин, закинула в рот и, уже жуя, поставила себе диагноз: — Мышь белая.

Мы помолчали. Я примерно понимал, о чем она, но не знал, согласен ли.

Я видел много авторов — и разноплановостью некоторых, не творческой, а житейской, восхищался. Современная писательская тусовка — отдельный коралловый риф в издательском аквариуме. Здесь есть авторы-наставники, авторы-критики, авторы-идолы, авторы-мемы, авторы-мамы, авторы-секс, авторы-пошли-со-мной-на-митинг. Авторы-феи, живущие в лесах. Авторы-ленивцы вроде все той же Вари. Авторы-тролли вроде Джуда (и как в Вариной картине мира он угодил в солнышки?). Иногда сложно понять, кто относится к своим некнижным делам и образам серьезно, а кто просто ищет дополнительные способы напомнить о себе, но это и неважно. Это снова — о шуме. Возможно, я, не верящий во всякие там бренды, в корне неправ. Возможно, сейчас написать книгу и правда недостаточно, просто потому, что книг слишком много. Но всему ведь есть предел. Некоторые авторы предпочитают что-то помощнее мягкой медийности. Обвиняют друг друга в плагиате. Меряются тиражами и уровнем актуальности. Высмеивают чужие, более успешные книги. Берут чернушные темы и раздувают до абсурда: прочел новости — и всегда знаешь, кто чем сегодня будет пахнуть ну или вонять. Каждый негативный отзыв тащат читателям, чтобы рассказать, какой идиот его написал. Привыкли к негативу внутри и вокруг, щедро делятся им и не видят в том ничего зазорного. И ведь в работе эти люди могут быть очень даже адекватными, полезными и продуктивными — главное, не совать в рот палец. Я к ним привык. А вот тихоне-Варьке, подписанной на многих коллег по перу просто из вежливости, было некомфортно. Она часто об этом говорила. Жаловалась и теперь:

— Так забавно... многие новички не понимают, лезут в тусовку, а там реальность — хрясь по сопатке! Никакого «Не продается вдохновенье» и «Прекрасен наш союз», а «глаголом жгут» только клеймо на боку того, кто удачливее. Все бегут в мешках наперегонки: мой бестселлер, моя премия, моя серия, мой литред, нет, мое, мое, мое!

Она произнесла последнее таким дурашливым визгливым голосом, что я расхохотался: артистка! А она, скроив печальное лицо, закончила:

— Это ведь заразно, Паш. И вот, раз, ты уже тужишься, пытаясь использовать то, чем жил и заряжался, как хайп или способ заколотить бабки. А когда не получается, еще думаешь: а не завязать ли? Ну, вообще с писаниной? А любовь, азарт, альтруизм? Куда делись, они же были! Ой... гадость, короче. Хорошо, что ты мало за кем следишь.

С этими словами она села и принялась оправлять свое помятое, сползшее с плеч платье. Сняла с шеи синюю гроздь мишуры. Внимательно осмотрела и выбросила в тарелку с сыром.

— А что же ты хочешь обсудить? — спросил я. — Вернее, какую донести мысль?

Она пригладила волосы.

— А простую. Лучшая позиция в любом деле — крепкий незамороченный середняк. Те, кто не впереди планеты и не на дне, а просто делают дело. Пишут книги, например, ну или выпускают. Без криков. И молодых таким, кстати, обычно нравится именно учить, делиться опытом, а не с пикой в руке отгонять от твоей этой па-альмы.

— Па-альма не моя. — Я тоже сел, обнял ее и уткнулся лицом в волосы. В лак. В блестки. В нимб. — Я как раз крепкий середняк, не надо меня никуда сажать.

Она засмеялась. И вскоре мы уехали ко мне домой.

В чем-то она была права, и касалось это не только здоровой и нездоровой конкуренции. Середняку хорошо. В литературе на середняк обычно не пишут разгромных отзывов. В политике — не рисуют обидных карикатур. В жизни середняк не подвергают публичным казням на гильотине... Идеально для человека, который хочет покоя. Но вот Варьку что-то упрямо толкало вперед. Дальше. В мир за миром, в душу за душой. А потом и в смерть.

Два.

Один.

* * *

9:40. Нет опечатывающих лент. Давно засохла мартовская грязь на полу. Каждая вещь на своем месте. Квартира спит в хрустальном гробу весенней тишины.

В права наследования я еще не вступил, но кто запретил бы мне сюда прийти? Оглядеть отходящие слоями обои, раздолбанные косяки, неровный исцарапанный паркет, напоминающий медовые соты. Немногочисленные фотографии. Компьютер, на системнике которого по-прежнему мигает иногда лампочка. Платья в шкафу. Посуду на кухне.

На столе графин с водой, у мойки — пустая чашка с тонким черным ободком кофе на дне. На подоконнике — трупы. Варь, твои цветы засохли. Три из четырех стоят жухлые, желтые, жалкие, один кактус держится. Представляешь? Ты умерла быстро, а они умирали от жажды еще две недели. Или сколько там? Сколько прошло? Нет, меньше... Интересно, каково это — каждый день ждать, что кто-то придет к тебе и спасет, и не дождаться?

Голое, без занавесок, окно в комнате. Рассохшаяся белая рама открывается легко. Ветер в лицо. Завтра уже апрель. Март улетает вместе со своим неопределенным серо-голубым небом, сквозняками и ОРВИ, а апрель прилетает с птицами и запахами первых робких шашлыков в лесопарке. Я тоже готов лететь. Жаль, Дмитрий, когда ему сообщат, проклянет меня всеми правдами и неправдами. Если разобраться — за дело. В мои годы уже не прыгают из окон. В мои годы углатываются таблетками и ложатся поспать, или идут в воду и не возвращаются, или цепляют веревку на крюк покрепче — делают все, чтобы поменьше осложнять другим жизнь. Записки пишут, старательно намекают на то, что «Сам, все сам, просто закопайте и оставьте, оставьте в покое, я очень устал». А я? Подростковые выверты. *Ее* город, и дом, и окно. Повторяющаяся смерть в «нехорошей квартире», замыкающая сама себя, как та самая лента Мебиуса: разрежешь ровно посередине — а она станет только длиннее.

На пальцах — белые следы облупившейся извести. За спиной:

— А я тебя ждал. С ранья, между прочим, караулил. Закрой окно.

Почему-то удивления нет. Вообще ничего, только тупое механическое повторение:

— С ранья?

— С четырех утра, угу.

— Привет, Жень.

Оборачиваюсь. Джуд, кажется, заявился из ванной — откуда еще, если это однушка и на кухне я его не видел? Он в очередной дурацкой рубашке, под джинсу. С подтяжками. В нелепо коротких брюках-дудочках. Торчат особенно высоко два вихра волос. Мартовский заяц как есть. И даже в руках у него чайник — электрический, белый поцарапанный самсунг.

— Пожалуйста, закрой окно. С этой стороны. Вот так.

Может, он все-таки гипнотизер. А может, просто пришел вовремя, до критической точки, когда старик с косой или кто-то более колоритный, шамкнув слюнявым ртом и мелко хихикнув, заявил бы ему: «У тебя здесь нет власти, мальчик». Смотрит он внимательно, делает наконец пару широких шагов. Носки разные. На правом, голубом, действительно зайцы. На левом, желтом — черепахи. За эти носки удобно цепляться взглядом.

— Ну и зачем? — тихо спрашивает Женя. Мне нечего ему ответить. Я считаю зайцев и черепах. — Ты бы хоть о других подумал.

Восемь зайцев.

— Я думал.

— Много?

Шесть черепах, еще полчерепахи теряется на пятке.

— Постоянно.

— Подумай еще. Никогда не лишнее.

Пора поднять голову. Что-то плывут перед глазами все эти звери...

— А что еще делать, Жень? Кроме как думать?

— Не помогает, да? — Еще шаг, на полтона мягче.

— Больше не помогает. — Безнадежно смаргиваю, перевожу тему. — Как ты сюда попал? Ключи вроде бы только у меня.

— Так у нее тоже были. Я и взял. Шухарин отдал, я сказал, что передам тебе. Хороший он парень. Не формалист сраный. И... знаешь, повезло тебе, что они не познакомились.

Значит, мы поняли с ним о Дмитрии примерно одно и то же. Воздух после этой точки дедуктивного пересечения не очень-то проходит в легкие, но надо, надо его проталкивать. И сказать нужно, правду, хотя бы себе:

— Да. В таких влюбляются накрепко. И я ее даже понял бы: все-таки я слишком...

Неожиданно у Жени сжимаются кулаки и сужаются глаза. Он даже пяткой шаркает по-бычьи, прежде чем сердито выплюнуть:

— Нет, Паш, нет. Вот это — лишнее. Ни хера ты еще не стар для нее, и вообще, что вы все как... как... нашлись мумии! — Он вздыхает, громко, как над болезным, а потом даже... рычит? Вообще не его звуковое сопровождение. — Будто после тридцати уже не живут. Если хочешь знать мое мнение, это *до* тридцати не живут. Только маются мифическим этим ебаным поиском себя, популяризированным Сэлинджером. Ой, кем бы стать, ой, куда бы приткнуться!

Он делает над собой явное усилие и расслабляется. Чем-то я его только что... как он там говорит... триггернул? Нет. Куда больше я триггернул себя, ведь мне есть что добавить:

— Я бы согласился, чтобы она влюбилась в кого угодно, Жень. Лишь бы она жила. А остальное неважно.

Молчим. Смотрим друг на друга — оба вопросительно и ожидающе. Джуд вдруг пересекает комнату, но несет его не ко мне. Он проходит к дивану и заваливается так, будто лежал тут всегда. В чайнике от падения булькает, и Джуд прижимает его к себе, нежно, как обожравшегося питомца. За мной Джуд наблюдает исподлобья, зато исчезло наконец колючее напряжение санитара, заготовившего шитую из крапивы рубашку. Я ничего не сделаю, уже нет, сейчас — нет. Он это знает. Томно наглаживает чайник, а на меня глядит снизу вверх — устало.

— Не тупи-и. Ладно? Я и так замотался. Ненавижу рожь, ненавижу пропасти...

У него хорошие формулировки. Циничные, тягучие, подростковые, но хорошие. Выйти в окно — это действительно затупить. Пожалуй.

— Жень, — кивнув в знак, что понял, окликаю я.

— Да?..

— А вот как ты так живешь?

— В плане? — Он по-обломовски облокачивается на подушку-валик.

— Ты похож знаешь на кого?

— На кого?

— На далай-ламу. С Тибета.

— Во-о-оу. — Он аж вскидывает брови. — Спасибочки.

— И не на какого попало. — Вспомнилось это внезапно, но от образа теперь не избавиться. — Знаешь, гуляет по сети картинка-прикол, а может, не прикол, где этот бритый духовный учитель в оранжевом своем одеянии входит в ворота монастыря. Снят он со спины, руки тоже за спиной, а в руках... пакет с едой из «Бургер Кинга». Так вот, это случайно не ты?

Джуд ржет так, что чуть с дивана не падает, даже чайник отставляет на пол.

— Не-е. Это не я. Но я мог бы! А все-таки что ты имеешь в виду?

Может, не надо было вот так откровенно, глупо, мемно. Но сейчас я понимаю: спросить стоило давно. Есть много ненужных вещей, которые я могу не знать о своих авторах и жить спокойно: во что они верят, с кем спят, что едят в тяжелые дни, что в легкие. Но... разве не стоит узнать это о людях, которые, на беду свою, подпустили меня близко? Вот так близко. Настолько, чтобы приехать в чужую квартиру к часу самоубийц — на случай, если я *затуплю*.

— Я имею в виду, что ты из этого вот инфантильного — все ведь трубят, что инфантильного, — поколения, а у тебя откуда-то стержень. Стержень, ясность сознания, но ты все это держишь при себе. Проповеди у тебя ненавязчивые. Тебе двадцать девять или сколько там? Ты ведешь себя на семнадцать, а думаешь на девяносто. На хорошие, не бездарно прожитые девяносто. Как это работает?

— Ну...

Джуд садится, свешивает ноги, начинает болтать ими. Быстро наклоняется, опять хватает чайник и прижимает к себе. Молчит. Может, я загнал его в тупик? Или он выбирает: деликатно меня послать за такое нарушение личных границ или грубо. Не посылает. Качает головой, улыбается глазами. Я не люблю эту его улыбку-невидимку. Не могу ее понять.

— Варя была похожая. Ты поэтому на нее и запал. Случаются в нашем «инфантильном», не побывшем пионерами поколении удивительные образцы, да? Почти люди, почти человеки.

Кусаются мои авторы. Потому что я сам, беззубый бронтозавр, все еще кусаюсь. Вот и этот куснул в отместку, имел полное право. И еще гуманно так, не до крови.

— Ты же понимаешь, я не об этом. И... я не хочу о Варе. Ладно?

Знаю, он не станет настаивать. Так и есть. Но усмехается он уже открыто, остро:

— Так уж хочешь обо мне?

Хочу о чем угодно, но не о ней. И Джуд, угадав, дергает плечом.

— Ладно. Мне тоже хреново. Из-за нее, а до недавнего времени было и еще из-за кое-каких вещей. Долго было. А когда долго хреново, ты либо ломаешься, либо начинаешь сиять, чтобы хоть кто-то куда-то выбрался. Как... солнечный волк, наверное. Я выбрал второе. Устроит?

Тут он резко, нервно встает. Идет ко мне навстречу, теперь медленно и как-то нетвердо. Останавливается рядом и вдруг...

— Женя?

Он выливает на меня холодную воду из носика чайника. Не много, не больше чем полчашки, столько же — на себя, так что опадают вихры заячьих ушей. Я чувствую: вода бежит по лицу, по шее — бежит и смывает, тащит с собой зовущую мартовскую пустоту. Не двигаюсь, только пристально смотрю в ответ. У Джуда в глазах нет тибетской нирваны, нет нирваны хотя бы какой-то — одна беспробудная безнадежность. Может, семнадцать. Может, и девяносто. Но ничего хорошего нет ни в одинокой юности, ни в одинокой старости. И я говорю то, что говорил несколько дней подряд Динке. Говорил, даже не пытаясь вырваться из бесконечного Дня сурка. Видимо, продолжу говорить до скончания веков. Пока помогает.

— Женя, пойдем попьем чаю.

Эти слова говорят и в мире его книг. На местном языке это в зависимости от интонаций означает «Я протягиваю тебе руку», «Я забочусь о тебе» или просто «Спасибо».

Женя уже не усмехается — улыбается. Губами, а не только глазами. И расползаются углы рта, и проявляются генетические дефекты коротких лицевых мышц, которые в книгах намного, намного чаще зовут ямочками на щеках. Я вижу их в третий или четвертый раз в жизни, не больше. Хотя мы с Джудом Джокером знакомы пятый год.

— Пойдем.

По пути он подходит к стационарнику и зачем-то вытаскивает, почти вырывает из системного блока торчащую там красную флешку.

...Это печальная мысль, но в целом есть не так много способов сделать что-либо — почти что угодно — правильно. Выбор отнюдь не бесконечен, иногда путей катастрофически мало. Например, чтобы войти куда-то, нужно или использовать ключ, или попросить впустить, или подобрать отмычку, или высадить дверь, — а дальше детали и вариации. Конечно, есть пятый путь — умереть, стать призраком и пройти сквозь дверь, но призраку уже может быть неважно то, что за ней находится. Поэтому — четыре. Честность, помощь, хитрость и сила. Смерть — не путь. Удивительно поздно я понимаю: смерть — не путь.

У каких-то вещей — например, у проведения отпуска, у поиска нового сотрудника, у лечения легкой простуды — способов десятки. У других, наоборот, еще меньше, чем четыре. Глядя на своих авторов, я вижу только два пути, которыми они пишут: либо жестко по планам, детально все продумывая, заранее возводя целые системы мироустройств и героев, либо плывя по течению: «Как идет», «Посмотрим». И те и другие приходят к хорошему результату. Читатели едва ли различают их подходы. Что вернее? Я не знаю.

Известный автор*, у которого я недавно прочел рассуждение на ту же тему, зовет первых писателей архитекторами, а вторых — садовниками. Я добавил бы, что самые строгие чертежи не спасут от ошибок в конструкциях, которые придется исправлять в процессе, а в самых пышных садах нужно заранее оставлять место под дорожки и фонтаны, чтобы не топтать и не вырубать потом красивые кусты. И все же я не могу не замечать, что ближе и проще схожусь с «садовниками» — такими как Варя и Джуд. Может, потому что мне кажется, будто семена они берут из невидимого, но огромного вселенского шкафа, куда мало кто дотягивается, — и семена похожи на звезды. Может, потому что я не вижу

---

* Джордж Мартин, автор серии «Игра престолов».

ни планов, ни черновых записей, ни схем — ничего, чем сопровождают работу «архитекторы». Варя или Женя просто говорят, что работают над книгой, — а потом присылают ее. И мне не заглянуть им в головы. А еще для них каждая деталь их повествования — такая же сама собой разумеющаяся, как, например, устройство тела. И, наверное, мои комплименты сюжету, атмосфере, характерам — если я расщедриваюсь — звучат для них примерно, как если бы я сказал: «У вас нос, два глаза и пять пальцев на правой руке. Блестяще!» От таких комплиментов они неловко улыбаются и поскорее переводят тему, а иногда наоборот — цинично шутят про «да я был бухой», как Джуд.

Мартовский заяц. Ходячий парадокс. Всегда такой корректный и мягкий с теми, кто обращается за его помощью, и такой... колючий и странный со всеми остальными. Человек, о котором я знаю почти все и почти ничего.

У него особый какой-то, напоминающий калейдоскопную линзу взгляд на мир — или слишком много масок, чтобы в этом мире выживать. Может, поэтому, спасая меня от предсуицидального состояния, он просто вылил мне на голову воду из чайника. Может, поэтому на кухне он хозяйски, как дома, включил горелки — «погреться». Пока кипел белый самсунг, Джуд залез в буфет за печеньем. Взял вазу. Вывалил курабье.

— Ей все равно не понадобится. А она бы нас непременно угостила. Да, Варь?

Чтобы сделать некоторые вещи — пройти в запертое помещение, написать книгу, вылечить серьезную

болезнь вроде рака, — есть почти фиксированное ко-
личество путей. Но способов, как же продолжить жить
после смерти любимого человека, очень, очень много.

И у каждого этот способ свой.

* * *

— Знаешь, что я сделал, после того как ты мне позвонил
и сказал, что Варька... ну... упала? Я купил большую бутыль
вискаря. И поехал к Арзамасову. Снова. Вечно так. Но я начал кое-что осознавать и уже точно не мог иначе. И... это во
многом благодаря тебе.

На плите дрожат синие цветы — газ похож на сорванные
васильки. Подрагивают лепестки пламени, становится все
теплее, но по-прежнему сквозит из приоткрытого на ще-
колду окна. Печенье свежее: видимо, не так давно купили,
может, для меня — я его люблю. Но я смог к нему лишь
притронуться, увериться: крошится, рассыпается нежным
сладким песком. И тоже похоже на цветки — желтые, с красным глазком джема, вроде дачной рудбекии.

— К кому ты поехал?..

— Профессор с моей кафедры. Тот самый. Ну, Даниил
Юрьевич! Который мой.

— Твой?.. — Чертово воспитание, чертов менталитет.
Я до последнего «не понимаю», хотя, судя по всему, пора
бы. Анюта на ранних этапах сотрудничества тоже намекала
на что-то... двоякое. Но была слишком чопорна, чтобы говорить об этом прямо.

— Я что, не рассказывал? — Джуд хватает печенье, сердито
ломает пополам. — Мой: и самый крутой курсач, и куча до-

кладов, и диссеры. И вообще... он, сколько я его знаю, вправлял мне мозги. Не в письменной работе, так по жизни. Книгу, кстати, тоже одним из первых читал, благословил, так сказать, в плавание. Я... ну, я его очень люблю. Если совсем просто.

От него действительно звучит просто, наивно, по-детски — но я улыбнулся бы, если бы мне было хоть чуть-чуть лучше. Вот оно что. Правда ведь, и без Анюты можно было догадаться. Свет — тот, который не маяк, а оружие, — не рождается просто так, даже в тибетских монастырях и глубоких личных потемках. С таким боем бросаться на чужую тьму, осыпать ее искрами могут только те, кто любим и любит на каких-то особых максимумах.

— Да. Ты действительно ничего мне о нем не говорил. Или я не так тебя понял...

— Странно. Я ведь всех долбаю Арзамасовым. Арзамасов просто космос.

— Космос...

Синие цветки все так же ровно светятся в кухонной пустоте. Их четыре, четное число, и это так же правильно — как то, что даже у наглого Джуда, Джуда-ламы, Джуда-Мартовского-Зайца, Джуда-мальчика-без-семьи-и-царя-в-голове есть кто-то, кого он зовет «космос». И кого, скорее всего, никогда не польет из чайника.

— Такой странный космос, ага-а-а. После докторской я, знаешь, сманил его бухать, — оживляется Джуд. — Ну типа «раз впереди у нас больше ничего не предвидится...». Раньше он не соглашался. Все втирал про размывание границ, хотя они *давно* размылись. — Он усмехается. Встает. Опять лезет в шкаф, ищет коробку с чайными пакетами. — То есть «купи мне по дороге на экзамен кофе, и неважно, что сдаешь не у меня» — это нормально, а «пойдемте отметим мою защиту так, чтоб нас все видели вдвоем» — нет. Но вот после докторской... дрогнула оборона. Мы же теперь еще и коллеги. Есть повод.

— Еще и? — Лучше окончательно увериться, что я ничего не навоображал. — То есть вы вместе. В том самом смысле.

— В том самом. — Он на меня не смотрит, весь замер, даже руки больше не шарят по полке.

— И давно?

— Дольше, чем ты меня печатаешь.

— Это... — странно, но сейчас я, кажется, не вру ни ему, ни себе, — здорово. И смело.

Мне не казалось, что ему важно мое мнение, как и чье-либо еще. Но прямо на глазах его плечи, шея и затылок вдруг расслабляются, а губы, возможно, снова трогает тень улыбки. Он продолжает деловито шарить по полке: ищет то, что в Чайном мире приравнено к богохульству. Все-таки он парадоксально храбр. Нарушает законы что нашей Вселенной, что соседних. И пусть его никогда не настигнет расплата. Пусть. Чтобы не думать об этом, я задаю худой спине и белым вихрам еще один занятный с моей точки зрения вопрос:

— Жень, а эти твои... ну, периодические похождения? Это как, если все так серьезно?

Пусть даже бронтозавру простительно, но мне не хочется, чтобы это выглядело как осуждение. Это и не оно, просто непонимание. Передо мной чудо-юдо, зверь невиданный, дикий, но симпатичный. Мне почти любопытно. Впервые за много дней. И я цепляюсь за эту эмоцию, как за край подоконника, с которого чуть не...

Женя оборачивается, долго и задумчиво смотрит через плечо. Взгляд скептично-усталый: видно, я зря. Я уже думаю капитулировать, но тут он бросает:

— Примерно как сожрать картошку фри раз в сто лет, просто потому что выглядит неплохо, хотя нахер она тебе не сдалась, как и ты ей. Да и вообще. — Тут вид его становится слегка шкодливым: маска снова на лице, жди атаки. — Что ты зовешь похождениями? За кого держишь меня, дорогой издатель?

— Ну...

Воспитание все-таки мешает. Жене, впрочем, и «ну» достаточно: надувшись, палец он поднимает так важно, будто выступает перед своими студентами.

— Танцы, эй, слушай! Танцы же, не секс. Я говорил. Ты не представляешь, как меня иногда... иначе не скажу, распирает, как хочется куда-то это все выплеснуть, как я понимаю всяких высокогорных шаманов с их...

— А «стихи и проза, лед и пламень» в туалете? — подначиваю я. — Шаман...

Но Женя не смущается, лишь морщится.

— Только если Хао Асакура, и не из манги, а из аниме.

Непонятно, но правильнее погуглить потом, чем спрашивать сейчас. Зато вдруг вспоминается наша с Женей вечная шутка про внутреннего демона, вспоминаются и некоторые... *нетипичные* для него нотки в постах. Особенно в одном старом, про то, как важно в той или иной форме кричать о своей боли. Под той записью многие читатели написали «Спасибо за поддержку» или «Очень светло», а вот меня от каждого абзаца пробирал необъяснимый озноб, будто я что-то то ли подглядел, то ли подслушал. Возможно, и танцы — крик, и импульсивные выходки Жени — крик, и даже эта самая, черт ее подери, картошка…

— А до картошки редко доходит, и я никогда не лезу сам, — наконец отвечает он, всякая шкодливость с лица стирается, и следующие слова я едва слышу: — Думаешь, в другой стране такое бы было?

— А что тебе страна?.. — Я невольно вздыхаю. Картошка фри, танцы, шаманизм… Ох уж это поколение гурманов-эпикурейцев-философов. Почему нельзя без метафор?

Женя продолжает на меня смотреть, забыв о чае. Теперь я точно уверен: он не злится, не обижается, а подбирает слова — как для ребенка, которому надо объяснить, откуда берутся дети, при чем тут аист и почему иногда аистов два. Когда он заговаривает, голос звучит немного тускло, но мягко, без надлома. То, что я слышу, для него привычно. Прожито. И принято. И лежит просто удивительно далеко от моего мира.

— В другой стране он вряд ли сказал бы, что мне лучше иногда *пробовать с другими*, потому что «сам знаешь» плюс «возраст». Ну и еще полдюжины вечных попыток не угробить мою молодую жизнь. В другой стране были бы кольца, общая хата и ватага животных и кто-нибудь приемный, если б хоть один из нас любил мелких. Не в любой «другой стране», конечно, но все-таки. А в этой есть только прокачиваемое год от года мастерство конспирации, «он же мне как отец» и картошка фри… — Снова он усмехается. — Хотя моя последняя порция, с Пушкиным, была в прямом смысле последней. Во-первых, кое-кто смирился, что я не сойду с курса «угробить свою жизнь». А во-вторых, ходят по этим клубам всякие… бэ-э-э, в общем. Стар я стал для этого дерьма.

Женя вдруг, будто вспомнив о чем-то, потирает спину, а потом возмущенно фыркает. И, глядя на него, я понимаю, что очень хотел бы, чтобы для таких простых желаний, как спокойная жизнь вместе, никому не нужно было переезжать в другую страну. И тем более изображать из себя веселых тусовщиков-Арлекинов с глазами тоскующих Пьеро.

— Значит, это были попытки направить тебя на путь... ну, какой-то другой?

— Которые провалились! — Он снова бодро начинает шуршать на полках, потом — возиться с чайником. — И не понимаю я, зачем было пробовать.

Может, это и лишнее, но промолчать не выходит.

— А я понимаю, пионер. Тебе просто человек хороший попался.

Джуд тут же фыркает в своей обычной колкой манере.

— Это было риторическое замечание. Так что молчи, молчи...

И я молчу, замерев взглядом на голубых васильках. Я вдруг думаю о диком — о нашем с Варей будущем, теперь уже фантомном. О том, что ждало бы нас лет через семь, посмей я отнять столько ее времени и не упорхни она сама в объятья посвежее. Там было бы «Пусть Даня сводит тебя на выставку катан», и «Может, тебе с Женей сходить в клуб?», и «Помнишь своего друга детства, Тима? Он женился?». Сейчас, когда мы с ней оказываемся у зеркала, — *оказываемся*, только так, ведь мыслями я в иной реальности, — мы напоминаем Цезаря и светловолосую Клеопатру. Но еще немного — и мы станем наброском Пукирева, небрежной вариацией на тему «Неравного брака». Я жмурюсь, потираю веки — и будто со стороны вижу трещины морщин в углах своих глаз, тонкую паутину — на щеках. Нет. Не хочу так. Тупик. Есть ли реальность, где из окна падаю я, а Варя спокойно идет дальше?

Женя тем временем бубнит надуто, и в его речи я слышу забавные и горькие отголоски собственных мыслей:

— Мы ведь были... как в эйфории друг от друга. А потом, через год-два, заело вот это ваше «я слишком то, я слишком се» и началось периодическое «Своди Дашу с потока в музей», «Сходи в клуб», «Познакомься с подругами сестры». «У тебя жизнь впереди, не теряй ее, а ко мне всегда можно, если я понадоблюсь. Можно, но не нужно, понимаешь? Я тебе не нужен». Я раз психанул, напрямую спросил: «Ну а я... вам?» Он не смог соврать, он вообще не по вранью, такое воспитание, старомодное, офицерское. Через несколько секунд мы уже целовались. И так каждый раз. Год за годом. Смог бы ты так жить, Паш?

Вот о чем был крик. «Я не могу получить то, что мне важнее всего». И ведь ничего, в сущности, нового. В горле как-то сухо становится, больно, зато оно наконец разжимается. Скорее бы чай...

— И ладно бы трусость, а не совесть, — устало продолжает Женя, стуча посудой. — Ладно бы что-то отрицал, ладно бы сам женился на своей Ваське... так коллегу его мечты зовут, с которой они чаи вечно гоняют и хихикают. Там душа, косы, красота писаная, да еще в Чечне вместе были, я бы понял. Ладно бы надоел я ему, это я умею, но... когда гонят прочь, *так* не обнимают, *так* не заботятся. На звонки не отвечают после первого же гудка. Дурак. Профессор...

а дурак. Но этого я ему сказать не мог и просто брал измором как мог. Думал, что-то докажу. Маленький был.

Слово «дурак» он произносит с такой нежностью, что я опять открываю глаза, чтобы на него посмотреть. Уголок Жениного рта изогнут — но улыбка не горькая, а торжествующая.

— А теперь мы наконец просто поговорили. Окончательно. У нас ведь очень похожее... все. Даже влюбляемся мы похоже. Ты, Паш, не шаришь в модных литературных извращениях, но завелся, знаешь, в фэнтези такой поджанр — «Соулмейты». Это про родственные души, которые клещами друг от друга не оторвешь. Так вот, мы — какая-то такая невиданная хрень. И ничего не поделаешь.

— А ты и рад? — Я невольно хмыкаю. — Что ничего не поделаешь?

Я — очень. Должен на этой планете хоть кто-то быть счастлив вопреки всему. Мне не понять, для меня это сложно, я бы не смог... так не мне с этим и жить. Зато я Женей дорожу.

— И знал бы ты как. Кажется, мы оба рады на самом деле. И будь что будет.

Судя по новой улыбке из-за плеча, речь о хеппи-энде. Правда, гаснет улыбка быстро. Это ведь на самом деле не разговор о любви, любовь — только пластырь поверх раны острым ножом Вариной смерти. Наверняка пластырь очень действенный, действеннее всех моих вместе взятых. Но отдирать его рано. И, вернувшись к началу, Женя продолжает:

— Где живет он, я знаю давно, это мой второй дом, по сути. Короче, я к нему поехал, Паш, потому что на свою съемную было невмоготу. А больше не к кому. Ты помнишь, я же с матерью и с отцом того... разосрался, к тому же...

Он подходит к столу. В чашках — ниточные хвосты пакетов. Должна быть та еще бурда, но запах… лаванда. Да, какой-то новый сорт дешевого бренда Lipton, но ароматный шлейф этот — настоящий. Как из Динкиного чайника. Я вдыхаю его. За спиной дрожат газовые цветки; два из них Джуд выключил. Все равно — четное число.

— К тому же?..

— У меня же ЧС. А у Арзамасова специальность — ЧС. Он психолог экстремальных ситуаций, работал — и до сих пор работает, просто ездит уже меньше — в Центре при МЧС. Если не знаешь, это народ, который помогает пострадавшим — да и силовикам, и спасателям — не спятить при терактах, стихийных бедствиях, в зонах военных конфликтов. Чечня. Беслан. Норд-Ост. Он вот это все видел. Еще когда кафедр-то таких не было — «экстремальной психологии». После Беслана… как это называют сейчас… выгорел, наверное. Ушел в преподавание, кафедры в нашем университете еще тоже не было, так что двинул совершенно в другую сферу, в мою, в лайтовую. Знаешь, как он рассуждает об эмоциональном интеллекте, например? Что он… ну как бы вернулся к истокам. Занимался тем, что купировал последствия терактов, войн, а теперь разбирает то, что может при определенных обстоятельствах к ним привести или не привести. Он классный.

Женя потирает руку. На запястье красуется пластырь. О чем-то мне это напоминает, о неприятном, но я не отвлекаюсь на мозговой штурм: тема интереснее. А понимание, что мне что-то интересно, — самый действенный из всех корвалолов.

— Разве в масштабах одной личности можно убить в зародыше войну? — не без подковырки уточняю я.

Женя фыркает. Кажется, я скучал по этому лошадиному звуку.

— Ты Гитлера-то вспомни! Ну мнения некоторых, что ему просто надо было дать спокойно стать художником. Он, получается, — Женя шумно отпивает чаю, сгрызает половинку печенья, — мой клиент. Я сказал бы ему искать истоки комплексов в детстве, срать на критиков с колокольни, самосовершенствоваться, оттачивать стиль и завести паблик вконтакте... Ну не смотри так. Знаю я, что про убитый в фюрере талант — просто шуточки. Но в каждой шутке...

В каждой. Тут он прав. Я вспоминаю отказные письма авторам, те самые, которых никогда не пишу. Подсознание мое, видимо, полностью на Жениной стороне: не хочет плодить разочаровавшихся в себе, озлобившихся Гитлеров.

— ...Я попросил его... — Я упустил что-то, вспоминая увиденные в интернете картины Гитлера, действительно не бесталанные. Теперь пытаюсь ловить Женину мысль. — Я попросил: «Помогите мне», а он сказал: «Я больше ничем не могу». Мы тогда просто сидели с этим вискарем и разговаривали. Я, знаешь, прежде-то ему и вопросов про те годы почти не задавал, специальность его основную не изучал, а тут спросил: «А как же там? Что же вы делали?»

— А он?..

Теперь, с упоминанием горячих точек, я вдруг понимаю, что видел этого Арзамасова — у Джуда на авторских встречах — раз и в инстаграме* — два. На презентациях бледный

---

* Организация, деятельность которой признана экстремистской на территории Российской Федерации.

подтянутый мужчина, с такой же примерно сединой как у меня, но с чуть более длинными вьющимися волосами, всегда терялся в толпе восторженной молодежи, а вот в постах я рассмотреть его мог. И сейчас он вспомнился мне даже не по идиотским припискам «Хозяин дал Добби докторский носок» и «Палач, ученик палача, принял первый зачет». Взгляд этого профессора... протравленное дымом взрывов летнее небо. Даже когда улыбается, что-то там стылое, напряженное — непередаваемое цепляющее «не то». Так смотрят *нездешние*. Те, самые, о ком Бакланов написал в своем рассказе.

— А он ответил: «Разговаривали. Ты правда, что ли, думаешь, что вот так — когда что кость выдрало, что душу — одинаково; когда понимаешь, что без всего прожить можно, а без пары капель дождя, как в том физкультурном зале, нельзя; когда подвел, не защитил, а тебе, хороня детский гробик, говорят: "Спасибо, что другие уцелели", — что-то еще поможет? Только разговор, Жень, когда нужен. Молчание — когда говорить не могут. И спокойствие. Всегда». И знаешь, я понял. Когда у человека, неважно почему, рушится мир, он же ищет твердую почву. Прямо или подсознательно, но ищет. И этот самый экстремальный психолог — а если не брать масштабы ЧС, просто тот, кто утешает, — ею и должен быть. Землей. Твердой землей. Не ангелом с райским голоском, не волшебным доктором с таблеткой и уж точно не молоточком лоботомиста. Твердой, мать его, землей. В которую можно шептать или выть, можно уткнуться, можно плакать или ни слова не говорить, а земля все-все выдержит. И он может. Всегда мог. Для всех. Для меня.

«Хотелось бы и мне так уметь...» Это ведь тоже было в посте.

— Арзамасов?

В такие секунды — секунды абсолютной любви — человеку, оказывается, сложно смотреть в глаза. Как-то неловко, будто застал за чем-то.

— Да. Я хочу так же. Потом. Пройти переквалификацию, у нас же тоже теперь есть кафедра. Педсостав частично из того самого Центра. А меня уже немного задрала моя стезя, творческая психология... как-то она опопсовела. И обмельчала.

Вот оно откуда и вот оно зачем. То, какой он. Все в нем.

— Женя, это очень здорово. Удачи.

Только не сломайся. Хотя бы ты не сломайся. А еще я боюсь, что те, кто спасают слишком много душ, тоже расшатывают реальность.

— Можно я покурю?.. — Он глядит куда-то в стол.

— Ты же давно уже не...

— Да иногда. Когда к ней вот езжу. У нее наверняка пачка в куртке осталась. Там всегда есть. И она...

— Да. — Мне сложно. Очень сложно, во мне же полубезверие, классический, не Варин, материализм. Но я повторяю за Джудом: — Она бы не жадничала.

Он ненадолго выходит в коридор, а я смотрю на красную флешку. Она все еще на столе, рядом с пепельницей — единственное яркое пятно. Я обвожу ее пальцами, думая: как помада. Совсем как помада журналистки из сна, и у Вари такая же была. Броская. Кричащая. Еще и недешевая, не стиралась от поцелуев. Хотя в тот корпоратив она еще предпочитала побюджетнее. В помаде у нас было все.

За Джудом уже из коридора стеной тянется дымовуха. Рваное движение — и он грохается обратно на стул. Опять грызет печенье, закуривая его и запивая. Внимательно на меня смотрит и неожиданно продолжает говорить так, будто и не прерывался:

— Короче, чистая проза. Когда я совсем нализался, говоря о Варьке, он дотащил меня до дивана и бросил там в обществе своих котов — шикарнейших голубых мейн-кунов Элтона и Фредди. И разговор наш — с ним, не с котами — я почти не помню. Кажется, просто вспоминал, какая же она была охуенная и талантливая, и ляпнул — уже под конец, — что я передергивал на пару ее фоток и всегда после вот тех разов, чтоб хоть в собственных глазах не быть совсем извращенцем, покупал ей что-нибудь в подарок. Врал: «Так просто», «Настроение хорошее», «День барсуков»… — он осекается. — Э-э-эй. Чего смотришь?

— Я тебя убью, Жень, — ласково улыбаюсь. — Вопреки всем бестселлерам. Урою. И закопаю на даче у сестры, под гортензиями. И Космос твой тебя не спасет.

— Ой. — Джуд хлопает себя по лбу. — Увлекся. Извини. Но ты пойми, все это было до того, как она обрела статус твоей законной…

— Женя! — Я пытаюсь щелкнуть его по сигарете. — Господи! Ну как так можно? Анюта права была насчет тебя, а твоему демону я бы вырвал…

— Отстань от демона! Только что сам сказал, что я монаах, монах! — Увернувшись, он затягивается еще раз. — И вообще, Паш. Права Варька, нельзя быть таким собственником…

— Ревнивцем, — вяло поправляю я. — Собственничество и ревность мы четко разграничили. И сейчас я ревную.

— Ага-ага. — Он взмахивает сигаретой и хмыкает. — И вообще ты... ну, можешь быть спокоен насчет нее. Паш, проблема всяких там измен ведь не в том, что «Дружбы между мужчиной и женщиной не бывает из-за их природы», это миф. Не в природе дело, в мозгах. Некоторые мужчины просто не умеют и не хотят учиться дружить с теми, кому можно еще и вставить. Ну и у женщин в этом плане бывают заморочки, такой рефлекс самки богомола. Дружба — это вообще целое искусство. И оно, кстати, внегендерное.

Хорошо увиливает от темы собственных пошлостей. Пожав плечами и никак не прокомментировав всю эту философскую тираду, я обещаю:

— Ну что ж, вот и повысишь квалификацию. Следующую книгу твою отдам делать Динке. Она у нас девочка приличная, голову не откус...

— Этому радужному пони с глазенками Бэмби? Нет! Я с Даночкой дружу!

Джуд аж давится дымом, а я вдруг слышу себя со стороны. «Я отдам». Значит, я вернусь. Наши глаза встречаются над дымящимися кружками, и по улыбке-невидимке в чужом взгляде я понимаю: все это был еще один небольшой спектакль с элементами реанимации. Как там?.. Шок-терапия. Вот и все. И даже вряд ли он что-то там такое вытворял с фотографиями.

— В общем, он вроде не делал ничего, а довольно быстро помог мне прийти в норму. Арзамасов. — Кажется, Джуд о своем профессоре может болтать бесконечно. Как минимум, пока не кончится печенье. — А утром назвал это «должком». Смешно, правда?

Ладно... Пощажу его и себя, не буду больше думать про день барсуков.

— Должком?.. А за что он тебе должен? Если, конечно, это не информация 18+, которую мне лучше почерпнуть из «Горбатой горы».

Подкол за подкол, Жень. И не надо тут строить зверские рожи.

— Вот и я не знал, чуть не подавился. — Зверская рожа потихоньку сменяется рассеянной усмешкой. — И я не буду тебе передавать, что он мне сказал, это личное. Но... он снова ездить от Центра начал, силы на это нашел, именно когда среди его «любимых долбоебов» (это я цитирую) завелся я. Прикинь!

— Вот оно что. Ну гордись. Пионер...

Мне и не нужно повторять, что именно *нездешний* сказал на своей наверняка чистой, по-военному пустой и залитой холодным мартовским светом кухне. Я примерно догадываюсь. С Женей интересно говорить — он рубит сплеча, но каждый удар по делу. Женю хорошо читать, что книги, что посты, — все наполняется спокойным смыслом. На него даже просто приятно смотреть — трезвый он или не совсем, пишет роман или читает лекцию, катается на стуле или чешет за ухом свою отвратительную собаку. Он действительно похож на того самого монаха: рыжая хламида — его удивительное умение быть для других по-доброму мудрым, а пакет из «Бургер Кинга» — его такое же удивительное, острое и, может, лишь слегка перенасыщенное быстрыми углеводами умение любить жизнь.

— Слушай, Паш.

Я отвожу взгляд от конфорок, где горят васильки.

— Знаешь, что еще я узнал в процессе обучения, когда мы затрагивали суицид? Делали разные доклады, очень много, а мне уже тогда было интересно копнуть именно… вглубь, что ли? Я хотел понять, действительно ли этот тезис — будто на самоубийство всегда идут те, кто теряет смысл жизни, — оправдан. И я копнул. И увидел интересное. И на твоем примере опять вижу.

— Что же?..

— Иногда смысла жить остается слишком мало. А иногда его становится слишком много. И от этого не проще. Он не спасает, а давит. Вечно давит.

— А потом, с потерей какой-то маленькой опоры, может и похоронить.

Дракон. Под золотом. Без принцессы.

— Вот! — Он докуривает, гасит сигарету, заталкивает в пепельницу. — Вот именно! С такими случаями трудно разбираться постфактум, записывают их обычно в разряд «слишком много работал», «слишком старался», «надорвался», «выгорел». А ведь это разное. Надорваться — это Дана может или Дмитрий. Выгореть, слишком стараясь, — Дина. А ты…

— А я уже.

— Ах да. Я же снял тебя с подоконника.

Барабанная дробь по столу — оказывается, я сам стучу пальцами.

— Не смей никому описывать это такими словами. Ты меня в случае чего даже не поднимешь.

Он ржет. Как и обычно. В глазах удовлетворенное: «Стыдно? Значит, живой».

— Я вообще никому ничего не опишу. Уж извини. А если серьезно… — Мягкое движение: через стол придвигает ко мне красную флешку и подается ближе. — Если серьезно, я хочу добавить тебе еще немного смысла. Варька вам не все книги кидала. Тут есть две старые, которые она переработала, очень круто. И… «Волков» она тоже дописала, дописала за часик до твоего приезда. Идеальная книга в этот ваш «Свет во тьме». Идеальная… прощальная книга. — Всего на секунду, но его голос падает, а ресницы смыкаются так судорожно, будто в глаза попала пыль. — Если ты не выпустишь, никто не выпустит. Дай ей попрощаться, а?

Это шок. Просто удивительно, сколько всего Варька, оказывается, успевала. Но если вспомнить… порой на вопрос «Над чем вы сейчас работаете?» она улыбалась слишком загадочно, а в ее соцсетях мелькали незнакомые мне цитаты и имена под красивыми картинками. Ах да. Сейчас ведь именно там, в инстаграме* и вконтакте, а не под стеклом в песке люди прячут секретики.

— Откуда ты знаешь? — Невольно я тоже подаюсь ближе. Джуд открывает сухие глаза.

— Со мной она делилась всеми. Я же не редактор. У меня намного больше времени читать.

Не упрек. Констатация. Времена, когда редактор был «человеком, который получает зарплату за то, что читает», давно прошли. Штатные далеко не всегда вообще успевают прочесть очередную готовящуюся книгу: пока доводится до ума

---

* Организация, деятельность которой признана экстремистской на территории Российской Федерации.

текст, им нужно думать и о дизайне, и о расчетах, и о рекламе, и о десятке параллельных проектов. Ну а то, что с книгой вынуждены порой делать редакторы специализированные, литературные, сродни не чтению, а высокоточным хирургическим операциям. Разве что оплачивается дешевле.

— И... что там?

— Увидишь. Волки очень мощные получились, премиальные. Ну и остальные классные, неординарные. Темное историческое фэнтези даже есть, про Наполеона. А в нем чел, похожий на меня. Он бродячий духовный учитель с придурью.

— Надо же... — Я усмехаюсь, просто чтобы он выдохнул. — Демон, монах или сатир?

— Пошел в жопу, ты сам сатир, понял?! Саму Ариадну ведь округ лил...

И уже оба мы вдруг смеемся. Так, будто не смеялись всю зиму.

Он поднимается, гасит последние голубые цветки, и в кухне теперь темная безгазовая тишина. Трупы растений на окне, труп сигареты в пепельнице, трупы пакетиков в чашках, которые Джуд тащит в раковину. Но больше — никаких трупов.

— Ну что. Помыть посуду и свалить. У меня лекции вечером, а у тебя конь небось не валялся. Давай. И перекроем все, что ли, чтоб не капало по счетам... Холодильник и так пустой уже, а гречка... гречка пусть в шкафу лежит, мало ли.

Пока он шумит водой и щелкает пробками, я иду назад. Туда, где голое окно, и пустой диван, и мой несовершённый суицид. Я опускаюсь на колени у Вариного комода, медленно открываю нижний ящик. Среди тонких старых водолазок, горчичных, красных и салатовых, — кукла барби, купленная в семнадцать лет. Улыбчивая блондинка в зеленом платье, коротко остриженная, очень узнаваемая… И там же, рядом, — вороненая сталь.

«Скиф» заряжен. Готов. Хорошо ложится в руку.

Варя не стала бы прыгать из окна, даже наполнись ее жизнь невыносимым множеством смыслов-сокровищ или лишись их вовсе. Варя бы сделала иначе: парк, пуля, минимум очевидцев. Записка и сданные с рук на руки наследникам дела. Тексты, которые не надо собирать по флешкам. Слова, которые не надо договаривать в никуда.

Но Варе никто не дал выбора ни умирать ли, ни как умирать.

А у меня выбор есть. И тот и другой. И мне решать, что сделает со мной мой смысл жизни.

В квартире гаснет свет.

У Рэя Брэдбери в «Вине из одуванчиков» была красивая цитата о том, что лето не уходит без следа. О грустных ненастных днях, в которые лучшее спасение — пробраться в подвал и полюбоваться золотистыми рядами дремлющих бутылок. Я и сам пробовал то цветочное вино, сестра как-то делала его, специально чтобы меня порадовать. Залила в икеевские бутыли, к которым племяшки нарисовали этикетки, — и достала из шкафа на мой день рождения. И мы все пили его — мерцающее, игристое, сладкое… Оно действительно напоминало о круглолицых желтых цветах, опьяненных июньским солнцем.

В эти выходные, пока мы клеили обои, сестра осторожно сказала мне: «Давай опять сделаем, а? Только собрать поможешь, нагибаться сложно за этими заразами!» И я ответил: «Давай, конечно», а потом чуть не нарушил свое обещание. Малодушно. Глупо. Не по-пионерски. Я должен поехать с ней на дачу в этом году. И помочь ей нарвать восемь молочных пакетов золотых цветочных головок. А Кристинка опять будет рисовать этикетки. В последний год она стала рисовать просто небывало хорошо.

Вино из одуванчиков. Это ведь все, что у нас есть и будет, даже если вернут сухой закон. Помните об этом, мои живые, мертвые, странные, обычные, гордые, скромные, задающиеся вопросами «А на хрена все это?» и «Какого хрена это все?». Каждый наш поступок и выбор — просто очередной желтый цветок, сорванный и кинутый в общую корзину.

Вино из одуванчиков — чем бы ни прикинулось, по каким бы бутылкам ни разлилось, — поможет остаться собой. Удержит. Подскажет дорогу. Брэдбери прав, и его слова всё важнее с каждым бешеным витком бесконечной ленты Мебиуса, по которой мы летим. У каждого должно быть в запасе вино из одуванчиков, хоть немного, хотя бы фляжка размером с ладонь ребенка. Хороший человек, любимое место, дорогие воспоминания, дело жизни. Или они — несколько любимых книг в особом уголке полки.

Я срываю цветок за цветком. Я закупориваю бутылку за бутылкой, для себя и для других. А на самом дне моей заполненной золотыми одуванчиками корзины — Варин пистолет.

ВРЕМЯ НАЗАД. ВЫПИСКА

Хмарь, хмарь, хмарь за окном. У психотерапевта волосы — хмарь, и глаза — хмарь, а губы алые, как дешевый томатный сок. Блокнот в нагрудном кармане тоже как сок, подороже, халат — белый. От беспрерывного мелькания этих цветов только и можно — смежить веки, откинуться в кресле, стиснуть зубы, радуясь, что хотя бы кресло, а не койка. Вдох. Выдох. *Успокойся.* Тут же тихо, отстраненно звучит голос:

— Я не наблюдала за вашим лечением, но, кажется, вы держались стойко.

Слова, одно за другим, успокоительными капельками в мозг. Не валерьянка — что-то внутривенное; не надежда — тупое, оцепенелое удовлетворение. Сколько, в конце концов, можно? Сколько?

— Я уже могу надеяться на выписку?

На хмарь с томатным соком приходится посмотреть. Они — одевающиеся в белое — считают поддержание зрительного контакта незаменимым атрибутом стерильной, вожделенной такой, полузабытой нормальности. Глаза бы не видели никого, никогда, но надо. И сказать нужно что-нибудь тоже стерильное, правильное, в духе:

— Я чувствую себя хорошо. И я обещаю больше себя так не запускать.

Сотрудник года. Портрет на доске почета. Перевыполненный KPI и 135 % премии. Все к черту. К черту, потому что небо над головой — не *его*. Потому что *он* нашел баг в игре. Потому что *он* сказал: «Иди».

Хмарь с томатным соком уже не сидит напротив — встала и листает историю болезни. Щурится, всматриваясь в записи Али-Бабы, то есть Алины Петровны, пожилого лечащего врача, которую так прозвали за широкие плечи и могучую поступь. Долго читает, вдумчиво и наконец — снова пытливо зыркает. Странные глаза, цвет меняют, как детские колечки-хамелеоны. Сейчас вот потемнели.

— То есть вы больше не будете рассказывать коллегам о том, как попали в пространство компьютерной игры, которую сами же разрабатывали, и провели там почти месяц, сражаясь с... разбойниками и инквизицией, если я правильно поняла?

Нестерильно. Конечно же, это для нее нестерильно, это мерзкая грязь в чужом мозгу, которую вывозили, вывозили здоровенными грузовиками, и надо выяснить: вывезли ли? От тона все скручивает. А в памяти звезды — яркие, слепящие, на синем небе, которое можно вдыхать, как морской воздух. И ромом кокосовым пахнет. И болит раненое тело. Надо держаться. Надо. Вдох. Выдох. Уберите ваши грузовики.

— Рассказывать не буду.

Проклятье. Интонация нужная не получилась, не срастется все так просто. *Они* ведь за что-то получают белые халаты вместо смирительных рубашек, и деньги, чтобы покупать красную помаду, и право вот так сочувственно глядеть на тех, у кого халата нет, и рубашки нет, и души больше нет. *Они* не идиоты. Вот и хмарь с томатным соком все понимает. Папку плавно откладывает, на стол опирается. Острые ногти — красный чили, присыпанный солью белых блесток.

— Значит, верить не перестанете?

И голова сама — вправо-влево, механически. Как перестать? Как, когда все правда; как, когда сталь в руку ложилась словно родная, и ладонь *его* тоже; как, когда не верить равно не быть или быть не собой. В клетке из бетона и стекла, среди очкастых, языкастых, выстукивающих коды и зовущих порожденное — живое, целые миры, ниточки судеб — дрочиловом? Как не верить? Если *там* не лучше, то не лучше нигде.

Красные губы — вдруг полумесяцем, рожками вверх, в ободряющую улыбку.

— Знаете... игра просто бомба по рейтингам. Всем так нравятся сюжет и атмосфера. И персонажи. Вы же участвовали в разработке... даже шлифовали часть концепт-артов, верно?

Слово «концепт-арт» для доктора — как для бесхалатных названия препаратов, которые здесь колют и глотают. И это располагает: доктор хочет говорить на одном языке. Не может, но старается. Как не проникнуться, когда с тобой хотя бы пытаются общаться на твоем языке, вместо того чтобы остервенело талдычить на собственном или вовсе молчать?

— Да. Я… была активным членом команды в этом проекте.

Задумчивое молчание. Потом:

— Всем очень нравится молодой предводитель одной из банд разбойников. Капитан Даймонд, верно?.. Трагичная личность. Сирота, у которого особые счеты с лидером ордена докторов-инквизиторов?..

«А-ли-са. Алиса. Ты должна вернуться домой, понимаешь? Должна. Это не жизнь, для тебя — не жизнь, это…»

Ему нравилось произносить имя по слогам. Он будто нанизывал простые буквы-раковины на грубую нить, а на последнем слоге всегда улыбался тому, что получилось. Ей.

Слезы. Во рту — соленый привкус, прокушена губа. Вдох. Выдох. Так нельзя, нет. Это вроде бы называется «рецидив». Если рецидив, то снова комната, снова таблетки, снова ватага мозговых грузовиков с водителями в белом, снова…

— Да, он очень хорош. И это… сложный игрок.

Слишком сложный. Сложный до отчаянного крика в гуще боя, сложный до затрещины — полученной и возвращенной, сложный до взгляда — глаза в глаза, а глаза — второе небо. Сложный до вечного этого «Алиса, Алиса, однажды я тебе обязательно помогу, я вытащу тебя отсюда». Не помогай, Даймонд. Слышишь, не помогай, это я буду тебе помогать. Я хорошо дерусь, я знаю медицину, я помню все тайники с артефактами, потому что часто обедала в суши-баре с Ленкой и Левкой, которые их придумали. Я знаю… я знаю даже, как выйти в godmode, понимаешь, в godmode, тебе и не снилось.

У тебя там враги из других банд, у тебя там война, у тебя там инквизиторы с мордами чумных докторов. У тебя там... набор запрограммированных действий. Набор, нашими же задротами прописанный, вшитый в крошечные чипы и повторенный в тысячах дорогих болванок. Набор, наверное, уже разбежавшийся по десяткам каналов летсплееров на ютубе и известный от начала до конца. Ты не можешь *думать*, Даймонд, ты не можешь *решать* и тем более *понимать*, что за слова такие «Игра окончена». Тебя придумали, чтобы играть вечно, раз за разом, и в этом «вечно» было хорошо, хорошо, хорошо, лучше, чем создавать его в офисе, а ты...

«Алиса. Алиса. Есть у тебя мама, Алиса? Моя вот сгорела. Ведьмы иногда горят, а дожа Джальково, главного доктора-инквизитора я потому и ненавижу, ненавижу тварь и убью... У тебя в мире нет ни ведьм, ни костров, ни доктора. А мама есть. Вернись домой, Алиса. Вернись, я так хочу, чтобы и мне было куда, а мне вот...»

— Скучаете по нему, да? — продолжается допрос, красным башмачком-берцем не по ребрам, но по мозгам, по тому размякшему месиву, что от них осталось.

Теперь голова сама — вниз-вверх, вниз-вверх, и поздно дергаться. Скучает. Никогда, ни по кому так не скучала. Привет, стены. Привет, узенькое окошко. Привет, белые таблетки; привет, Али-Баба и повторный курс; привет, грузовики, вам всего этого просто не вывезти. Диана, родная, извини, я не смогла выздороветь, я...

— Ну что ж. — Помилование. Помилование?.. — Поздравляю с завершением лечения. Я приготовила для вас список успокоительных, сейчас... Куда же я...

Сумка у хмари — тоже ярко-красная, уже не томатный сок, а концентрированная мякоть. А вот раззявленная пасть единственного отделения — черная, такая черная, что темень голодно кидается вдруг в глаза и давит на них, но пропадает так же быстро, как разверзлась, пропадает с простым заклинанием: «А, вот здесь!»

Хмарь держит книгу и сияет, будто нашла сокровище.

— Зачитываюсь романами этого автора, купила новый, он в день вашего «прыжка в игру» вышел. Страницы заложила вашим рецептом, вот же бестолковая...

На книге — кристально-бирюзовое море и четыре корабля. Утес, а на утесе...

«Как тебя правильно зовут? А-ли-са. Алиса... Ты всем падаешь на головы? А мое имя Даймонд. Не бойся, я тебя не обижу. Ты не из Красных пиратов? Нет? Ну хорошо...»

У него — нарисованного, почему-то черноволосого, а не рыжего, но все равно похожего, такого похожего, — сабля. Сабля, которую он отдал «чтоб что-то было на память», отдал, опять повторяя свое это про маму, про дом. Отдал — и отступил в виртуальную реальность, и только и оставалось тянуть к нему руки, а вокруг белизна, белизна, ползуще-плывущая белизна, слепящая так же, как все эти халаты, и маленькие таблетки, и простыни больничные...

— Что это?

Ванилла Калиостро. «Всего лишь игра».

Вдох. Выдох. Срыв. Рецидив. Глухое падение книги обложкой вниз, а на задней стороне — женское лицо, молодое. Стрижка неряшливая, помада яркая, пальцы длинные.

— Кто она?

Взгляд — на серую хмарь с томатным соком. А полумесяц губ — уже не в улыбке, в оскале, будто рядом где-то — в окне, за плечом? — добыча. Но вместо того чтобы кинуться, доктор просто наклоняется, поднимает книжку, отряхивает любовно.

— Какая знакомая история... да? У нее часто так. Что-то в ней такое есть, у нее многое сбывается. Вот вы сбылись, например.

Сбылась. Да, сбылась... *Даймонд, Даймонд, не помогай, дай мне остаться, ты набор действий, просто набор действий, для всех, кроме меня, и я люблю тебя, люблю, и мне не нужны все вот эти офисы, и улицы, и премия 135 %, и фотка на стене, и корпоратив...*

В руках доброго доктора — платок. Помогает стереть слезы, правда, резко, так бьют наотмашь, а не утешают, и когти в белых блестках — как у гарпии или еще какой-то невсамделишной, неизвестно кем и для чего выдуманной твари, — пляшут у самого лица. Красные, красные, красные когти...

— Если утешит, ты не первая, с кем она это сделала.

Ты. Как к подружке. Как к ребенку. Как...

— Сделала что? Она украла идею игры для своей книги?

— Дурочка.

Нервный, глухой, зыбучий смех. Затягивает, как черное нутро сумки. Режет, как полумесяц улыбки. Люди... даже врачи... они разве так? Так — только ненастоящие злодеи, например Нэйтиль, королева Красных пиратов из игры. Нэйтиль, Нэйтиль... и на бейджике у доктора Н. О. Н. О., сливающееся из-за маленьких точек в огромное НО. Доктор НО, бьющая по нервам. Вдох. Выдох.

— Алиса, идей никто ни у кого не крал. — Чирк-чирк, доктор выводит что-то в блокноте. — Просто она начала писать, а вы — создавать острова Четырех Мастей. Просто это роман про офисную мышку из гейм-девелопмента. Мышка жила скучной жизнью и все пропадала в этих своих компьютерных играх, в *дрочилове*... — Взгляд на заднюю сторону обложки, доктор сверяется с описанием и пишет что-то свое снова. — И вот однажды игра затянула ее в удивительный мир, полный приключений, мир враждующих банд с карточными мастями вместо эмблем. А предводитель — Бубновый Туз — очень понравился главной героине, девушке по имени Элисон, но потом...

«Алиса, Алиса... я многих любил. Алиса, Алиса... я никого никогда не отпускал. А ты иди. Иди...»

— ХВАТИТ, ЗАМОЛЧИТЕ!

Зажать уши, уткнуться в колени, вдох, выдох. Рецидив, третий, теперь точно все. Воспоминаний очень много, и все тащат назад, на полупустые от заразы острова, к готическим зданиям с витражными окошками, и дальше, дальше, в дикую синюю тишину лагун. Где самые красивые на свете леса и горы, где запущенные сады Ушедших Королей и закаты не нарисуешь ни в одной графической программе, где звезды почти осязаемы — так низко висят, так часто падают. Там Даймонд. Даймонд, а это все равно что «Бубновый», Даймонд, который сделал как лучше, потому что у него откуда-то воля, откуда-то разум, откуда-то знание. И совесть.

«Алиса, милая. Пойми. Это игра. Всего лишь игра».

— Ничего нового. — Рука доктора на волосах лежит ледяным камнем. — Ничего. Она так шутит уже немало лет. Надоела, паршивка. Надоела всем, кто...

Всем, кто, и не надо договаривать. Если поднять голову — не будет у НО человеческого лица, вообще не будет лица, а будет что-то вроде снопа сплошного света, белесой маски, за которой — тьма-тьмища, слепая, холодная и уставшая. Тьма-тьмища не любит шум борьбы. Тьма-тьмища не любит тех, для кого всегда есть что-то выше. Тьма-тьмища не любит, когда кто-то видит дальше и рвет с деревьев чужие яблоки.

— Не понимаю... — почти вой.

— Постарайся. — Легкий смех.

— Вы не врач?..

Нужно посмотреть — в провалы маски, в неназванный свет. Хватит прятаться, это не поможет. Получается... но доктор все та же. Красивая молодая девушка с книжкой. Хмарь с томатным соком, хмарь, а на точеном личике — красный полумесяц с понимающе приподнятыми рожками. Вдох. Выдох.

— Кто вы? У вас на бейджике...

— НО. — Качание на стуле, туда-сюда. — Заметила? Оно всегда есть — маленькое «но». В каждой жизни. В каждой ситуации. В каждом выборе. И даже за светлым «Всем нужны хорошие миры и живые истории» тоже есть «но».

— А что это за «но»?..

— Самые разные. Например, «у всего есть цена, и однажды ты не сможешь платить». Например, «не приближайся к тому, что за гранью». Например, «ты обязательно рехнешься». Например...

Рожки полумесяца плавно ползут вниз. И превращают его в кровавую черту.

— Например, «иногда ты должен умереть за то, о чем говоришь или пишешь».

Вдох-выдох не получается.

Так не бывает, как же сразу-то не поняла? Это проверка, все — большая проверка на вменяемость, последняя. Так, наверное, со всеми, с каждым немного по-разному, «индивидуальный подход». Клиника не просто так лучшая, за лечение не просто так столько отдали. И хмарь эта, и ногти, и полумесяц, и книга. «Ты здорова, Алиса? Ты готова, Алиса? Ты не как та самая, из проекта American McGee, из темной версии сказки Кэрролла, где девчонка разгуливала по Стране Чудес с ножом и базукой? Это же Москва, тут с ножом нельзя, с базукой тем более. Давай, Алиса. Докажи».

— Я...

Почему никак? Почему не сказать, что поняла, и что почти поверила, и что аплодирует? Что доктору бы за этот спектакль конфеты, и коньяк, и...

— Я, я...

Ее берут за ворот и встряхивают. Тьма-тьмища — в чужих зрачках.

— Очнись. Ты психически здоровый человек, который месяц провел в больнице только из-за того, что *она* захотела написать новый роман. Ты действительно побывала на островах Четырех Мастей и... — что-то дрожит на лице, с губ — вздох, качание головой опять усталое, безнадежное. — И кое-кто разбил твое юное сердечко. Ну, не надо плакать... это все таблетки, которыми тебя тут кормили. Это скоро пройдет.

А ведь плачет, снова. Правда. Плачет — и верит. Верит себе, верит Даймонду и верит хмари. Кому еще верить?

— Вы... вы, может быть, полицейский?

— Нет.

— Архангел?

— О... вряд ли.

— А зачем вы все мне рассказали?

— Ты заслуживаешь знать, кто изменил твою жизнь. Каждый этого заслуживает.

Но жизнь изменил Даймонд. Точнее, просто взял себе. Взял — а потом бросил в белизну, утешая, увещевая, обещая: «Будет лучше. Там тебе будет лучше». А еще была *она*. Подводная ведьма, давшая ноги, но вместо голоса отнявшая сердце. Все-таки была.

— А впрочем, *вам* лучше знать. — Снова как с пациентом, строгий официальный вид. — Лучше знать, хорошо это или плохо. Сейчас, думаю, вам пора идти в палату и собираться. До свиданья. И... книгу почитайте. Там много про *него*. И про вас. Красивая любовь, надо сказать, хотя я не очень люблю романтические линии.

— Спасибо.

Поступь нетвердая, как у пьяной, перед глазами все время молодое это лицо с обложки. Ванилла, Ванилла. Калиостро... Ведьма-спрут. Нет, не ведьма. Граф. Как тот обманщик из советского фильма. Такая же обманщица, торгующая эликсиром жизни в бумаге, просто обманщица, вокруг которой

делают хайп, чтобы лучше продавались книжки и фанате-
ло больше народу. Те же дешевые маркетинговые ходы, что
и с играми. Никакой разницы. Или...

— Стрельцова!

Или...

Тьма-тьмища ненавидит ее. Тьма-тьмища может нена-
видеть только тех, кто сильнее.

— Стрельцова! — одергивают опять. — Чего это вас ша-
тает?

У дверей палаты — Валентина, дежурная. Хмурая и по-
мятая, но неизменно бдительная. Ей бы винтовку за плечи
и сторожить сокровища или хотя бы тюрьму.

— Стрельцова, где вы ходили? — надвигается, шумно
ступая.

— На приеме была. У вас новый врач, милая девушка,
дала мне книгу почитать...

Брови густые — к переносице. Что не нравится, современная литература или позднее время? Действительно, когда
успело так стемнеть? Густой вечер, мрачный... Не хмарь уже,
а тьмища, как в сумке и в глазах у НО.

— Ладно... идите, вас завтра выписывают. Отдыхайте.
И спать ложитесь пораньше.

Идет. Запирается в палате. А из-за двери — бормотание:

— И куда ее выписывать?.. Нет у нас никакой новой док-
торши.

Да плевать. Плевать, потому что есть идея. Плевать, потому что есть план.

Новая доктор — есть или нет — отпустит. Новая доктор — есть или нет — хорошая. Новая доктор — есть или

нет — похожа на тех, кто хотя бы не врет пациентам и тем, кого за них выдают. И книга в руках — настоящая. Настоящая, а на обложке...

«Алиса, я буду верить. Все равно буду верить, что когда-нибудь мы снова встретимся на островах Четырех Мастей. И я буду живым. Или ты — не будешь».

Завтра выписка. Как бы то ни было, завтра — выписка. Она обещала заехать к маме. И скучает по Диане. А еще руководству надо бы показаться, да и с Глебом помириться: он гнида, но хороший пиарщик, куда от него денешься? Сам сидел не то на коксе, не то на спидах, пока не научился справляться без них; сам лечился. Значит, поймет, простит.

Нет. Нет, сначала...

Сначала к ведьме, графу Калиостро, к писательнице с рваной стрижкой. Сначала — план. Сначала — Даймонд. И может, не придется больше никак, никогда, ни с кем...

Пропади они все. Пропади пропадом. Совет, и Глеб, и Диана, и мама даже, мама, а впрочем, маме не надо пропадать, мама бы поняла, простила, отпустила...

Вдох. Выдох.

Телефон вернули. В телефоне есть интернет. Найти адрес, написав кому-нибудь из *ее* активных фанатов с вопросом, куда можно послать открытку, будет несложно.

ЭПИЛОГ

Я лежу — мертвая на бензиновой радуге асфальта.

Вокруг меня натекает кровь, она похожа на какой-то скафандр. Я как обезьянка, которую запустили в бескрайний
космос, но что-то пошло не так, и вот меня бросило вниз
и переломало. Ветер пахнет железом. Из-за крови и из-за
металлических взглядов молодого следователя и его помощника, внимательно меня рассматривающих. Какие же
у них глаза. Как мне нравится. Как из советского кино, где
милицию и полицию еще не старались выставить скотами.

— Вы ей кто?

Привет, Паш. Что ты так смотришь? Что? На меня, на
них?..

Паш, они не виноваты, что меня убили. И я тоже не виновата. Ведь правда?..

Паш, эта девочка... Она просто позвонила в дверь.
А я просто открыла, я подумала: это соседка. Может быть,
тот молодой отец-одиночка наконец нашел себе девушку,

и она пришла попросить сахара или соли? Она была такая симпатичная, темноглазая, высокая. Я ей сказала: «Здравствуйте, чем могу помочь?» А она мне ответила: «Я твой персонаж».

И теперь я лежу. Размазанный по асфальту шимпанзе, который все-таки успел побывать в космосе. Мне кажется, именно там я находила сюжеты — или они меня.

— Вы ей кем приходитесь?

Следователь так кашляет... наверное, много курит. Часто слышу, будто курящие полицейские — клише. Может быть. Тогда то, что работают они в аду, где много нервничают, — тоже клише. Жизнь вообще полна клише. Я вот тоже много курю... курила?

Паш, что ты молчишь? Я же не могу говорить. Скажи за меня, что ты меня любишь, а я тебя люблю. А я пока посмотрю в небо. Нет, лучше на свой дом. Серая моя коробочка, в которой все никак не сделают капремонт. Занавески у меня там дурацкие. Я за них цеплялась, когда эта девочка на меня бросилась. А они и так все грязные, давно было пора постирать. А еще, Паш, я тебе печенье купила. Утром в магазин бегала. И книгу дописала. Представляешь, дописала! Мой мальчик теперь под солнцем Тосканы со всей своей мертвой любовью. А волки замолчали до следующей войны.

— Гражданин!

У него хороший голос. Сильный. Мне такой даже не описать. А у той девочки вот он был дрожащий, детский какой-то. Выглядела она намного взрослее, чем говорила. А знаешь, что она говорила? «Верни меня назад, верни, верни в мою книгу». А я не понимала. Я никуда не могла ее вернуть, я даже дверь закрыть не могла. Я ее не узнавала. Она была разве что немного похожа на Элисон. Ну ту, которая провалилась в компьютерную игру и жила там долго-долго, не как в Нарнии, но тоже немало. Я еще почему-то вспомнила, что Элисон самоубилась. Скорее всего, самоубилась. И я опять спросила, как попугай глупый: «Чем я могу вам помочь?»

Паш, не смотри так. Не надо, ничего ведь уже не сделать.

— Дим...

Помощник белокурый, забавный. У него волосы, как у хоббита, жесткие и курчавые, а интонации именно такие, какие, мне кажется, должны быть у кого-то, кто нужен каждому. У... не знаю, как описать (вот дура, а еще писатель!), но мне очень нравятся такие парочки напарников или друзей. Где не обязательно добрый и злой, не обязательно светлый и темный, но обязательно — чуть посерьезнее и чуть повеселее, тучка и солнце, и вот это понимание, и равновесие, и бессловесное «Я за тобой в огонь — во как люблю».

— Дим, он ж не в себе. Ща сблеванет.

Я-то знаю: ты не завтракаешь, Паш. Только чай иногда пьешь, и то не всегда. И днем обычно почти не ешь, а в дни, когда ко мне приезжаешь, — точно, потому что я люблю тебе готовить. Или назаказать столько какой-нибудь еды, чтобы потом три дня ее доедать. Я сегодня новую доставку нашла. Название какое-то забавное, вроде «Хрюн и Утка». Со скидками на первый заказ. Хорошо, что позвонить не успела, курьер не будет впустую толкаться с коробками на холоде.

Паш, мальчик ушел, да? Допрашивать кого-то, да? Консьержку? Я вижу вас все хуже и слышать скоро перестану.

Не знала, что у души — я ведь сейчас душа? — тоже так. Сначала очень-очень больно, потом получше, но постепенно ты запахи перестаешь чувствовать, и предметы рядом, и зрение отказывает, и слух. Вы со следователем плывете, Паш. Но я слышу, что вы говорите обо мне. О книгах моих, об издательстве... Он читал меня, да? Как здорово.

Паш, не злись на него, ладно? Он все равно не сможет ничего по-настоящему понять. И я не смогу: умерла, а не понимаю. Эта девочка все говорила, говорила, говорила, что она, как Элисон, побывала в какой-то игре, что там не как здесь, что она в море влюбилась и в звезды, а потом в парня. Он был лучший на свете, не то что ее мудаки-коллеги, и вовсе он не хотел быть пиратом, а просто все собирал и собирал вокруг себя других ребят, которых некому было защитить. Он и ее взял, и она собиралась остаться, но он твердил, что все-таки каждому место в своем мире. Что вот так — неправильно. Что есть же семья, и друзья, и то, что ты делаешь и должен делать. Ты не рождаешься там, где рождаешься, и тогда, когда рождаешься, случайно. У всего есть смысл. Тот парень, наверное, был немного философ. Я бы за такое побила, если бы полюбила кого-то, а этот кто-то бы меня прогонял. В итоге, представляешь, Паш, ей действительно пришлось вернуться. Он просто выключил эту игру изнутри, найдя в ней какую-то ошибку. Она мне сказала: «Может, он не любит меня, но я должна убедиться». А я ей ответила, что если он так сделал, если отпустил, то он ее очень, очень любил. Она снова: «Напиши о нас новую историю». Но я же так не могу. И я сказала, что не буду, что свои истории каждый пишет только сам, а если она не уйдет, я вызову полицию. И она выкинула меня из окна. Может, она и не хотела. Просто у меня низкий подоконник.

Я падала — а она стояла и смотрела. И рядом с ней откуда-то еще одна взялась девушка, красивая такая, платиновая блондинка с красными губами. Мне кажется, такие и по улицам-то не ходят. Я еще подумала, что вот какого бы хотела ангела смерти, если б их можно было выбирать, как стоматологов и парикмахеров. И вот красавица положила руку на плечо той странной девчонке... и улыбнулась. А та заплакала. И они исчезли.

Она убила меня. А мне все равно почему-то ее жалко. Может, потому, что смерть не конец и у меня еще что-то точно есть впереди, а вот когда игра окончена, она окончена. Как в моих любимых «Детях шпионов — 3». Даже если начнешь заново, будет иначе. И даже Кибергений, Злодей в Трех Ипостасях, не мог это изменить.

— Ладно. Будем разбираться. Картина понятная: что-то тут не то.

Не то. Правда. Я ведь летела, Паш. Несколько секунд, а показалось, что долго-долго. Действительно — будто обезьянка-шимпанзе, у которой перерезали трос и которую больше не держит космическая невесомость. Небо удалялось, удалялось, а я столько всего успела передумать, перевспоминать. Школу, и первые книжки, и тебя, и Женю, и девочку эту с игрой, и Динку, и снова — тебя. Мне будет без тебя очень грустно, знаешь? Я же никого — как тебя. Я же никогда — как тебя. И это не было каким-то внезапным озарением, не было ничем таким особенным, в смысле — это сразу. Не потому, что ты печатал мои книги, не потому, что ты даже их читал, не потому, что я курила, курила, курила, а ты терпел, и говорила, говорила, говорила о персонажах, а ты не отправил меня в сумасшедший дом. Просто так.

Я слышу тебя все хуже и хуже. И вижу тоже. И уже начинаю без тебя скучать. Но тебе пора, Паш. Ты им мешаешь — этим людям в форме и без; ты мешаешь консьержке, которая может ткнуть в тебя пальцем и сказать, что ты «вечно тут ошивался»; ты мешаешь моим соседям и жителям окрестных домов ужасаться, видеть меня — разбившуюся космическую обезьянку, одну из миллионов бесконечных обезьян.

Уходишь, дав следователю контакты. Правильно. Уходи. Паш, а там наверху печенье, свежее, помнишь? И книга, книга на флешке! Ладно, неважно...

Ты только без глупостей, ладно, Паш? Не надо. Искать кого-то на темных улицах; гнобить полицию, когда я стану «глухарем»; не надо длинных траурных постов в инстаграме*, а главное... главное, не надо ничего делать. Пожалуйста, не надо ничего делать с собой, слышишь?

И пистолет. Нет, не бери мой пистолет, ни в коем случае не бери мой пистолет. Я ведь помню, ты знаешь, где он лежит, так вот, не бери. Это очень тяжело — жить, когда он есть, просто вот есть пистолет. Смерть — твоя или чужая — живет в твоем доме, и ты сам, одним щелчком, можешь, как собаку, ее подозвать. Это проще, быстрее, чем

---

* Организация, деятельность которой признана экстремистской на территории Российской Федерации.

веревка, таблетки, лезвия, — не дает времени остановиться, подумать. И это страшно. Не надо, Паш. Ты… оставь себе жизнь. Оставь, пусть будет в книгах, в улицах, в памяти. В твоих племяшках. В твоих редакторах. В Женьке, Даньке, Риночке и прочих. Она везде. Везде, Паш. Вот я падала… а на проводах голуби целовались. Это тоже жизнь.

Совсем ничего почти не вижу. Может, надо бы очки? Где мои очки?

— Павел!

Не чувствую дыма, только вижу: следователь курит. А вот бы тоже в последний раз.

— Дело обязательно будет возбуждено.

Он не врет. Будет искать. Ты уходишь, а он стоит, и вглядывается в меня, и у него правда необыкновенные глаза. Димой его зовут, да? Дмитрий. Хорошее, красивое имя. А вот к нему кто-то подходит. Лешка. Алексей, совсем как цесаревич, даже похож чем-то! И еще усталый небритый мужчина. Он, кажется, оперативник, по имени Сергей, и вот его я почему-то раздражаю. Ну и ладно. Слова — гул, просто гул. Лица сливаются, а небо падает.

Кто-то еще подходит.

— Да. Забирайте труп.

Труп. Труп — это я.

Меня, кажется, так не называли даже в шутку, даже когда я была такая пьяная после корпоративов, что двигаться не могла. Ну что ж. Труп, значит, труп.

— Я… помогу. Сейчас.

Он — Дмитрий — поднимает меня на руки, вынув из красного скафандра, оставшегося на асфальте. Поднимает, чтобы положить на хлипкие брезентовые носилки, и пачкается в моей крови, и все равно опускает не как вещь. И он смотрит на меня, внимательно смотрит, долго, куда-то за ссадины и переломы, и я тоже вдруг вижу, даже через пелену хорошо вижу его близко-близко склоненное лицо.

— Ванилла, Варвара, Варя.

Я теперь все о нем знаю. У него мама работает в театре, а двоюродная сестра Санька пишет стихи. Он очень любит Лешку, которого однажды почти на таких же носилках чуть не отправили в морг. И меня он тоже... Он был на меня подписан. Хотел со мной хоть раз поговорить, хотел подарить мне цветы, хотя мне никогда не дарят цветов. И не поговорил. Не подарил. А я ничем не могу ему помочь. Мне очень жаль. Я теперь никому ничем не могу помочь. Меня тут нет.

— Варенька...

Его лицо медленно расплывается, а потом темнеет. Носилки с моим трупом куда-то несут. А я — космический шимпанзе, кровавый скафандр которого скоро смоют с асфальта работники городских муниципальных служб, — опять лечу. Вверх.

ПОСВЯЩЕНИЯ И ДИСКЛЕЙМЕРЫ

Коллеги с острова Диких Книг. С вами приятно издавать и издаваться. Вместе мы все сделаем лучше. Да пребудут с нами наши факелы.

Мальчики из ОМВД «Восточное Дегунино». Вера в вас до сих пор помогает мне верить в мир и видеть больше полутонов.

Моя 'ohana и каждый, кто впустил меня в свою. Вы — любовь.

* * *

Все романы Варвары Перовой, Сабины Ясминской и Евгения Джинсова существуют только в рамках авторской Мультивселенной. Но возможно, их сюжеты ждут воплощения и в нашем мире. Кто поможет им найти дорогу? Может быть, вы? Если однажды вам придет это в голову, обязательно расскажите мне об этом.

ОГЛАВЛЕНИЕ

Литературно-художественное издание
Серия ТЕОРИЯ БЕСКОНЕЧНЫХ ОБЕЗЬЯН

Екатерина Звонцова
Теория бесконечных обезьян

18+

Иллюстрация на обложке: Lorenzo Conti

Над книгой работали:
Ответственный и литературный редактор: Сатеник Анастасян
Дизайнер: Максим Балабин
Верстальщик: Анна Тарасова
Корректоры: Анна Матвеева, Надежда Власенко

Подписано в печать 27.09.2022.
Формат 60×90 1/16.
Печать офсетная.
Усл. печ. л. 24. Доп. тираж 5 000 экз. Заказ № 7824.

Издательство Popcorn Books
www.popcornbooks.me

Покупайте наши книги в Киоске:
kiosk.shop

ООО «ПОПКОРН БУКС»
Юридический адрес: 107497, г. Москва,
ул. Монтажная, дом 9, строение 1, этаж 3, пом. IV, к. 13, офис 120

Отпечатано с готовых файлов заказчика
в АО «Первая Образцовая типография»,
филиал «УЛЬЯНОВСКИЙ ДОМ ПЕЧАТИ»
432980, Россия, г. Ульяновск, ул. Гончарова, 14.